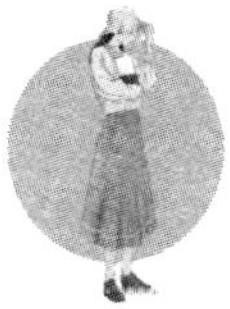

魔族之人，

从不轻易将自己的真实名字告诉他人，

他们常常会使用化名或是姓氏。

若将自己的名字告诉他人，

代表愿意将心交给这个人。

——《佧斯大陆史》

大鱼

有爱的青春陪伴者

“我的名字是——

“恒。”

致傲娇的你 ②

风晓　著

贵州出版集团
贵州人民出版社

图书在版编目（CIP）数据

致傲娇的你. 2 / 风晓著. -- 贵阳 : 贵州人民
出版社, 2020.4
ISBN 978-7-221-15800-0

Ⅰ. ①致… Ⅱ. ①风… Ⅲ. ①长篇小说－中国－当代
Ⅳ. ①I247.5

中国版本图书馆CIP数据核字(2020)第004976号

致傲骄的你2

风晓　著

出版统筹　陈继光
选题策划　杜莉萍
责任编辑　胡　洋
特约编辑　周丽萍
装帧设计　颜小曼
封面绘画　池袋西瓜
出版发行　贵州人民出版社（贵阳市观山湖区会展东路SOHO办公区A座
　　　　　邮编：550081）
印　　刷　长沙鸿发印务实业有限公司（长沙黄花工业园三号 邮编410137）
开　　本　880×1230毫米 1/32
字　　数　224千字
印　　张　9
版　　次　2020年4月第1版
印　　次　2020年4月第1次印刷
书　　号　ISBN 978-7-221-15800-0
定　　价　36.80元

目录 Contents

目录

Contents

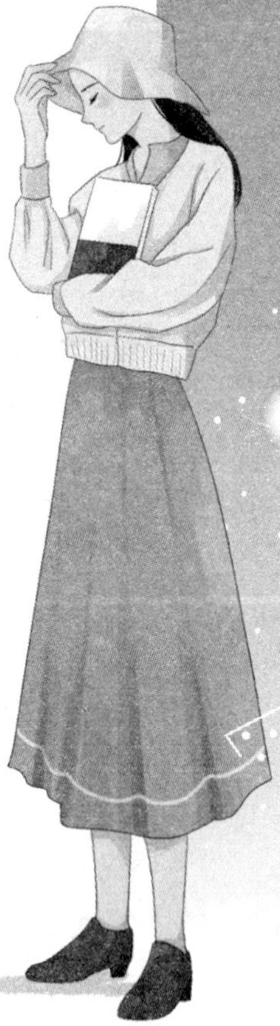

第 1 章 新 boss 叶恒

下了一夜的雨渐渐停了。

雨后的 S 城焕然一新，几洼浅浅的积水倒映着碧蓝如洗的天空和仿佛高耸入云的摩天大厦，“恒天集团”四个字在浅洼的倒影中清晰可见。

忽然，一道快如疾风的身影从水洼上跑过，平静瞬间被打破了。

今天是叶萌萌正式入职的第一天。

俗语说人倒霉起来连喝口水都塞牙，虽然叶萌萌提前了一个小时出门，但没想到在路上遇到了大堵车。她改为踩共享自行车到公司，但没想到，自行车居然在路上坏了。虽然她住的地方离恒天集团不远，但当她气喘吁吁地跑到公司的时候，离上班时间仅仅剩下五分钟。

“请等一下！”叶萌萌心急火燎地跑到磁悬浮电梯前，喊住了里面的人。

总算赶上了。

站在电梯里边喘着气，叶萌萌边朝电梯里的人道谢：“刚才谢谢了。”

她抬起头，才看清面前的人是谁。

男人的下颌深刻硬朗，眼睛墨黑深邃，高大修长的身材，冷僻而又帅气的脸——尤其是这张脸，叶萌萌太熟悉了。

叶恒，那天李士杰给她介绍过的，恒天集团新上任的boss，也是她的顶头上司。

那个和魔王长得一模一样的人。

叶恒只是朝她淡漠地点了点头。

“叮！”

电梯已经到了目的地，门打开了，他大步走了出去。

看着他的背影，叶萌萌突然按捺不住自己的情绪，大步冲了出去：“等等！”她抑制不住声音的颤抖，“恒，是你吗？”

叶恒脚步一顿，微微侧过身，那双深邃如壑的黑眸仿佛蒙了一层寒霜。

他面无表情地看着叶萌萌，语气冷淡地说：“你认错人了。”

叶萌萌的心顿时沉入了谷底，但她仍然不相信，一把拽住他的衣袖：“你就是他，对吗？”她固执地说，“不然为什么，你和他长得一模一样呢？”

叶恒缓慢地转头看向叶萌萌，对上了她的目光，他看着她的深邃如壑、仿佛淬了寒冰的眼神既冷漠又嫌弃。

“把你的手放开。”叶恒不耐地说。

叶萌萌浑身一僵，手不自觉地松开了：“对不起，刚刚我……”

但叶恒根本没有理睬她，直接转头离开了。

叶萌萌也不知道自己是怎么到达办公室的，她失魂落魄地坐到座位上，发起怔来。过了好一会儿，她冷静了一些，终于意识到刚才的自己干了什么蠢事。

她喃喃自语：“叶萌萌，你到底是怎么了？他已经不在了呀……”

魔王已经消失了——没错，这是她亲眼看到的，而且，魔王只是游戏里的一堆数据，是虚拟的人，而叶恒却是真真实实的人！

魔王是魔王，叶恒就是叶恒，两人再相似，也不可能是同一个人。叶萌萌，你不要再弄混淆了！

她在心里告诫自己。

“哎，你是叶萌萌吗？”这时，有一个惊喜的声音传来。

叶萌萌回过神，看见面前站着一个女生。

女生留着一头短发，看起来青春活泼，但叶萌萌确认自己并没有见过她。

于是，叶萌萌露出困惑的神情：“我们认识吗？”

“你的事迹早在学校里传遍了，我们这一届有谁不认识你。”女生有些兴奋地说，随即意识到自己失态，连忙摆正了姿态说，“啊，对了，忘记自我介绍了。重新介绍一下，我叫孙梦楠，也是毕业于A大，今天刚入职。”

叶萌萌笑了笑：“你好。”

“没想到我们会成为同事，和学霸一起工作，真是超激动的！”孙梦楠喜滋滋地说。

叶萌萌点点头：“嗯，以后一起加油吧。”

孙梦楠是个性格开朗的乐天派，和她交谈，叶萌萌的心情也渐渐变得明朗起来。

上班时间到了。

9 点 15 分，总监李士杰从外面走了进来，拍了拍手，将办公室里所有人的注意力都吸引过去。

他对大家宣布：“各位，10 分钟之后，到会议室开一个简短的会议，给大家介绍一下我们新上任的总裁。”

大家放下手头上的工作，陆续来到了会议室。

10 分钟后，部门的人都集合了。新 boss 还没出现，大家坐在会议室里小声地交谈着。

孙梦楠凑近叶萌萌，小声地问道：“萌萌，你知道新总裁是什么来头吗？”

叶萌萌微微一怔，她不由自主地想起第一次和叶恒见面时的情景。她摇摇头说：“我也不太清楚。”

这时，旁边一位女同事转过头来说：“你们在说新 boss 吗？听说这位新总裁是海外留学归来的，做事雷厉风行，工作上的问题，一点情面也不会讲。”

孙梦楠惊讶地说：“啊，真的吗？这么严厉？”

“只是听说而已，具体情况，要等新总裁来了才知道。”女同事说，“原本他在六月的时候就要上任，但据说那时候他好像遭遇了什么意外事故，我猜应该是车祸之类的吧？他休养了几个月才康复，所以拖到现在才上任。”

车祸？休养？

听到这里，叶萌萌忍不住皱起了眉。

六月份的时候……那不是她到恒天集团面试那个月吗？

难道……那时候在磁悬浮电梯前碰到的那个无礼人就是他？

算了，就算是，又和自己有什么关系？

叶萌萌正胡思乱想着。

就在这时，会议室里不知道谁小声说了一句“BOSS 来了”，还在议论纷纷的同事立刻正襟危坐。

门打开了，有人大步走了进来。

走在前头的正是叶恒，而他身后跟着李士杰。

“给大家介绍一下，这位就是我们恒天集团的新任 BOSS 叶恒。”李士杰将他介绍给所有人，“下面有请他来为大家说几句话。”

掌声响起。

叶恒环视会议室一圈，开口：“我是叶恒。”

“哇，这个新 BOSS 好酷的样子。”孙梦楠看向叶萌，半开玩笑地说，“萌萌，BOSS 和你一个姓氏，你们是不是什么亲戚关系啊？”

“当然不是。”叶萌萌垂下眼睑，“这世上有那么多同名同姓的人，更别说姓氏相同了，这没什么稀奇的。”

“也是……”

“我和大家说几点要求。”叶恒直接开门见山，声音是一成不变的冷酷，“一、希望大家能认真工作，我不喜欢懈怠的人；二、恒天集团不欢迎别有用心的人，若是进来不是为了工作，而是另有所图，我劝她还是早点收拾包袱走人。”

他的目光落到了叶萌萌的身上，意有所指：“特别是某些人。”

直白的话，像一把锤子重重地敲在叶萌萌的心上。

叶萌萌与他对视，听到他这句话，满眼的难以置信。

不过几秒，他便移开了视线。但叶萌萌可以肯定，叶恒的这句话就是对着她说的。

他那是什么意思？什么叫“别有用心”的人！说她进恒天集团是别有用心？她不过是因为将他误认成了魔王，才闹出了电梯的那一幕，难道他以为她进公司是为了勾引他，欲擒故纵？

他怎么可以！真以为自己是boss就是霸道总裁了吗？

叶萌萌简直被气笑了。

“总裁怎么说得好严格的样子，好像在警告谁？”孙梦楠侧过头，疑惑地问，“难道有人得罪他了？萌萌，你说呢？”

叶萌萌死死盯着叶恒，像是没有听到孙梦楠的问话一样。

孙梦楠再次出声：“萌萌，你怎么了？”

“没事。”叶萌萌回过神，连忙朝她笑了笑。

会议结束了，同事们陆续离开了会议室。

叶萌萌也跟随着大部队离开，没想到，刚走出会议室的门，却被李士杰叫住了。

“叶萌萌，你跟我过来一下。”

叶萌萌愣了愣，回过神后，赶紧和孙梦楠打了声招呼，跟上了李士杰的脚步。

来到一个无人的角落，叶萌萌开口问道：“李总监，请问有什么事吗？”自从《王者天下》的人工智能衍生出自我意识并暴走的事件后，李士杰一向很关照自己，在公司总是对自己和颜悦色的，用如此严肃的神色面对自己，还是头一回。

李士杰往左右张望一眼，神色局促地说：“我们之间这么熟，我就不绕圈子了。”压低了声音，他严肃地问，“萌萌，你和新 BOSS 之间……发生过什么不愉快的事情吗？”

“什么？”叶萌萌一愣，“不愉快的事情？应该没有吧，加上上一次您将我引荐给新 BOSS，我和他见面的次数才不过两次。”

李士杰皱起眉：“没有？这样吗？那为什么我觉得 BOSS 对你很有意见，开会之前，他还一直问我你是谁推荐进来的……”

这言下之意，就是认为叶萌萌是通过走后门的方式进来的。

叶萌萌惊讶出声：“什么？”她立刻心生不满，那个叶恒居然对自己有意见？她还没对他有意见呢！

李士杰收回思绪：“叶萌萌，新 BOSS 脾气可能不太好，你忍耐一下，好好工作，以你的才能，说不定 BOSS 很快会对你改观。”

“好的，我知道了。谢谢李总监的提点。”叶萌萌心不在焉地点了点头，随口回应了一句。

和李士杰分别后，叶萌萌回到了办公室。

刚走到自己位置，旁边的孙梦楠立刻凑过头来打探情报：“萌萌，李总监喊你过去做什么？”

叶萌萌摇了摇头，随口说道：“没什么，就是提点了我几句工作上的事情。”

“真没看出来呀，李总监每天都板着一张严肃的脸，居然那么看重你。

不过也是，你可是我们A大的学霸级人物啊！”孙梦楠捧着脸，自豪地说，好像被夸奖的人是她本人一样。

“可李总监说的并不是什么夸奖的话。”叶萌萌失笑。

孙梦楠一下子愣了：“什么？那他说了什么？”

叶萌萌垂下眼睑：“他说新总裁似乎对我有些意见，让我好好工作。”

“什么，新总裁对你有意见？可是我们才第一天上班吧？”孙梦楠瞪圆了眼睛，吃惊地说，“没想到新总裁长得人模人样，居然这么讨厌。你这么优秀，他还对你有偏见，一定看走眼了。”说着，她不由得皱起了眉，为叶萌萌打抱不平，“怎么这么无理取闹？不过，不要太在意别人的眼光。加油！别被新总裁的评价影响心情，我们努力工作，以后干掉他自己上位，让他后悔瞧不起我们A大的人！”

叶萌萌忍俊不禁：“你说得对，一起加油。”

“嗯嗯。”孙梦楠用力点了一下头，又笑眯眯地说，“对了，为了庆祝我们新入职，中午我们一起去公司餐厅吃饭吧！”

看着她活力满满的模样，叶萌萌也不由得被这种情绪感染。

她扬起了嘴角：“好。”

新入职的第一天，也没有什么工作。

办理好了一些必要的手续后，一上午的时间已经过去了。

中午，叶萌萌接受了孙梦楠的邀请，一起去公司的餐厅吃饭。

恒天集团基础设施和员工福利极好，光是餐厅便就占了三层。餐厅里的菜式多样，一层是中餐厅，二层是异国料理，三层提供处理好的食材，专供自助BBQ（烧烤大会）和火锅，兼顾来自五湖四海的员工的口味。

但餐厅仅对内部的员工开放，需要刷卡才能取餐。进入餐厅，看着样式丰富的菜式，叶萌萌突然明白了那些每年为了加入恒天集团而挤破头的人的心情。

孙梦楠想吃日料，跟叶萌萌打了一声招呼后，便独自一人跑到二层去了。

叶萌萌取了餐后，挑了一个角落的座位坐下。

刚落座，她便看见对面的位置放了一个托盘。

三菜一汤，水煮白菜、黄瓜肉片、番茄炒蛋，都是非常清淡的菜式。

叶萌萌有些奇怪："梦楠，你不是说……"

一抬头，却看见是一个穿着陌生的人："抱歉，这个座位……"

她刚要告诉对方这个座位有人了，却听对方说："叶学妹，你还记得我吗？"

他的声音很好听，仿佛沐浴在三月的春风里那般柔和。

叶萌萌微微一怔，视线再往上移，这才看清了面前人的长相。

白衬衫加黑色长裤这样的普通搭配，却让他穿出了清雅至极的气质。被他那双深邃而温柔的眼睛看着时，会不由自主地沉溺其中……

"秦……秦屿学长？"叶萌萌惊讶出声。

秦屿笑了笑："远远看到一个人很像你，就走过来了，没想到还真是。"停顿了一下，他又说道，"恭喜你入职恒天集团，你这么优秀，我想老师一定很高兴。"

他说的老师，自然是王象晋。

恒天集团用人严谨，向来非名牌大学生不要，当然，这只是招人的门槛——

每年想要进入恒天集团的应聘者可谓是挤破了头，简历通过了筛选后，还要经过重重的考验才有被录取的机会，因此恒天集团中的员工都是精英中的精英。

而 A 大又是国内顶尖的大学，会集了来自各地的优秀学生，因此在这里见到同校的学长并不稀奇。

说起这位秦屿，他当初也是 A 大的传奇人物。

王象晋有两位得意门生——

一位是叶萌萌，另外一位便是秦屿了。

不过在叶萌萌刚入学的时候，秦屿已经大四了，鲜在学校出现，二人也很少有见面的机会，只在偶然间见过一两面。

王象晋每逢提起秦屿，都是赞不绝口的。

直到现在，A 大依然还留有他的传说。

听说秦屿毕业后，便以优异的成绩被恒天集团录取了。叶萌萌没想到，才刚入职不到半天，就遇到了本人。

“学长过奖了。”叶萌萌被他夸得有些不好意思，“我刚入职，有许多东西还要跟学长和公司的前辈学习的。”

秦屿笑道：“不用谦虚，不仅是老师，就连李总监也对你赞不绝口。我听说你不久前，还为科研部那边解决了一个很严重的 bug（漏洞）？”

叶萌萌怔了一下：“那只是……”

“咦？萌萌，这是你的朋友吗？”孙梦楠的声音在耳边响起，打断了二人的对话。

她端着满满的一盘寿司和刺身回来了。

她走到叶萌萌身旁，目光在秦屿脸上扫过，顿时有些惊讶：“啊！你是……秦屿学长？”

秦屿微微一笑：“你好，介意我坐在这里吗？”

孙梦楠连忙说：“不介意，不介意，学长你坐，我和萌萌挤一挤就好。”她说着，便将餐盘搁到了叶萌萌旁边，坐到跟叶萌萌同一排的位置上。

“没想到有一天，我能如此近距离地接触秦学长！刚刚看到秦学长的第一眼，我还以为自己在做梦呢！”孙梦楠喜滋滋地说，“对了，秦学长现在在哪个部门？”

秦屿说：“我目前是技术部的部长。”

技术部部长？

叶萌萌和孙梦楠惊讶地对视了一眼。

“你就是我们的部长？”

叶萌萌也有些意外，秦屿居然是他们的直系上司？

孙梦楠又有些疑惑地问：“早上开会的时候，怎么没看见学长呢？”

秦屿解释说：“公司的分部有些事情需要我过去处理，所以就没有赶上早上的会议。”

孙梦楠咬了一口寿司，含混不清地说：“啊，我想起来了，早上开会的时候，李总监的确说过，今天部长有事没法到会，迟些再介绍他给大家认识。”

秦屿笑容温和：“最近部门来了不少新人，我打算在今天下午或明天，再抽空在我们部门内开一次小型会议。”

“好。”孙梦楠连连点头。

叶萌萌似是想到了什么，刚想开口，但又欲言又止。

秦屿察觉到她的走神，不由得关切地问：“叶学妹，你有什么为难之处吗？”

“啊？我没……”叶萌萌回过神来，犹豫了下，“秦学长，你在恒天集团工作也有几年了，你……对新总裁了解吗？”

秦屿愣了一下：“新总裁？学妹是指？”

叶萌萌迟疑地问：“比如说……他为人怎样？”

秦屿想了下，答道：“我只听说他是留学归来，行事作风凌厉果断，至于他的具体为人如何，我也没有跟他接触过，所以不太清楚。”

“这样啊。”叶萌萌有些失望。

“抱歉没能帮到你。”停顿了下，他又问，“不过，叶学妹是在工作上遇到烦恼了吗？”

“我没……”

叶萌萌还没来得及接话，孙梦楠已经抢先说道：“是啊，秦学长，你有所不知，那新总裁太过分了，萌萌不过是在电梯里跟他打了一声招呼，就在会议上当众给萌萌下马威！今天才是上班第一天啊……”

她添油加醋地将上午叶萌萌的遭遇陈述了一遍，又打抱不平地说：“萌萌不过是认错了人就被针对。学长，你说这是不是太过分了？”

秦屿皱了皱眉，深思了片刻才说道：“或许新总裁只是要给新员工一个下马威。毕竟新官上任三把火，学妹也不要太放在心上，我相信你的能力，以后一定能让他对你另眼相看的。”

连秦屿学长也这样说，所以，难道叶恒对自己的不快，是自己的错觉？叶萌萌不确定地想。

话落，秦屿又补充了一句：“不过，你以后要是遇到什么问题或者困难，可以随时来找我。”

“好，谢谢学长。”叶萌萌点了点头，嘴角也不由自主地上扬起来。

恒天集团 33 层，总裁办公室中，此时正鸦雀无声。

叶恒看着全息投影屏幕上的调查报告，深刻的五官渐渐浮现出凝重和深思的神色。

片刻后，他在全息屏幕随意一滑，这份电子报告便从眼前消失了。

叶恒抬眼看向面前的人，语气透着几分怀疑：“科研部大楼被毁的事故调查结果……是因为机器故障而产生的爆炸？”

修长的手微微屈起，在办公桌面轻轻敲着，声音若有似无，却让正在汇报工作的李士杰暗暗捏了一把冷汗，但他仍面不改色地说：“是，根据我们调查的结果，情况的确是这样。我们在爆炸的现场发现了一台主机器的残骸，损毁程度高达 90%，另外还发现了好几台机器有不同程度的损害，大楼的地上一层也几乎成为废墟。相关人员根据现场的痕迹推断，这的确是由爆炸造成的。”

叶恒挑了挑眉，看着他的目光带着几分审视：“李总监，那你告诉我，有什么机器的爆炸能做到那种程度的损毁？据我所知，恒天集团科研部的建筑材料都是采用最新的防爆破材料，要造成这样严重的爆炸，就连 C4 炸药也不能做到吧？”

李士杰没想到叶恒会如此难缠，但科研部大楼被毁的真相是绝对不能说的。

“叶总，我们的损毁评估向来是交由第三方和相关部门……”

叶恒打断道：“李总监，你是不是还有事情瞒着没有告诉我？”声音磁性动听，却带着丝丝寒意。

“当然没有，我知道的一切，都已经如实告诉您了。”李士杰有些心虚。

叶恒朝后仰靠在办公椅上：“好吧，我们暂且不讨论这个。那当时在科研部的研究员呢？为什么在爆炸的时候，现场会无人看守？在爆炸发生之前，也没有人发现这一危机？我记得科研部那边有安装预警的装置。”

那是因为，预警装置被那个疑似神王乌拉诺斯的莫名其妙的家伙给破坏了啊！

游戏角色从虚拟世界跑了出来——这个荒谬的事实，让李士杰至今难以接受。

当然，这样的回答，他是万万不敢说出来的。

他只能说出早已经准备好的说辞：“据说那时候，科研部的工作人员集体在进行一个实验，是和即将推出的新功能有关。但没想到系统突然失控，他们当时戴着游戏的头盔，因为未知的错误，导致他们集体昏迷了。而爆炸产生的原因，很可能跟那次的实验有关。”

“可能？”叶恒蹙了一下眉，“李总监，我不想听到这种不确定的回答。”

李士杰冷静下来：“事实上，那段时间我一直在国外度假，那时候刚下飞机，还接到了王老师的电话，才匆忙赶回到恒天集团的科研部。但是没想到还是迟了一步，我赶到的时候，科研部的大楼已经成了废墟。”

叶恒抬眼：“王老师？”

李士杰说：“就是A大计算机系的王象晋教授，他同时也是我们集团的技术顾问，《王者天下》的游戏终端就是他协助研发的。”

叶恒的表情有所松懈，神情也柔和了一些：“王象晋教授吗，他的确很了不起。”

李士杰说道：“如果叶总有疑问，我可以请王老师前来做一个说明……”

叶恒打断了他：“不必了。”他的眉头轻皱着，脸上带着深思的表情。

“不过，依叶总所言，这次事故的确是疑点重重。尤其是新功能的测试为什么会导致系统故障这一点，我们会加紧从研究内容入手调查，查出系统发生故障的原因以及那些科研人员昏迷的原因……”李士杰边说话，边暗中小心翼翼地观察着叶恒的神情。

叶恒却有些漫不经心地敲了敲桌面，突然转移了话题：“最近那一批新进的职员，是通过什么途径招进来的？”

李士杰一愣，过了一会儿才说道：“自然是按照正规的流程招聘进来的，每一位被录取的职员，都要经过我们严格地审核和筛选，绝对不会有任何的例外。”

叶恒说道：“那么，等会儿把这一批实习生的资料都发到我的工作邮箱。”

李士杰：“好的，那叶总，还有其他的……”

这时候，办公室外有人敲门。

二人的谈话被打断。

叶恒按下桌上的按钮：“请进。”

办公室的门自动打开了，一位西装革履戴着一副金丝眼镜的男子走了进来。

他朝二人颔首致意："叶总，李总监。"

"宋特助。"

李士杰又回头看了叶恒一眼，十分有眼色地说道："既然宋助理有事情要汇报，那我先出去了。"

叶恒点了点头。

李士杰退了出去，自动门很快关上了。

宋特助收回目光，看向叶恒："叶总，有关与东方集团合作的议案，我已经发送到您邮箱了。"

叶恒没有说话。

他站起了身，从办公桌后走出，走向了一道帘幕前。

背对着宋特助，他才缓缓开口："宋特助，你觉得……李士杰这个人能够信任吗？"停顿了下，他又问，"他的话能信几成？"

宋特助怔了怔，才回答："李总监是恒天集团的元老，对公司是忠心耿耿的。"

"元老？"叶恒嗤笑了一声，"那群所谓的高层元老，他们对我的态度如何，你也看见了。"

他按下墙壁上的按钮，眼前的帘幕缓缓升起，很快露出一面巨大的落地玻璃窗。光线从外面照了进来，将办公室照得亮堂。站在33层的高度，透过巨大的落地玻璃窗看向外面的景象，S城的全景几乎一览无遗。

"公司高层对我的决策很不满，不，应该说，他们对我这个人很不满。"叶恒冷笑，"他们认为，我的出现，威胁到他们的地位，危及了他们的利益。"

宋特助犹豫了下，说道："说到李总监，有一件和他有关的事情……我不知道应不应该说。"

叶恒回头看向他："说。"

宋特助说："这次事故的直接负责人应该是身为技术总监的李士杰。但因为事故发生期间，他正处于休假的状态，这导致了技术部的部长给他背了锅，而他倒是把责任撇得一干二净。"

叶恒微微挑眉："技术部的部长？"

"就是秦屿，我之前有跟您提起过的。他的履历十分优秀，他刚入职的那年，M 国的科技公司曾经想以高薪将他挖走，但他拒绝了。秦屿因为能力出众，很受一些人的忌惮。而他不久前本来有一次晋升的机会，却因为这次的过错，这次的事故的直接负责人变成了他，所以……"

宋特助停顿了下。

"虽然不清楚李士杰是否早已知情或者是故意为之，秦屿因为这次的重大事故，恐怕日后也……"

叶恒若有所思地看着他："你的意思是……"

宋特助提议："要是叶总对李总监有所猜疑，我认为扶植一个人与他抗衡也是不错的选择。"

叶恒沉默不语。

宋特助又赶紧补充道："当然，我这只是一个不成熟的提议，若是叶总觉得不合适……"

叶恒说："你先回去工作吧，你的提议，我会再仔细考虑。"

"是，叶总，那我先出去了。"

宋特助迟疑了片刻，转身离开了办公室。

"萌萌，我跟你说……"

用完午餐，叶萌萌和孙梦楠乘坐电梯回办公室。

一路上，孙梦楠兴致勃勃地对她说起打听来的八卦。

“叮！”

电梯很快到达她们所在的楼层。

只是，二人刚出电梯，便看见从不远处的办公室里走出了一个年轻的女人。她留着一头干净利落的短发，穿着V领的白色衬衫搭配修身的黑色鱼尾半裙，脚踩高跟鞋。

一位男士紧随着她走出：“Renee（蕾妮），下班之后，有荣幸邀请你共进午餐吗？”

孙梦楠连忙拉着叶萌萌躲到了一旁。

“梦楠，怎么了，发生了什么事？”叶萌萌有些疑惑。

孙梦楠做了一个噤声的手势：“嘘……”

叶萌萌不明所以，但还是与她一同躲在角落里观察。

不同于男士的热情，女人的态度极其冷淡。她回头瞥了男士一眼：“陈组长，我说过的，我不想在公司里谈工作以外的事情。”

“哎，Renee……”

女人没有再理会他，大步走向电梯，电梯很快到了，她走了进去，电梯门关上了。

男士有些失望，转身回到办公室。

直到两人都离开了，叶萌萌和孙梦楠才从角落里走出来。

返回技术部的办公室的途中，叶萌萌好奇地问：“梦楠，那个人有什么问题吗？她是谁？”

孙梦楠左右张望一眼，压低声音说：“那个冷冰冰的女人，是游戏策划部的副部长唐安宁。早上我在洗手间里，听到外面有人在哭，一打听才知道，那是策划部的试用期职员，因为她的策划案写得不好，被唐安宁给骂哭了。”

叶萌萌皱了一下眉：“不会吧？这不是……才入职第一天啊？”

刚刚他们经过的部门，的确是策划部。

只是，各部门新职员报到的时间都是统一的，第一天上班不熟悉也情有可原。

孙梦楠小声地说：“我听其他部门的人说，这唐安宁超级严格的。她之所以对试用期职员这么‘不友善’，是因为两年前，她带的一名试用期职员不但剽窃她的策划案还反咬一口，说唐安宁剽窃了自己的策划案。从那时起，她就对新进的职员分外严厉，就算一点小错也不能容忍，听说在她手底下没有通过试用期考核的新人高达 80%，还没过试用期就收拾包袱走人了。”

叶萌萌诧异：“这么严格？可当初做错的只是一个人呀，为什么要迁怒于其他无关的人身上？”

孙梦楠耸了耸肩：“这我也不清楚，不过我得提醒你一下，唐安宁不仅对她部门的新人不友好，对其他部门的新人也很不友好，你看见她的时候就离她远一点吧，免得被迁怒。”

叶萌萌点了点头，一脸受教的表情：“嗯，我记住了！”

两人说着话，很快回到了技术部的办公室。

除了早上那一段不太愉快的小插曲，上班的第一天还算平稳。

上午的任务是办理入职手续和熟悉恒天集团的工作流程，至于下午——入职的头一天也没有什么正式的工作任务。

叶萌萌所在小组的组长便带她们去认识技术部里的其他人。

其实在正式入职恒天集团之前，叶萌萌因为王象晋的关系，已经来过技术部几次了，还替技术部解决了几个藏有隐患的技术问题，她跟技术部里的核心成员都很熟悉了。

她的心态就像回到自己家一样平常。

对比之下，孙梦楠倒是显得拘谨。

叶萌萌跟着组长，便见李士杰朝她快步走来。

李士杰说："叶萌萌，你在这里正好，老张找你有事，快跟我来。"

李士杰口中的"老张"，便是技术部核心成员里的带头人之一张玉亮，是目前《王者天下》的总负责人。

"李总监，是出了什么问题吗？"

跟组长和孙梦楠打了一声招呼，叶萌萌跟上了李士杰的脚步，来到《王者天下》核心技术组的办公室。

李士杰笑着说："也不是什么大问题，具体让老张亲自和你说吧。"

"萌萌来了呀。"

核心技术组的成员看见叶萌萌，抬起头跟她打了声招呼。

张玉亮也看到了她，赶紧招呼道："快过来看看这里。"

叶萌萌走上前，朝张玉亮面前的全息投影屏看了一眼，不由得惊讶："张部长，您把我上次提到的安全系统弄出来了？"

张玉亮说："不，还没完全弄好，这只是系统的一个雏形。你上次提出的那个安全机制非常好，最近我们也在加紧研发。不过我们在研发的过程中，遇到了一些技术的瓶颈，需要你过来帮忙解决一下。我已经跟李总监打了招呼，你最近就不用去入职培训了，直接过来就可以了，你这边有没有问题？”

叶萌萌立刻答应了下来：“当然没问题！”

张玉亮笑道：“那就好，我先跟你说一下我们目前的进程……”

他站起身到一旁翻找相关的资料，叶萌萌的目光无意中扫过桌面的一份文件，下意识一怔。

“咦，这是？”

这份文件的封面，是一份《王者天下》的 CG（Computer Graphics 计算机动画）海报，而海报的主角不是别人，正是魔王！

张玉亮随意看了一眼，说道：“哦，最近游戏不是要更新新的剧情和推出新玩法吗，这是策划部那边交过来的策划案初稿。”

叶萌萌看着那张熟悉的脸，心不由得刺痛了一下。

但理智很快回笼，她的脑海里不由得浮现出叶恒那张和魔王几乎一模一样的脸，突然想到了一个问题。

“张部长，我有一个疑问，您之前见过我们的新 boss 吗？”叶萌萌问道。

张玉亮回头看向她：“叶总？见过的，怎么了？”

“我有一个疑问。”叶萌萌有些犹豫，“新 boss 和游戏里的魔王的长相十分相似，为什么大家看到新 boss 的时候，都不惊讶？”

张玉亮笑了笑：“原来是这个问题啊。不必惊讶，我们在设计游戏里的 NPC（Non-Player Character 角色类型）的时候，会选取现实里的人作为原型进行设计。我们第一个素材库，就是在公司里的员工资料库里选取。叶总和魔王长得像，可能是因为当时的设计师刚好选中了叶总作为原型吧。”

叶萌萌怔住。

原来是这样吗？

难怪大家在看到新 boss 的时候，都不觉得惊讶。

可是，叶恒和魔王长得如此相似……以人为原型创造角色……

只是这样吗？

叶萌萌垂下眼睑，心中生出了一丝失落的情绪。

叶萌萌在技术部的核心小组里一待就是一个下午。

等到与张玉亮讨论完安全机制的设计，已经差不多下班半个小时了。

叶萌萌回到自己的部门，办公区里空无一人，同批进来的实习生都已经下班回家了。

她收拾好东西，正准备离开，忽然听见有人敲了敲门。

叶萌萌抬头，透过落地玻璃窗，她看到了秦屿。

“学长？”

秦屿从他的办公室走了出来：“萌萌，这么晚了，还没回去吗？”

叶萌萌解释说：“刚刚核心组那边人手不够，李总监找我过去帮忙。倒是学长，你也这么晚吗？”

秦屿笑道：“我还有些工作，所以留下加班处理了下。”停顿了下，他又问，“你刚刚说核心组……那边的人，我也不是很熟悉，他们没有为难你吧？”

叶萌萌摇了摇头：“怎么会，核心组的前辈们都很友好，还给我传授了很多经验。”

秦屿弯了弯嘴角，眸色微深："那就好，我原本还担心你们会不习惯这里的节奏，看来你已经适应了，那我就放心了。"

他侧过身，又问："顺路吗？一起？"

叶萌萌未加思索："好。"

二人一同朝电梯的方向走去。

距离下班已经过去了大半小时，办公楼层里的人已经不多了。

走在空荡荡的过道上，叶萌萌这才察觉到，这四周似乎只剩下她和秦屿两人。

除了天花板上的照明灯和地面的影子，周围安静得只能听见他们的脚步声。

气氛似乎变得微妙起来。

尴尬的气氛在两人之间游走开来，叶萌萌心里莫名地紧张。

她有些后悔，为什么刚刚要答应跟秦屿走这一段路。

"萌萌。"

幸好秦屿开口打破了沉默。

但……

"你今天晚上有空吗？我想请你吃饭，能赏面吗？"他问道。

叶萌萌的脚步停顿了下，随即垂下眼睑，婉拒道："不了，学长，晚上我……"

"秦部长。"

一道声音忽然插了进来，打断了叶萌萌还未说完的话。

叶萌萌的目光落了过去，看见唐安宁踩着高跟鞋朝他们走来。

她还是早上见到时那副不苟言笑的模样。

但不知道是否是错觉，她走近的时候，身上那拒人于千里之外的冷淡气息似乎收敛了一些。

秦屿微微颔首致意："唐部长。"

"这位是……"

唐安宁打量的目光落到叶萌萌身上，带着几分审视。

秦屿介绍道："她是我们部门新入职的同事，也是我的学妹。"他说着，又转头对叶萌萌介绍，"萌萌，这位是游戏策划部的副部长唐安宁，《王者天下》的游戏剧情就是由她负责统筹策划的。"

叶萌萌赶紧打招呼道："唐副部长好。"

"你好。"

唐安宁态度莫名冷淡了下来，打了一声招呼后便离开了。

秦屿也不在意，继续与叶萌萌说起："叶学妹，我刚刚跟你说的……"

转过头，他似是察觉到叶萌萌的走神，不由得笑道："萌萌，你不要介意，唐部长的性格一向如此，其实她为人还是挺不错的，只是面冷心热。"

面冷心热？这和孙梦楠的说法完全相悖。

不过她们才刚入职，对公司里的人并不熟悉。道听途说而来的事情，有时候并不真实。

叶萌萌收起思绪，点头道："我明白了。"

"对了，学长。"想起刚才的事情，她又补充说，"今天晚上我还有其他事情，所以……"

秦屿按下电梯的按钮，十分善解人意地说："既然你今晚没空，那下次有机会再约。”

“好的，学长。”叶萌萌暗自松了一口气。

叮！

电梯到达了楼层，门打开了。

叶萌萌跟在秦屿身后走进电梯。

她有些心不在焉，一开始并没有发现电梯里还有其他人。

她距离电梯按钮最近，刚想转头去选择楼层，没想到一抬头，就跟叶恒打了个照面。

没想到叶恒也在。

叶萌萌浑身僵住。

电梯门缓缓关上，电梯里的气氛却一下子变得极其尴尬。

几秒之后，叶萌萌迅速转过身去，按下了1层的按钮。

按钮的灯亮了起来。

而在面板上，“－2”层的按钮正亮着，她明白叶恒这是要去地下车库。

秦屿也是要去地下车库，看了一眼叶萌萌选择的楼层，他不由得问：“萌萌，需要我送你回家吗？”

“不用了，学长，谢谢你的好意。我家离这里很近，我平时也习惯走路回去。”

叶萌萌回答着秦屿的问题，眼角的余光却不受控制地朝叶恒瞥去。

从侧面看过去，他脸部的线条锋利又冷漠，像是浸在冰水里的刀刃，冰冷蚀骨，冷酷无情。

似是有所感应，对方也朝她看了过来。

叶萌萌赶紧收回目光。

但是叶恒的视线并没有收回，她感觉到有一道冷厉的目光落到自己的身上。

如芒在背。

叶萌萌努力不去看他，极力转移自己的注意力。

磁悬浮电梯平稳地停在了1层。

电梯门一开，叶萌萌立刻迫不及待地走了出去。

想起秦屿，她又回头跟他告别："学长，我到了，今天谢谢你了。"

秦屿笑了一下，说："不需要这么客气，明天见。"

"明……"

叶萌萌正要接话，却接触到叶恒的眼神，仿佛被掐住了嗓子的公鸡，声音戛然而止。

在电梯门关上的那一瞬间，叶恒的那张脸仿佛和魔王的脸重合起来。

第 2 章 无处不在的 boss

叶萌萌头也不回地从恒天集团的大厦跑了出来，停在了马路边上。

她呼吸着外面新鲜的空气，才感觉自己的心情平复了一些。但是，心里却有一个声音在唾弃着自己。

叶萌萌，你清醒一点吧。

叶恒不是魔王。

这个事实，不是在见到他的那一刻，就认清了吗？

她深深吸了一口气，又缓缓地吐出。

挥去脑中那些纷杂的思绪，叶萌萌正要拿出手机看一眼时间。

就在这时，一辆汽车从她的身旁绝尘而过，车后扬起的烟尘扑面而来。

叶萌萌被呛得直咳嗽，她捂着口鼻，小声嘀咕："什么人啊，会不会开车？"

等等，刚刚这车……好像是从恒天集团的车库开出来的？

而且，这辆车开往的方向不是……

叶萌萌下意识回头看了一眼，很快压下心中怪异的情绪。

不，应该是自己的错觉吧？

叶萌萌居住的小区距离恒天集团并不远，走路二十分钟就能到达。

没想到，回到居住的小区时，她又撞见了那辆讨厌的车。

刚刚回来的路上，正是下班高峰期，小区前面的一段路发生了大堵车。

这车估计是被堵在路上了，比叶萌萌速度慢了一些，才刚刚驶入小区。

车在小区里的车位上停泊好，车的主人也从车上下来了。

在看到那道熟悉的身影的瞬间，叶萌萌浑身僵住。

叶恒？

怎么又是他？

他也住在这个小区？

眼看他就要朝她这个方向看过来，叶萌萌赶紧转过身，走向了自助快递柜，假装去取快递。

思绪如翻江倒海般翻腾着，她下意识地握紧了手机。

恰好这时，有一辆搬家公司的货车也驶入了小区。货车从两人之间的路上驶过，挡住了叶萌萌的视线，也让她摆脱了暴露在叶恒视线中的危险。

等到货车驶离时，叶恒已经不见踪影。

叶萌萌松了一口气，也没再停留，赶紧转身离开。

这一路上，叶萌萌没有再遇到叶恒，却遇到了张大妈。

张大妈刚买菜回来，手中提着大包小包。她站在小区的路口，不时回头张望，神情带着几分疑惑。

“张大妈。”叶萌萌走上前去，跟她打了一声招呼，“您在等人吗？”

张大妈看见叶萌萌，立刻拉住了她。她欲言又止了一番，才压低声音问：“小萌，你来得正好，你……和小单怎么了？”

叶萌萌一愣：“啊？什么？”

“刚刚我遇到了小单，就问他怎么没和你一起，可是，他的态度为什么变得那么奇怪？就像不认识我一样，还说我认错人了，你们是不是吵架了？”她语气关切地问。

叶萌萌怔了片刻。

“张大妈，您的确认错人了，他……不是贲单。”她露出一个勉强的笑容，“小单他考上了研究生，在外地上大学呢，又怎么可能会出现在这里。”

叶萌萌担心她不相信，又晃了晃手中的手机，补充说：“我们每天晚上都有联系的，昨天晚上，他才说了，等放暑假了，他会回来看我。”

张大妈恍然大悟：“原来是这样，是我认错人了呀。”

“不过刚刚那年轻人，态度真够糟糕的。”她对叶恒的印象噌噌下降，“还好小单不是这样的人，我就说小单怎么会这么傲慢呢，他是多有礼貌的一个孩子啊……”

叶萌萌打断道：“张大妈，我还有工作没完成，先回去了。”

好不容易应付了张大妈，她赶紧离开。

张大妈似是想起什么，又冲着叶萌萌喊道：“对了，小萌，等小单回来了，你带他来大妈家里坐一坐，大妈给你们包饺子吃啊。”

叶萌萌回头朝她挥了挥手：“好的，张大妈，谢谢您。”

收回目光，她垂下眼，脚步却下意识地加快了。

夜已经深了，但叶萌萌始终无法入睡。

不知怎的，她又看到了张大妈以前发的那条朋友圈——

“今个儿真高兴啊，出门遇到叶萌萌小姑娘，她谈恋爱了，男朋友可帅了。虽然她没承认，但是我能看出来。哎呀，想起那时候跟老头子的恋爱也是这样，已经过去多少年了呀。”

赍单。

恒，你真是个笨蛋。

叶萌萌，你也是一个笨蛋啊。

叶萌萌望着天花板，不由得自嘲一笑。

她明明知道，爱上一个虚拟的角色，到最后只能撞得头破血流，可她还是义无反顾地走上了这条不归路。

暑假放假回来看她……

这是一个永远无法圆的谎言。

自从那一天起，叶萌萌就再也没有见过叶恒。

叶萌萌入职不过几天，还在试用期。

恒天集团规定，试用期的员工需要经过一个月时间的考核才能转正，因此，这一个月内的表现至关重要。

试用期的员工在这一个月内的表现，都会如实反映到考核表上。一个月后，只有考核成绩达到优秀的试用期员工，才能转正。

不过叶萌萌并不担心考核的事情，她的表现，在她所在的技术部里得到了一致好评。

接下来的一个月，她都待在《王者天下》的技术组里协助他们研发新的安全系统。

一个月的试用期也转瞬即逝，转正报告已经提交上去，如无意外，明天就能顺利转正，可是——

33 层的总裁办公室里，叶恒面前的全息投影屏上，是这一批试用期员工的资料。

在查看某一份员工资料时，叶恒的目光落在了这份资料的名字上。

叶萌萌。

他的目光微沉："这一个月来，她有什么做得不好的地方？"

宋特助以为他是询问叶萌萌的表现，便如实说道："放心吧，叶总。这个叶萌萌的每一项工作都完成得十分出色，最近还协助技术部攻克了一个大难题。"

不知道是不是他的错觉，这一瞬间，宋特助感觉叶恒周身的气压更低了，脸色也变得更冷了。

自己……没说错话吧？

宋特助不解地想。

片刻后，叶恒轻轻敲了敲桌面，说："你把这一批试用期员工的工作报告都提交给我，我要亲自审阅。"

"是。"

宋特助退出了办公室，心里却有些疑惑。

新员工的工作报告什么时候要劳烦叶总亲自审核了？莫非叶总很看重这个叶萌萌？

这天上午，叶萌萌刚完成一份报告，就看见副部长拿着一份报告走了进来，脸色难看地开口：“今天的这份策划，是谁负责的？”

报告？

叶萌萌正疑惑着，突然听到旁边有碰掉东西的声音。她转过头，发现是孙梦楠。她正手忙脚乱地收拾着地上的钢笔，神色惊慌。

“梦楠，怎么了？发生了什么事？”叶萌萌凑过头去，小声地问。

“萌萌，我……”孙梦楠咬了咬唇，艰难地说，“那份报告是我写的。”

“什么？”叶萌萌一愣。

“怎么办？”孙梦楠慌张地说，“总监会不会把我开除了？之前我犯了几个小错误，被扣了几分，加上上周迟到，我原本以为这季度的考核可以踩线过的……”

恒天集团采用的是积分加减的考核制度，每季度积分不达标的员工，将会面临被开除的危机。

“我再问一遍，做这份报告的人，是谁？”副部长见无人应答，不由得严厉地提高了声音。

四下鸦雀无声，气氛一瞬间变得严肃。

“算了，死就死吧。”孙梦楠一脸视死如归的表情。

但还没等她回答，叶萌萌已经抢先一步站了起来，回答说：“是我。”

孙梦楠难以置信地瞪大了眼睛：“萌萌？”

副部长也愣了下。许是叶萌萌平时表现优异，他的语气有所缓和：“叶萌萌，你来我的办公室一趟。”

孙梦楠张着嘴巴：“萌萌，你……”

“放心，要是我的话，他们应该不会开除的。”叶萌萌朝她眨了眨眼，小声地说，不等她开口说话，便跟着副部长离开了。

走入副部长的办公室，叶萌萌诧异地发现，办公室里还有其他人——除了副部长外，叶恒和李士杰也在。

看到叶萌萌进来，所有人都很惊讶。

“叶萌萌，怎会是你？”李士杰诧异地问。

叶萌萌讶然道：“李总监？还有……”

叶恒微微蹙眉，直接开门见山：“这份文件，是你做的？”

叶萌萌察觉到气氛的严肃，还是深吸了一口气，直接承认：“是的，这份文件是我做的。”

李士杰立刻开口求情：“叶总，您看这件事不如就算了……叶萌萌平时工作认真，她的优秀，大家都有目共睹，我们可以想办法把这个错误修补……”

叶恒冷冷地开口道：“既然这样，你明天不用来上班了。”

这话一出，办公室里的其他三人都被惊到了。

李士杰难以置信道：“叶总，您这是……”

“为什么？”叶萌萌微愣片刻，直接说出了自己的想法，“除了这件事情，我在其他方面并没有犯过任何的错。根据公司的章程和制度，即使我在这件事情上犯了错误，我目前的积分，还达不到被公司开除的标准……”

叶萌萌看着叶恒，却没有让男人的表情有丝毫松动。

叶恒冷笑出声：“你还知道公司的制度？”

叶萌萌不服气地说："叶总，我不是很明白您的意思，这件事的确是我做错了，但我会想办法弥补……"

"弥补？"叶恒打断了她，"好，既然你不明白，那我便直截了当地告诉你。你知道，因为你这份报告的差错，导致我们集团损失了一笔与东方集团价值三亿的合作。你认为，就凭你，可以挽回三亿的损失？"

不等叶萌萌从震惊中回过神来，李士杰已经急切地开口："不，叶总，您先前不是说那个东方集团……"

"李总监！"叶恒朝李士杰扔去一个警告的眼神，"你不要忘记了，恒天集团禁止员工利用自身职务为他人谋取便利，念在你这些年来为集团贡献的分上，我不会追究你的责任，但……"

李士杰更加急了："不是的，叶总……"

"这件事情和李总监没有关系，你不必迁怒他，既然是我的错。"叶萌萌深呼吸了一口气，"好，既然这样，我接受你的……"

然而她话未说完，有人冒失地打开门冲了进来，大喝道："等一下！"

办公室内静了几秒，叶恒不悦地看着来人，沉声道："我不记得有让你进来。"

孙梦楠一头撞入办公室，喘着气："叶总，那个，萌萌……"

"怎么，你想要跟她求情？"叶恒更加不悦。

孙梦楠心急如焚地摇头："叶总，请您不要开除萌萌！您要开除的人不是她，是我！因为那份报告不是萌萌做的，是我做的！"

她连珠炮似的扔出一堆话，炸得办公室里的人都蒙住了。

"不是叶萌萌做的？那太……"太好了！李士杰差点脱口而出，意识到自己失态，赶紧轻咳一声，“到底是怎么回事？”

叶萌萌大吃一惊：“梦楠，你……”

“刚刚那份策划不是萌萌做的，是我做的！”孙梦楠抢在叶萌萌开口之前，一口气说道，“萌萌是怕我被开除，所以才顶替我……对不起！”

叶恒皱起了眉。

“既然不是叶萌萌做的，那就好说了。”副部长赶紧开口圆场，“叶总，您看……”

“叶总，既然您要开除犯错的人，那么就开除我吧！”孙梦楠说。

“梦楠！”叶萌萌不赞同地看着她。

叶恒阴沉着一张脸，一言不发地离开了办公室。

原本还忐忑不安地等着发落的孙梦楠一下子愣了：“哎，BOSS 怎么……”

李士杰暗暗松了一口气，走上前，道：“既然不是叶萌萌的错，那这件事就算了。孙梦楠，你赶紧把文件中错误的地方改正过来，亡羊补牢为时未晚。”

孙梦楠愣道：“可是，叶总他……”

“没关系，叶总那边我会好好和他说的。”李士杰说着，将目光转向叶萌萌，“至于叶萌萌，你……萌萌？”

叶萌萌没等他将话说完，便离开了办公室，大步朝叶恒追了出去。

“请等一下。”叶萌萌冲着叶恒喊道。对方脚步微微一顿，但并未停下，继续往电梯的方向而去。

叶萌萌立刻加快了脚步，抢在叶恒进入电梯之前，拦在他的面前。

叶恒冷冷地说：“让开。”

叶萌萌没有理会他的话，而是直直地对上他锐利似刃的目光：“叶总，我知道你一向对我有偏见，但是，你不能因为这样就公报私仇！”

叶恒目光微沉，他停下脚步，侧头看向她：“在你进公司第一天的会议上我已经说过，恒天集团不欢迎别有用心的人，尤其是像你这种满脑子歪心思的人。”他的语气冷得像寒冬里的冰雪，“想用这种方法吸引我的注意力，那么你便想错了。”

叶萌萌惊呆了：“什么？”

“我希望你能够记住我的话。”叶恒像是没有看到叶萌萌那震惊的神色一样，态度强势地扔下一句，便离开了。

什么人啊！

叶萌萌心里仅存的对叶恒的一丝好感立刻消失殆尽。

她看着对方那冷漠无情的背影，气愤地嘟囔：“拽什么拽，我男朋友比你好一百倍！”

这霸道总裁，虽然有着和魔王一模一样的脸，性格却是南辕北辙，讨厌极了。

在李士杰和副部长的求情下，孙梦楠最后并没有被开除，只是让她将之前的错误弥补了，并且扣掉当月的绩效工资。

对于这样的处罚，孙梦楠已经很满意了。

孙梦楠将一切的功劳都算到了叶萌萌身上，对她很是感激。只是，她对叶恒的印象差了不少。

试用期过后，叶萌萌和孙梦楠都顺利转正了。

技术部的工作，叶萌萌也逐渐上手了。

在工作方面，叶萌萌的表现无疑是完美的。不到半年，叶萌萌就做出了惊人的业绩。她指出了《王者天下》里数个可能会影响游戏的bug，并协助将其修正了过来。

虽然还没有升职，但她在众人心中的地位提升了很多。

这段日子里，叶萌萌几乎没怎么碰见过叶恒。就算见面，也只是远远看一眼。因为对他怀着复杂的心情，叶萌萌都是选择绕路而走。

“总算忙完手头上的事情了。”孙梦楠伸了一个懒腰，转头看向叶萌萌，“萌萌，一会儿下班一起去吃饭？我知道最近附近开了一间新的烤鱼店，听说很不错……”

叶萌萌摇了摇头，歉然地说：“不了，今天我还有其他的事情，下次吧。”

“啊，这么不巧？”孙梦楠怔了怔，有些惋惜地耸了耸肩，“那好吧，下次再约。”

叶萌萌笑了笑：“好。”

“不过总算是顺利度过了试用期，我以为那天我要完了，多亏了你和李总监求情……”孙梦楠一脸感激的表情，似是想起什么，她停顿一下，才疑惑不解地开口，“萌萌，你说，之前boss为什么要针对你？那件事情，明明不是你的错，更何况你这么优秀，为什么澄清之后，他还给你甩黑脸？老板们都应该很喜欢优秀的员工才对？你们之间是发生过什么吗？”

说到这里，她压低了声音：“莫非……是因为boss在追求你，而你拒绝了他的告白？”

叶萌萌微微一顿。

她还没接话，孙梦楠便忍不住扑哧地笑了。她忙挥挥手，忍住笑说：“我刚刚开玩笑的，萌萌，你别放在心上。”正了正色，她又问，“不过，到底是怎么回事？”

“可能是刚入职的时候，我和 boss 之间发生了点误会。”叶萌萌假装在收拾桌上的东西，语气平静。

孙梦楠愣了愣：“什么误会？”

“就是……”叶萌萌有些难以启齿，但她想了一下，避免日后误会更深，还是如实说了，“刚入职的时候，他的背影看起来跟我的男朋友很像，所以我误把他当成了我的男朋友……没想到 boss 误会了，认为我要勾引他。”

一口气将话说完，孙梦楠却没了声音。

叶萌萌迟疑地抬起头，却看见她一脸目瞪口呆的表情。孙梦楠迟钝地回过神来，说：“难道……boss 还看那些什么《霸道总裁爱上我》的脑残小说？”

“什么？”叶萌萌一时没反应过来。

孙梦楠自顾自地分析下去：“不然，他那个反应为什么和那些总裁小说里的脑残总裁的反应一模一样？”她的语气里满是不可思议，“不小心碰了他就是欲擒故纵，这……”

叶萌萌：“……”

虽然她之前也是这么想，但由孙梦楠说出这句话，她为什么会觉得……分外好笑？

孙梦楠犹自和叶萌萌吐槽着叶恒：“我还以为他和小说里那些霸道

总裁有什么不一样，没想到他居然也是这样的……真是人不可貌相啊！”

叶萌萌忍着想笑的冲动，正要接话，只是，她眼角的余光突然看到什么，立刻有些慌乱地敛起嘴角的笑意，又赶紧朝孙梦楠使眼色并出声提醒：“梦楠，那个……”

孙梦楠对她的提醒恍若未觉：“哎？萌萌你怎么了？难道我说得不对吗？我说的可是大实话……”

叶萌萌咳嗽起来，压低声音：“咳咳，你后面……”

“怎——”孙梦楠奇怪，但还是顺着她的目光看了过去，没想到一转头，就看到一脸冷然的叶恒，她的声音戛然而止。

看到叶恒那张比千年寒冰还要冷的脸，孙梦楠僵硬地回过头，看向叶萌萌，眼中明显地写着三个字：完蛋了！

叶萌萌移开了目光，说：“梦楠，你不是说约了别人下班后一起去吃饭吗？时间不早了，我们赶紧走吧。”

“对对对。”孙梦楠如梦初醒，连连点头。她也顾不得收拾桌子上的东西，赶紧拉着叶萌萌离开了。

至于周身都散发着低气压的叶恒？谁还有空理会呢？

带着一身疲倦回到家中，叶萌萌打开房间的灯，将包扔到一旁，然后躺到床上。

“呼——”她叹出一口气，尽量将脑袋放空，不去思考任何的事情。

但不知道怎的，她的脑海里无法抑制地浮现出魔王和叶恒的脸。两人的脸在眼前交替出现，不知不觉合在了一起……

“真讨厌，阴魂不散的家伙……”叶萌萌烦躁地用枕头盖住自己的脑袋，又扔开，她在床上翻来覆去，嘟囔着，不知不觉睡着了。

黑暗中，有一点光亮在前方显现。

这是……什么地方？

“叶萌萌，叶萌萌……”

叶萌萌站在一片黑暗中，隐约听到有个声音在呼唤她。这个声音缥缈得像是浮在空中捉摸不定的云朵，虚幻而不真切。

谁？是谁？

她努力地想要找到声音的来源，突然，一个身影出现在她的面前。

“蠢女人，你在找什么？”略带讥讽的声音传入耳中，那个声音，是如此熟悉。

叶萌萌僵了一下，立刻朝来人看了过去。然后，她看到了魔王，他的身上还穿着他刚来到现实世界的时候，她随手扔给他的那件衣服。

叶萌萌看着魔王脸上似笑非笑的神色，只觉得眼眶湿了起来，眼泪开始往外溢。

“小豆丁？”她喃喃出声。

魔王却在听到这个词语时，脸色一下子黑了下来：“蠢女人，说了多少遍，不许喊这个名字！”

“真的是你！”叶萌萌一下子冲过去抱住了他，“你去哪里了？你什么时候回来的？你知不知道，我遇到了一个和你长得一模一样的人，那个人可讨厌了。为什么……”

一连串疑问抛了出来，魔王都没有说话。

可是很快，叶萌萌发现自己抱着的“魔王”变成了虚无的空气。

他消失了。

她愣愣地站在原地，宛如一个被抛弃陷入迷途的孩子，不知道去向。

“为什么……”

叶萌萌跌坐到地上。这一瞬间，她惊醒过来。

睁开眼睛，叶萌萌愣愣地看着天花板，喃喃出声：“为什么连做梦也要这么残忍？”

她不由自主地想起魔王和她相处的那些日子，忍不住流下了眼泪。

“叶萌萌，不能再这样了……”

她自言自语，努力压制住自己的情绪。

似是想到什么，她翻身下了床，打开了《王者天下》的游戏养生舱，躺了进去，登录了游戏。

进入游戏后，叶萌萌哪里也没有去，只身一人进入了“深渊之狱”这个副本——这是叶萌萌这些天来，唯一刷的副本。

每一天，她都进入副本来，一次又一次地“凌虐”魔王。

“卑鄙的人类，你……”

走入魔王殿中，无视了NPC魔王那一大串由系统设定好的台词，叶萌萌直接甩了一个冰系魔法砸了过去，开打。

看着魔王那张熟悉却陌生的脸，她的心情没有办法平复下来。

“恭喜玩家叶萌萌顺利通关‘深渊之狱’副本狱级……”

刷了一遍副本，叶萌萌没有看世界频道上的议论，直接退出了游戏，倒在床上就睡了。

就如同以前无数个夜晚，那般令人不能安宁。

第二天正好是周六休息日。

叶萌萌睁眼的时候，已经临近中午。

因为昨天的失眠，她醒来的时候，脑袋有点疼。

揉了揉太阳穴，叶萌萌从床上爬了起来，打算随便煮点东西填饱肚子。没想到打开冰箱，里面竟然空空如也。

她没有办法，只好简单收拾了一下自己，准备出门到超市买点东西。

刚走到楼下，叶萌萌遇到了刚从外面回来的张大妈，习惯性地问了声好。

“哎呀，是萌萌，今天休息吗？”张大妈拉住了叶萌萌，一阵寒暄后，又左顾右盼，“萌萌，你那男朋友呢？我这段时间怎么没看见他啊？”

叶萌萌脑袋还有些昏昏沉沉，被张大妈这么一问，头更痛了，但对方是长辈，她只好忍耐着回答：“这个……因为我们两个身处异地，所以见面的时间也少了。”

“这样呀，那改天你让他过来，我包饺子给你们吃。”张大妈和颜悦色地说。

叶萌萌只能先答应下来，又随意敷衍了几句，便飞快地跑了。

“呼——”直到看不到张大妈的身影，叶萌萌方才松了一口气。

为什么每当她想要忘记的时候，总有人会提醒她那些事情？

叶萌萌摇了摇头，走入超市，推着购物车挑选商品。

走到泡面的货架前，她习惯性地取下一杯泡面。可还没等她将泡面放到购物车里，她的动作突然一僵。

看着手中的泡面，叶萌萌不知怎的又想起了魔王。

这不是魔王最喜欢吃的泡面吗？她怎么下意识就从货架上……

打住！叶萌萌摇头，在心里唾弃自己：叶萌萌，你在想什么？不就是买个泡面吗？怎么这么多愁善感的。

她压下那些纷杂的情绪，将泡面扔到购物车里，又从货架上拿第二杯。却在这时，一只手也朝货架上的泡面伸去，两人的手碰在了一起。

“抱歉。”她下意识缩回了手。

对方的手微凉，但还没等她看清来人是谁的时候，一个低沉的声音便传入耳中：“又是你？”

声音带着浓浓的不悦。

叶萌萌抬头，看到了一张熟悉的脸。她低呼出声：“叶……叶总？”

怎么这么巧合，连逛个超市也能遇到他？

叶萌萌看向货架，然后发现，叶恒挑选的泡面牌子和她挑选的一模一样……

怎么会！

魔王最喜欢吃的那个牌子的泡面，而叶恒也……

一瞬间，叶萌萌心中涌起了五味杂陈的情绪。

叶恒和魔王长得一模一样，连口味也如此相似，他们两个之间，是否存在什么联系？为什么……

但还没等她将思绪理清，叶恒已经极为不悦地开口质问：“你跟踪我？”

“什么？”叶萌萌一愣，一时没反应过来。

没想到，她的失神落入叶恒的眼中，却成为“默认”的表情，叶恒斥责道：“我以为在公司大会上说过，你会收敛些。没想到你对我的警告置若罔闻。怎么，见欲擒故纵的套路不成功，又想出这样的把戏来接近我吗？”

叶萌萌被他一连串的话语砸蒙了：“等等，你在说什么？”

叶恒的目光落到货架的泡面上，一字一顿地警告道：“你是从哪里打听到我的行踪？还有……”

叶萌萌气笑了，不知道该说什么好。她出声打断他：“你开什么玩笑？我就住在旁边的小区，我来超市买个东西都不行了？叶总，你家是住在海边吗？”

叶恒皱起眉。

抢在他开口之前，叶萌萌接着说：“Boss大人，你就不要自作多情了，行吗？别以为你是总裁，就真的是小说里的霸道总裁。我之前已经和你解释过了，我只是认错人了，我的男朋友和你的长相很像，名字也差不多一样，就叫恒，所以才会做出那么失态的事情。我那时候已经道歉了，你为什么总是要抓住这一点不放？”

“那你三番五次出现在我面前，这又怎么解释？”叶恒依然冷着一张脸，明显不相信她的话。

叶萌萌心平气和地说：“我没有什么好解释的，这的确是巧合。”

叶恒冷笑一声，明显不相信她的话：“你说的故事很感人，但也仅此而已。”

叶萌萌错愕道：“你说什——”

叶恒冷声道：“这世上没有完全相同的两片树叶，又不是同卵双胞胎，怎么可能会有长得一模一样的人？”

“爱信不信！我为什么要跟你解释？”叶萌萌强忍着快要夺眶而出的眼泪，将货架上魔王爱吃的泡面全部扫进自己的购物车中。

她没有再理叶恒，而是拿起泡面直接去结账了。

叶恒站在原地，看着叶萌萌的背影，又看看原本放着他想购买的泡面、却已经被叶萌萌清扫一空的空货架，轻蹙了一下眉。

叶萌萌正在气头上，没有注意到叶恒的异样。

那叶恒，真是太过分了，连中二病也跟魔王一模一样！

想到这里，叶萌萌脚步微顿。她摇了摇头，把脑中那念头驱走：不对，魔王是魔王，叶恒是叶恒，他们根本就不是同一个人。

气死她了！

这世上怎么会有叶恒那么蛮不讲理的人？

叶萌萌拎着购物袋回到家里，仍然怀着一肚子的火气。

她将两大袋泡面往沙发上重重一放，便转身回到自己的房间。

虽然把叶恒想要买的泡面全部买光了，但她还是觉得不解气。

叶萌萌躺进游戏养生舱，登录上游戏。

一片光影闪烁后，身穿魔法师袍的叶萌萌腾空出现在伟斯大陆的主城里。

这是她上次下线的地方。

伟斯大陆是一片被魔气污染的大陆，常年不见天日，天空仿佛永远被厚重灰暗的云翳遮盖，透不进一丝阳光。

不到半年的时间，已经足够让《王者天下》里的世界发生了翻天覆地的变化。随着游戏剧情的更新，伟斯大陆的面貌也发生了一些改变。

伟斯大陆彻底开放后，一大批玩家拥进了这片未完全被开发的大陆，新种族和新职业也应运而生。

黑暗阵营的玩家和公会开始在佧斯大陆上如春笋般崛起，佧斯大陆以前未开发的区域，也陆续被玩家攻略下来。

总结来说，就是进入佧斯大陆的玩家更多了。

以往冷清的大小主城，如今热闹非凡，主城内外都挤满了玩家。

今天是休息日，主城的街道上人来人往，不时有玩家上线下线，也没有人注意到突然出现的叶萌萌。

因为连续刷新“深渊之狱”副本记录的缘故，如今的叶萌萌也算是《王者天下》里有名的玩家了。

为了避免引人注目，叶萌萌将魔法袍的兜帽拉低了一些，乔装成普通的魔法师玩家，如往常一样前往“深渊之狱”副本，就像回自己的家那样熟悉。

几分钟后，她来到了副本的入口前。

叶萌萌一抬头，便能看见她的名字高高挂在副本的排行榜榜首。

此时的副本外正是人满为患，副本入口外，玩家们在周围忙碌地来回穿梭，也有不少的玩家站在路边叫喊。

“组队过深渊副本，还缺一个位置！”

“速度速度，还缺一个药剂师的位置！”

“有人要组队吗？”

“组队进副本缺一人！”

“深渊之狱”副本，是佧斯大陆目前最受欢迎的副本。

除了通关奖励丰富的原因外，还因为副本BOSS魔王的颜值。

魔王身为伡斯大陆的顶级 BOSS，邪恶俊美、心狠手辣，却有着悲惨而催人泪下的身世。魔王的剧情故事更新之后，使他一跃成为《王者天下》最受欢迎的游戏角色。

尤其备受女玩家们的欢迎，魔王光凭着俊美的容貌和修长完美的身材，便足以让颜控和迷妹死心塌地，再加上凄惨的身世，更让人为之落泪。

魔王的支持者甚至在线上线下成立了一个“魔王后援团”，为魔王应援，一些大触和写手，还为魔王创作了许多同人图和同人文。

在《王者天下》官方论坛的同人板块里，有许多跟魔王相关的同人小说和同人漫画，诸如《我的魔王大人》《与魔王的邂逅》《魔王的淘气小甜心》《与魔王的 99 个约定》《魔王的迷糊小魔后》《特工魔妃的魔王殿下》……

叶萌萌也看过上面的同人小说，只觉得啼笑皆非。

粉丝们凭着自己的印象，把魔王设定成邪恶霸道的性格，可谁又知道，真正的魔王其实是一个中二病患者？

叶萌萌收起思绪，继续往前，独自一人进入了“深渊之狱”副本。

顺利清理掉外面的小怪，叶萌萌走进魔王的大殿。

踏入殿门的那一刻，弥漫在殿中的浓雾渐渐散去，雾气深处，出现了一个人。

随着视野逐渐清晰，那人的真容在雾中显现。

魔王正坐在殿中的宝座上，手倚着椅背，托着下巴，双眼闭着。似是听到门口传来的动静，他缓缓睁开了眼睛，看向来人。

他的眼中没有一丝温度，仿佛黑不见底的深渊，冰冷、孤寂，唯独不见昔日的嘲讽。

叶萌萌对上他的目光。

目光交接的那一瞬间，一眼万年。

魔王微微挑了挑眉，慵懒地靠到了椅背上，说出了被设定好的台词：“呵，肮脏的人类，竟然能找到这里……”

看着那张熟悉却陌生的脸，叶萌萌心中却忍不住冒起了一股无名火。

她没等魔王将台词说完，便举起了魔杖，朝他发射一连串的魔法弹。

砰砰砰！

金色的魔法弹砸落到地面和墙壁上，顷刻荡起了一阵烟雾和灰尘，将魔王的身影淹没。

叶萌萌也不给魔王反抗的机会，技能接二连三地往他身上砸。

哼！让你顶着一张招蜂引蝶的脸！

不是说以叶恒的脸作为原型吗？

不，她的魔王怎么可能顶着叶恒的脸！

让你顶着叶恒那张讨厌的脸！

让你自作多情！

叶萌萌将魔王当成叶恒，刷了三遍副本，才退了出来。

她再次刷新了单人过副本的记录，因此在副本外引发了一场不小的骚动。

“叶萌萌？又是她？”

“叶萌萌又出现了？她在哪里？”

“叶萌萌呢？叶萌萌呢？”

……

在叶萌萌退出副本的同时，一支队伍也因为通关失败而被强制退出。

叶萌萌与那支小队的玩家同时出现在一处，加上她装备穿着都十分低调，因此被误认成小队的一员，没有被人发现。

这支玩家队伍所属的，是不久前，刚重新建立的公会“新晚清之盟”。

因为几个月前的风波，晚清之盟的会长夕阳晚清销声匿迹了好一段时间，晚清之盟的几名副会长趁机卷了公会的资金跑路，公会一直处于无人管理的状态，退出的成员越来越多，几乎将要瓦解。

还好一个月前，夕阳晚清又出现了，将公会重新建立了起来。

只不过，新晚清之盟再也不是以前的第一公会了。

公会会员一寸光阴一脸忧愁地问：“会长，这可怎么办？这副本里有我们公会升级的道具，不打下来，我们的公会就永远升不了级啊。”

“你问我，我问谁？”夕阳晚清满肚子的火气，用力一脚踢飞了脚下的石子，“现在的游戏策划是脑子进水了吗？为什么要将公会升级条件改得这么变态？”

从副本出来的时候，叶萌萌还在气头上，没有注意到路上有人，一不留神，就跟刚转过身的夕阳晚清撞到了一起。

夕阳晚清被撞得一个踉跄，倒退了好几步才站稳脚步。他生气地道：“什么玩意，走路不长——”

他的声音在下一刻戛然而止。

“等等。”

一阵熟悉感蔓延而上，夕阳晚清心中生疑，又倒退了几步，仔细打量兜帽下的那张脸。

“叶萌萌，是你？”他惊讶出声。

叶萌萌面无表情地瞥了他一眼，继续往前走。

“等一下！”

夕阳晚清连忙一阵小跑追上了她，拦住了她的去路。

“叶萌萌，我以新晚清之盟会长的身份邀请你，加入我们的队伍。”他一本正经地说道。

谁知道叶萌萌看也不看他一眼，绕过他直接离开。

夕阳晚清急了，又往前追了几步。

“喂喂，先别走嘛！”

他厚着脸皮说：“叶萌萌，我没有别的意思，就是有件事情想和你商量一下。好吧，其实我是想聘请你带我们过‘深渊之狱’的副本，至于价格嘛，这不是问题……”

“喂喂，你等等啊——”

话未说完，一阵白光在眼前亮起。

等夕阳晚清回过神来的时候，叶萌萌已经下线了。

周一，恒天集团。

叶萌萌刷完卡走进电梯的时候，刚好是八点五十九分。

不过，很不凑巧地，她居然又遇到了叶恒。

电梯里除了叶恒外，还有宋特助。

只是一眼，叶萌萌便收回了视线。她转过身按下自己要去的楼层，对身后的叶恒和宋特助视而不见。

但从叶萌萌踏进电梯的那一刻，叶恒的目光便一直落在她的身上。

他盯着她，突然冷声开口：“已经过了考勤的时间，你为什么还没到办公室？上班这才几天就迟到？你把公司的规章制度当成什么？”

叶萌萌一愣。

她抬头看了一眼电梯荧屏上显示的时间，的确，已经是九点零一分了。

但是……

叶萌萌转过身，毫不客气地与叶恒针锋相对：“叶总，我记得，公司的制度规定，上班时间是按打卡为准吧？什么时候变成了以到达办公室为准？莫非叶总的权限大到能擅自更改考勤时间了？可我怎么记得，公司的规章制度是由公司高层开会表决通过的？”

叶恒眼神冰冷：“你——”

叶萌萌又说：“我刚刚在八点五十五分的时候已经打过卡了，记录都可以在公司的考勤系统里查到。”

“叮”一声，电梯门开了，到达了叶萌萌要去的楼层。

“再说，叶总你不也还在电梯里吗？教训别人之前，请先以身作则。”

扔下这么一句，她不再理会叶恒，转身大步流星而去，只留下被呛得说不出话的叶恒。

第 3 章
针锋相对

从电梯间到总裁办公室的这一小段距离，宋特助如履薄冰。

他一直低头跟在叶恒身后，小心翼翼，连呼吸都不敢太重。

这段路程，叶恒始终没有说过一句话，浑身仿佛笼罩着冰冷而无形的低气压，令人窒息。

办公室的自动门感应到有人，主动往两旁退开。

叶恒一言不发地走进办公室。

他停在落地玻璃窗前，看着窗前的帘幕慢慢地升起，缓缓地吐出了一口郁气。

阳光透过玻璃窗洒进来，照到他的身上，让他侧脸的线条显得更加锋利和冷漠。

“叶总……”宋特助大气不敢出，试探着开口。

他跟在叶恒身边也有好几年了，自然熟知叶恒的脾性。

到现在一句话也没有说。

这是发怒的前兆啊。

“宋特助。”叶恒突然开口，音色宛如薄冰片般冷冽。

宋特助吓得一个激灵，赶紧道：“是，叶总，您有什么吩咐？”

叶恒抬步走向办公桌，坐下，冷声道：“通知下去，以后技术部那边提交上来的报告，我都要亲自审核一遍。”

“可是叶总，技术部那边不是一直由李总监……”但看着叶恒那双宛若结了寒冰的黑眸，宋特助又把话咽了回去，“是，我明白了。”

反驳了叶恒的无理取闹，叶萌萌觉得神清气爽。

想到叶恒吃瘪的模样，她忍不住嘴角上扬。

叶萌萌怀着愉快的心情走进办公室，孙梦楠正在自己的位置上喝豆浆。看到叶萌萌，孙梦楠立刻抬手跟她打招呼。

“萌萌，早上好啊。”

“早上好。”叶萌萌走到自己的座位，将单肩包放到桌上。

孙梦楠好奇地问：“你今天心情好像很不错啊，遇到什么好事了吗？”

叶萌萌嘴角微勾：“没什么，就是今天上班的路上，教了一个无理取闹的人做人的道理。”

“哦，是吗？”孙梦楠却一下子想歪了，顿时吓了一跳，“无理取闹？萌萌，你不会是在路上遇到碰瓷的了吧？”

碰瓷？

叶萌萌愣了下，反应过来后，不由得为孙梦楠丰富的想象力感到好笑。

她失笑道：“碰瓷吗？其实性质嘛……也差不多吧。”

“那你没事吧？”孙梦楠关切地问。

叶萌萌说："没有，群众的眼睛是明亮的，一眼就识破了他的真面目，所以没有让他得逞。"

"那就好，那就好。"

叶萌萌转移话题道："对了，梦楠，这周的工作任务发布了吗？"

"我看看啊。"

孙梦楠咬着吸管，单手在虚拟键盘上戳了一下，工作记事簿立刻弹跳出来，工作清单一项项地在虚拟屏幕上罗列出来。

刚刚转正的员工还不能参与到大型的项目中，一般是由组长将工作清单下发，组员再将各自或协作完成分到的任务。

叶萌萌和孙梦楠是同一个小组的成员，按理说组任务是需要共同完成的。

但叶萌萌是一个例外，她因为拯救了恒天集团的核心技术，已经被技术部的核心成员熟知，这在技术部核心组是一个公开的秘密。

因此，她可以直接参与到核心组的工作里。只不过，叶萌萌并不想太高调。

在她的坚持下，李士杰也同意她先从最基础的工作开始做起，如果核心组有需要，就让她过来帮忙。

"这周的任务……"

叶萌萌探过头，跟孙梦楠一同看向工作清单。

技术部 X-R 小组本周工作清单：

1. 游戏《云行天下》最新的 UI（User Interface 用户界面）设计；

2. 公司广告和宣传海报的内容；

3. 即将上线的小程序的测试；

4. 本周技术部的工作报告和记录整理……

……

叶萌萌略略扫了一眼："任务看起来不是很重，我们跟其他人商量一下，然后分工完成吧。"

"没问题！"孙梦楠愉快地答应下来。

到了周四，技术部已经完成的工作报告和工作记录单都提交到了总裁办公室。

叶恒修长的手指滑过虚拟屏幕，点开其中一个文件，飞快地浏览起来。

所谓术业有专攻，叶恒在国外攻读的是工商管理类的专业，精通的是企业管理，对技术类的知识是一窍不通。

所以，对技术部提交上来的代码文件，他自然是——

看不懂。

叶恒随手打开的这份报告是孙梦楠做的，虽然文档里那一行行犹如天书的代码字符，他一点也看不懂，但上面参差不齐的字体和格式，还是让他不适应地皱了一下眉。

叶恒略略将内容看了一遍，便不动声色地将文档关掉了。

他自动将其他人提交上来的文件都过滤了，唯独将叶萌萌撰写的报告都筛选出来，一份份点开看了一遍。

但令他不满的是，叶萌萌撰写的报告，无论是行文还是格式排版，都比孙梦楠提交上来的文件更好。

"……"

叶恒眉心紧蹙，眼底的阴霾仿佛更浓了。

她的工作完成得十分完美，他竟然挑不出任何的错处和毛病来！

站在办公桌一侧的宋特助却发现，在看了技术部提交上来的文件后，叶总的脸色好像更难看了。

莫非……技术部的工作完成得十分马虎？

他咽了口唾沫，小心谨慎地开口："叶总，技术部提交的工作报告……"

叶恒抬起头，冷冷地打断道："把这些文件，全部打回去。"

宋特助愣住了，一瞬间怀疑自己的听力出了问题："全部？"

叶恒靠着椅背，面无表情地说道："全部。"

"叶总，技术部的工作，完成得很糟糕吗？"宋特助下意识地问了一句。

叶恒没有说话，只抬头，冷冷地向他瞥去。

"我明白了，叶总。"

宋特助被盯得冷汗直冒，也不敢多问，赶紧退出办公室，将叶恒的命令发布下去。

他心里却忍不住嘀咕：不是千叮万嘱了要重视吗？技术部是怎么搞的？怎么完成得这么马虎？

那李总监还跟他吹嘘说他们技术部是全公司最好的部门，这下好了，牛皮吹破了吧？

技术部。

"总算干完活了。"

孙梦楠伸了一个懒腰，又转头高兴地跟旁边的叶萌萌说："萌萌，为了庆祝我们把工作和大魔王干掉了，下班后，我们一起去涮火锅吧！"

“好啊，反正我今天晚上也……”

叶萌萌正要说话，就看见他们小组的组长一脸沉重地走了进来。

组长拍了拍手，将所有人的注意力都吸引过去。

“组长，怎么了？”刚完成了本周任务的组员们正七嘴八舌地议论晚上要去哪里娱乐，突然被打断了，都不由得感到奇怪。

组长一脸凝重地说：“各位，有个坏消息。新上任的叶总对公司的部门进行了抽查，刚好抽中了我们部门，总裁办那边刚给我们返了审核的结果，结果……很不乐观。我们交上去的成果，都被退回来了。”

孙梦楠脸上的表情僵了僵：“什么？都……退回来了？可我们已经对程序进行了几次测试，并没有任何的问题啊。”

一位老员工皱眉道：“对啊，叶总怎么就抽中我们技术部？我听说他是M国商学院毕业的，去抽查商务部之类的不是更好吗？难道他还看得懂代码？”

“组长，我们是哪里做得不好？”

组员们接二连三地发问。

组长的表情有些一言难尽，他欲言又止，又深吸了一口气，才开口说道：“总裁办那边的意见都发到你们的工作计划簿里去了，具体的修改方案，你们自己看吧。”

带着疑惑，小组的成员各自回到自己的座位上，打开了自己的工作计划簿。

孙梦楠负责的是游戏界面的新UI设计这一块内容，当她看到总裁办反馈回来的意见时，整个人都惊呆了：“什么？说我设计的UI美术功底差？这……不是美术部那边通过审核交过来的素材吗？我只是根据他们提供的素材弄上去的呀？

“还说我写的代码排版凌乱？这是什么奇葩意见？”

不仅是孙梦楠，小组的其他成员也收到了或多或少的整改意见，就连叶萌萌也无法避免。

叶萌萌负责的是代码部分的任务，还有一周总结报告的书写。

总裁办那边给的评价只有四个字——

“狗屁不通。”

叶萌萌看着虚拟屏幕，半晌无语。

“萌萌，你得到的意见是什么？你做得那么完美，应该——”孙梦楠探过头来，下一刻不由得瞪圆了眼睛，“什么？狗……”

她一句话也说不上来了，只能和叶萌萌四目相对，相顾无言。

叶萌萌冷静下来：“算了，既然上头对我们的工作不满意，那我们就好好修改吧。”

孙梦楠发出一声哀号：“要重做？啊啊啊，那晚上的火锅岂不是要泡汤了？”

尽管有诸多不满，叶萌萌等人还是只能按照上面给的命令对文件和代码进行修改。

技术部整体的气氛一时变得沉重和压抑，格子间里安静得只能听见敲打键盘时发出的噼里啪啦的声音。

孙梦楠苦兮兮地敲着代码，还是忍不住小声地抱怨了一句：“总裁办那边到底是怎么了？莫非负责审核的人还有强迫症？连代码都要堆砌得整整齐齐、方方正正的才看得顺眼？”

叶萌萌接话：“我们快点修改完吧，还有两个小时就要下班了。”她看着屏幕，淡定地将写好的架构推翻重建。

孙梦楠被她提醒，赶紧打起精神来：“没错，你说得对。为了火锅，我们都要加油！”

恒天集团是不鼓励员工加班的，这是为了让员工提高工作效率，不把工作留在下班后。

但是，一周的工作量实在太大了。

直到下班，技术部的修改任务也没有完成，大家只好将工作带回家里继续做。

饶是叶萌萌，也用了五个小时，才将代码和报告重新写了一遍。

敲下最后一个字符，叶萌萌舒了一口气，停下手上的工作。

已是深夜，房间里静悄悄的，只有叶萌萌的书桌上亮着一盏小小的台灯，橘黄色的灯光照着房间的一角。

她看着屏幕上令人眼花缭乱的代码，不知不觉陷入了沉思中。

这部新的笔记本电脑，才买了不到几个月。叶萌萌下意识地看向桌子底下，那部被魔王用魔焰打烂还没来得及处理的电脑。

叶恒……

算了，明天还要上班，还是不要胡思乱想了。

她按下保存的按钮，关掉台灯。

一天的生活结束了。

第二天，叶萌萌回到公司，发现技术部里的同事都是一副无精打采的模样。

孙梦楠带着两个黑眼圈从洗手间出来，困倦地趴到桌子上，有气无力地说："我昨天为了重做那个 UI 页面，做到深夜一两点才做完，我爸和我妈第二天看到我这模样，都吓了一跳，还以为我去做贼了。

"呜呜，本来还打算昨天下班后去吃火锅的。我的火锅……不行，今天下班后一定要去吃！"

但是，孙梦楠的计划还没来得及实现，很快就泡汤了。

早上，技术部刚将修改完的内容提交上去审核，不到一个小时，审核结果便返了回来。

技术类和本周公司网页和游戏要更新的内容倒是通过的，但是，总结报告却都被毫不留情地打了回来。

"字体不能用五号字，请用小四号字。"

"这总结为什么写得如此简单？请详细展开写，不少于 5000 字。"

"为什么只有一份总结？请每一位同事对自己的工作负责，每个人都必须上交一份本周总结。"

给叶萌萌的评价更是离谱——

"不知所云！"

最后，还附了一份来自其他部门的总结样稿。

技术部里又再次响起一片哀号。

"我们只是一群搞技术的，怎么还要写部门总结这种东西？"

"公司的要求什么时候变得这么严格了？"

"叶总这是抽查毕业论文吗？"孙梦楠吐槽说，"天啊，为什么又要让我想起写毕业论文那时候的噩梦？这要求，简直比我的导师给我的毕业论文修改意见还要变态！”

说着，她看向叶萌萌：“萌萌，你说呢？”

叶萌萌没有说话，只是一言不发地看着屏幕上的评价。

技术部的总结报告向来简洁、清晰，相对比漂亮的书面说明，技术部的员工更喜欢用简单的语句说明问题。

太过注重形象工程，这真不是一件好事。

这两天部门里收到的反常的评价，到底是怎么了？

突然，一个念头冒了出来。

叶萌萌皱了一下眉。

这……

不太可能吧？

技术部的总监李士杰和部长秦屿刚好有项目要谈，整整一周都不在公司里。

技术部的各组组长只得召开一个临时的会议。但直到中午，他们仍没有讨论出一个好的解决方法来。

没有办法，叶萌萌等人只能按照总裁办那边传达的命令，开始写个人总结。

很快，一个上午的时间就过去了。

恒天集团员工餐厅里。

叶萌萌取了餐回来，看见孙梦楠正握着筷子，心不在焉地戳着自己那份饭菜。

她闷闷不乐地说："上面这是怎么了？是要给我们一个下马威，杀鸡取卵吗？"

叶萌萌接话："是杀鸡儆猴。"

"对对对，是杀鸡儆猴。"孙梦楠连忙点头应和，但转念一想，又问，"不对啊，叶总为什么要拿我们部门开刀？我们这种程序员，也没什么地方好被……是因为我们好欺负，还是我们上次说了他的坏话……啊！叶总！"

孙梦楠突然惊慌失措地往后一靠，将椅子弄出了响声。

似是意识到自己的失态，她赶紧低下头去，装作卖力吃饭的模样。

叶萌萌转过头去，果然看见叶恒正从不远处的过道走过。

但他似乎没有发现叶萌萌和孙梦楠，只是目不斜视地走了过去，很快消失在餐厅的转角。

直到看不见他，孙梦楠这才松了一口气，但仍然有些忐忑不安。

"萌萌，叶总他不会……又听到我们的话了吧？"她往叶恒离开的方向张望了一眼，紧张地咽了一口唾沫。

叶萌萌收回目光，冷静地说："他刚刚离我们挺远的，这里人这么多，应该听不见……"

等等——

杀鸡儆猴？

突然，叶萌萌脑中灵光一闪，停止了说话。

像是想到什么一样，她放下了手中的筷子，站了起来。

"萌萌？"孙梦楠疑惑地看向她。

叶萌萌说：“梦楠，我好像明白了，叶总为什么要一直针对我们部门了。”

孙梦楠一愣：“什么？”

“等我一下。”刚迈出脚步，叶萌萌忽地想到什么，又回过头说，“梦楠，你用完餐就先回办公室吧，不用等我了，我去下就回。”

说完，叶萌萌转身离开。

“哎，萌萌，你要去哪里？”

孙梦楠站起来喊了叶萌萌一声，但她已经跑进了电梯，转眼间电梯门已经关上了。

“奇怪，萌萌是怎么了？”

孙梦楠满头雾水，看着叶萌萌离开的方向不解地嘟囔。

叶萌萌乘坐电梯来到 33 层。

33 层，这个位于恒天集团大厦最顶端的地方，叶萌萌只来过一次。

那是在入职之前，李士杰带她来的。

那时候，李士杰将她介绍给刚回国的叶恒。回想起来，那也是她第一次见到叶恒。

恒天集团每一层楼的面积都是一样大的，像技术部所在的 21 层，一层里划分了几个部门，技术部只占了其中的五分之一。

叶萌萌去过另外几个工作楼层，也是差不多的格局。

但 33 层只是被简单粗暴地划分成两个区域——总裁办公室和总裁特助区。

现在是午休时间，33 层的总裁特助区空无一人。

特助区是一片开放的区域，靠近电梯那端的是一面落地玻璃窗，能将大厦外的风景尽收眼底。

虽然都是一样的景色，但是从 33 楼看到的风景，果然截然不同。

叶萌萌也没有停留，她穿过特助区，直接朝总裁办公室走去。

叶恒是因为宋特助的紧急来电而回到办公室的。

总裁办公室里。

宋特助正在给叶恒汇报工作上的事情。

“叶总，您否决了东方集团的合作议案，高层那边似乎对您的决策十分不满，特别是高副总那边，因为东方集团的合作案，是他负责洽谈的……”

叶恒开口：“我认为，我们公司的全息网游的研发已经十分成熟了，还有游戏里涉及的一些核心技术，不适合对别的公司开放，因此没有必要再与东方集团进行合作研发。”

“但高副总那边……”宋特助犹豫了下，“他认为，这份合作案是经过好几次高层会议，好不容易才敲定下来的。要是您就这样否决了，会让高层们产生不满和消极的情绪，很可能会影响集团的正常运作。”

“高副总？他这是在威胁我吗？”他讽笑一声，“宋特助，你替我反问他一句，恒天集团什么时候沦落到以情绪办事的？将情绪带入到工作中，也难怪他们之前的管理会捅出了这么大的娄子……”

办公室的自动门突然向两边退开了。

叶恒和宋特助停止了谈话，不约而同地看向了门口。

一道身影出现在办公室的门口。

在看到来人的那一刻，叶恒不由得皱起了眉。

“我记得,我好像没有允许你进来。”他看向叶萌萌,语气冷漠地说道,“出去！”

叶萌萌似是早料到他的反应。她深吸了一口气，开口道：“叶总，我有事情想跟你谈谈。”

叶恒面无表情：“我不想说第二次，出去！”

叶萌萌毫不退让：“叶总，请给我十分钟，我只需要十分钟的时间。你现在没空的话，那我等会儿再来，直到你有空为止。”

宋特助被她的大胆吓了一跳，正想出声阻止，就被叶恒打断。

“你就不怕被解雇吗？”叶恒不怒反笑。

叶萌萌说：“现在是午休时间，我来找你也没有占用你的任何工作时间，而且，我也是为了工作的事情才过来的。那请问叶总，我违反了公司的哪一条规章制度，你想以什么理由解雇我呢？”

夹在两人的修罗场之中，宋特助大气都不敢出。

他不明所以。

好端端的，叶总怎么会跟一个普通小职员针锋相对起来。

面对态度坚决而强硬的叶萌萌，叶恒沉默了下来，眸中似有汹涌的巨浪在翻腾。最终，他隐忍下了怒气说：“进来吧。”

叶恒转过身背对着二人，烦躁地走向办公桌。

宋特助见状，十分有眼色地道：“那叶总，我先出去了。”

他赶紧退了出去。

办公室的门自动关上了。

偌大的室内只剩下叶萌萌和叶恒两人。

“你想跟我谈什么？”叶恒在办公桌前停下，回头看向她，身上寒冷刺骨的气息依然不减。

叶萌萌面不改色道：“叶总，我想跟你谈有关你最近对技术部工作审核的事情。”

“审核？这有什么问题？”叶恒的眼神冰冷得仿佛没有温度，“审核结果里不是说得很清楚吗？”

“不，很有问题。”叶萌萌毫不畏惧地与他对视，“我想知道，叶总到底是对我们哪里不满？我们是哪个地方做得不好？”

“我们都是按照叶总下发的审核意见进行修改的，可是叶总却一次次驳回了我们提交的工作内容。”

叶恒挑眉：“驳回是因为我对你们提交的内容很不满意。身为恒天集团的员工，在遇到问题时，你是应该自我反省，而不是跑来质问你的上司。难道你连这个道理都不懂吗？”

叶萌萌直截了当地说：“不，我不懂。叶总到底是对我们的工作内容不满意，还是对我们部门的人不满意？我知道，因为之前的事情，叶总要是对我有意见，可以直接跟我说，不必在私底下搞这些小动作，也请不要为难部门的其他同事。”

叶恒一时无言。

他似乎也没想到叶萌萌如此直接。

过一会儿，他沉声道：“你过来。”

“什么？”叶萌萌一愣。

叶恒挑眉：“不是想要知道我对你什么地方不满意，你过来，我一条条地告诉你。”

叶萌萌迟疑片刻后，走上前去。

叶恒的手指在虚空一划，点开了虚拟屏幕，紧接着找出了叶萌萌提交上来的文件，一份份打开。

当着她的面，他毫不客气地点评。

“这份文件的字体为什么要用宋体，我要的是微软雅黑！”

没等叶萌萌细看，他将文件滑过，点开下一份。

“谁让你给我交 PDF 了？我要 WORD 原版。”

“还有，这几封邮件为什么没抄送给我？”

“还有这个……”

叶萌萌听得目瞪口呆！

即使她再迟钝，这下也明白过来了——

叶恒这么做，分明就是故意挑刺！

叶萌萌简直要被气坏了。

但没等她说话，叶恒又看向她，溢出了一声带着讥讽的冷笑：“你说我针对你？没错，我就是在针对你。身为技术部的成员，做出来的文件竟然无法让它根据我想要的东西随心所欲地变化，根本就是不及格！”

叶恒看着她的眼睛，一字一顿地说，字句里暗藏刻薄：“如果连这个都办不到，那就主动辞职吧！”

原来这才是他的目的吗？

他暗地里搞这些小动作的原因，就是为了让自己主动辞职？

呵！

找不到正当的理由解雇她，就弄出一些乱七八糟的事情来逼迫她辞职吗？

叶萌萌却是笑了：“那叶总，你的意思是，只要我能做到，我做出来的工作文件或者软件能够按照你的要求随心所欲地变化，你就不再为难技术部和我？”

叶恒下意识回答道：“没错！”

话音落下的那一刻，他也愣了一下。

他显然没想到，叶萌萌会提出这样的要求。

但话已经出口，不能再收回了。而且要达到他的要求，恐怕是天方夜谭。收起眼中的嘲讽，叶恒冷着一张脸补充道：“只要你能做到。”

叶萌萌保持着微笑：“好，我明白了，谢谢叶总的教导，我这就回去修改我的文件，绝对不会让叶总失望。”

说完，她转身离开了叶恒的办公室。

返回技术部的路上，叶萌萌目光如炬，脚步如风。

她穿着的只是普通的帆布鞋，硬是被她踩出了穿高跟鞋的气势。

呵……

以为这样就能打败她吗？真是幼稚。

真是和魔王一模一……

不对，怎么又想起魔王。

他和魔王，根本没有可比的地方。

魔王多可爱，他是可恨。

叶萌萌对叶恒的挑衅不以为然，在心里狠狠地唾弃了叶恒一番，她大步流星地回到技术部。

“萌萌，你刚刚去哪里了？”

看到叶萌萌回来，孙梦楠立刻拉过她，小声地问：“你在餐厅的时候，连打的饭都没吃完就走掉了，到底发生了什么事？”

叶萌萌笑了笑，心情轻松地说：“没什么，我就是去给技术部讨了个公道。”

“啊？什么？”孙梦楠怔了怔，却是想歪了，“你是在担心审核没通过的事情吗？放心吧，我们刚刚将最近发生的事情告诉了秦部长……”

叶萌萌疑惑：“秦学长？他不是出差了吗？之前听说需要一周才回来，怎么……”

只是，说曹操，曹操到。

她们刚说起秦屿，叶萌萌就听见他的声音从身后传来。

“萌萌。”

叶萌萌回过头，惊讶出声：“学长？你提前回来了？”

秦屿走了过来，朝二人点了点头：“我刚回来，就听说了技术部最近发生的事情。很抱歉，我不知道，在我和李总监离开的这段时间，部门里出了这么大的岔子。”

“李总监知道这件事了吗？”叶萌萌问。

秦屿摇头：“李总监目前正在G市参加交流会，那个交流会是封闭式的，我暂时联系不上他。”

孙梦楠似是想到什么，吃惊地捂住嘴巴：“所以叶总是趁着部长和李总监不在，故意找我们部门麻烦的吗？”

秦屿解释道：“别这么想，叶总刚来，不太熟悉部门运作的流程，加上他对下属的要求一贯严格，才闹出了这么大的误会。”

孙梦楠若有所思："这样啊……"

叶萌萌撇了撇嘴，但也没有揭穿叶恒的"真面目"。

秦屿又道："你们放心吧，关于项目审核这件事，我会和叶总进行沟通的。"

叶萌萌赶紧说："学长，不用了，我已经想到解决的办法了。"

秦屿有些意外："你想到了什么办法？"

叶萌萌说："我想，我可以满足 BOSS 的要求。"

孙梦楠十分惊讶："啊？满足他的要求？可叶总的要求不是很……"无理取闹吗？

最后那句话，她没敢说出口。

叶萌萌没有仔细解释，只是说："学长，梦楠，你们可以让技术部的各位，先不用急着对被返工的工作内容进行修改，我来想办法解决。"

"好，我这就去跟他们说。"孙梦楠点了下头。她对叶萌萌的话深信不疑，立刻将叶萌萌的话转达给部门的其他同事。

叶萌萌回过头，手在虚拟界面一滑，唤醒了睡眠的界面，然后打开了编程的软件。

秦屿看着她麻利的动作，动了动唇，神情有些晦暗不明："萌萌，其实……你不必这样，这件事，本身就不是你的责任，你不必把所有的责任都扛到自己的身上。"

"不，学长，我是认真的。"叶萌萌目不斜视地看着屏幕，"梦楠和其他人或许看不出来，但是我明白。就算你这次跟叶总谈判成功，下次他还会在其他的事情上做文章的。所以，与其反反复复地折腾，不如一次性解决麻烦。”

“萌萌，其实叶总并不是……”

秦屿欲言又止了半晌，最后还是说：“那你不要太为难自己，要是遇到什么问题，一定要告诉我。”

“好的，学长，谢谢你。”

听着秦屿关切的话，叶萌萌只觉得心里暖暖的。

她提起精神，手指灵活地在虚拟键盘上飞舞，一行行代码出现在编辑器上。

很快，一个小软件在叶萌萌的手下诞生了。

“好了。”

她又测试了几遍，才将小软件装入了移动数据盘中。

一切准备妥当后，叶萌萌带着它离开技术部，再次前往 33 层的总裁办公室。

叶恒看到叶萌萌如此迅速地去而复返，也有些意外。

不过，当叶萌萌拿出所谓的“成果”时，他却忍不住嘲讽：“快两个小时，你就给我拿出这种东西来？这是什么？”

他有些不耐地敲了敲桌面，看着叶萌萌给他展示的小软件，一脸嫌弃的神色。

叶萌萌说：“叶总打开不就知道了？叶总想要的东西，都在这个软件里。”

叶恒一脸怀疑：“都在这个软件里？这种无聊的东西，就是你口中的所谓的工作文件能根据我的要求随心所欲地变化的软件？”

他随手打开一个文档，但是上面的内容并没有任何的变化。

叶恒不由得轻嗤出声，挑起半边眉毛，轻蔑地说："你有折腾这些毫无作用的玩意的时间，还不如快点按照我的要求，将文档的字体全部改成微软雅黑，而不是——"

但下一刻，他的声音戛然而止。

叶恒惊讶地看见，文档上的宋体字体竟然变成了微软雅黑字体。

他的表情有一瞬间的僵硬，但转瞬即逝。他很快平复了心情，冷笑道："只是改变字体，又有什么用？能变成小四号字……"

不过下一秒，文档上的字体大小变成了小四号字。

"……也没有什么稀奇的。"叶恒表情僵了僵，及时改变了话题的方向，"我要的可是WORD文档，而不是……"

咻！

几乎是话音刚落，文档便自动关闭了，飞快地跑进了软件，然后又自动打开，再打开时，PDF文档已经变成了WORD文档，整个过程不过几秒。

叶恒："……"

叶萌萌欣赏着叶恒精彩的表情，微笑着道："我回去反思了下，突然觉得叶总教训得很对，刚才的确是我冲动了。叶总大概是想教导我们，恒天集团的员工不应该将时间浪费在这些琐碎的事情上，所以我就制作了这款软件，可以根据各人的要求对文档自动处理。要是大家都使用这款软件，就不用把宝贵的时间浪费在无关紧要的事情上。说起来，这款软件的诞生真要感谢叶总。叶总，你说是吧？"

叶恒的胸膛剧烈地起伏，看起来气得不轻。

“投机取巧！”

听着叶恒磨着后槽牙的声音，叶萌萌嘴角勾起一个无懈可击的微笑：“谢谢夸奖。”

第一轮 PK，叶萌萌完胜！

第 4 章 AR 小恒

PK 掉无理取闹的叶恒，叶萌萌只觉得神清气爽。

她回到技术部后，收获了同事们感激的眼神。她制作的辅助小软件，也得到了大家一致的好评。

孙梦楠安装了叶萌萌制作的小软件后，兴奋地在自己的电脑上玩个不停。

她将各种文件转换来转换去，赞叹道："萌萌，你这个创意真是太有意思了！"

另一名同事接话："对啊对啊，你是怎样想到这样的好主意的？"

"这样的软件，集团里应该人手一个才对。有了它，大家以后办公就不用被各种格式问题烦扰了，可以一下子节省很多时间啊！"

又有人问："萌萌，这个软件叫什么名字呀？"

叶萌萌回答说："说起来，我把它制作出来的时间太仓促了，还没给它起正式的名字。"

孙梦楠提议说：“萌萌，你是它的制作者，要不……你来给它起一个名字吧。”

“好啊，那就叫……”叶萌萌想了想，“就叫小恒吧！”

“小恒？”孙梦楠和其他同事对望了一眼，面露不解。

孙梦楠小心翼翼地问：“为什么要叫……小恒？那个，叶总……”

如果她没记错，叶总好像是叫叶恒吧？

叶萌萌似是看出了她的想法，顿时有些好笑：“你想到什么地方去了？”她接着解释说，“我们公司不是叫恒天集团吗？小恒这个名字，我就是取了恒天集团的第一个字。意为恒天集团的小助手，也是集团里所有员工的小助手。”

“原来是这样！”孙梦楠和其他同事恍然大悟。

“这个名字起得真不错！”

“没错没错，那以后它就叫小恒吧！”

这时又有同事说：“对了，萌萌，不如我们请美术部那边给小恒设计一个可爱的拟人形象吧？就像桌宠，在桌面一角挂着，看着都觉得可爱啊！”

听到这个提议，叶萌萌怔了怔，不知为何，脑海里冒出了叶恒火冒三丈的那张脸。

她抿嘴笑了笑，欣然答应下来：“好啊。”

叶萌萌设计的软件“小恒”很快在公司内部推广开来。

因为“小恒”的实用性，同事们都很乐意装上这么一个软件。这些天来，恒天集团员工的工作效率得到很大的提升。

于是，不知道从什么时候开始，恒天集团内部流传起一句话——

“今天你用小恒了吗？”

美术部为小恒设计的Q版形象，更是获得了员工们的喜爱。

“小恒实在太可爱了！”

“哈哈，一打开电脑就能看见我儿子，真可爱。”

“不仅能帮我干活，还会卖萌，我的崽崽实在太棒了！”

“我崽好可爱啊！”

“真不愧是崽崽，‘麻麻’爱你！”

莫名其妙地，恒天集团内部刮起了一股养崽风潮，甚至有员工向技术部和美术部提议，给软件添加养崽的功能，可以对小恒进行触摸、换装和喂食等等。

“亲爱的主人，小恒为你服务！”

一个3D的小恒突兀地出现在办公桌的右侧，软萌的声音从可爱的3D小人的口中说出。

叶恒动作一滞，眼中的错愕一闪而逝。

“主人，你不喜欢小恒吗？为什么要露出这样的表情？”3D小人泫然欲泣。

叶恒回过神来，强忍着怒火，将宋特助叫了进来：“宋特助，这是怎么回事？中病毒了吗？”

宋特助匆忙走进来一看，赶紧解释说：“叶总，这就是上次技术部叶萌萌做的那个软件的升级版，可以飞快地处理办公文件，节省时间。后勤部觉得这个软件很实用，就给公司的所有电脑都安装了一个……”

叶恒的表情有一瞬间的扭曲。

“是谁允许他们自作主张这样做的？”他的太阳穴跳了一下，“卸载掉！以后在我的办公电脑里，都不许有这个软件出现。”

宋特助愣了一下：“好的，我明白了，叶总。”

他不太明白叶恒为什么会因为一个小软件而大发雷霆，但还是按照吩咐，将安装在电脑里的小恒卸载了。

叶恒本以为这件事情到此为止，但没想到，他把叶萌萌制作的软件卸载掉，不过是自欺欺人。

今天，他刚好要出席一个在S市本地举办的商业会谈，在乘坐电梯离开的时候，他听见了两个同在电梯里的女同事在议论——

“你的小恒崽崽几级了？”

“七级了，你的呢？”

“哈哈，我八级了！”

“啊啊啊，你怎么比我高一级？我这几天已经很努力地刷等级了！”

“嘻嘻，那是因为，我在家里也很努力地刷等级。”

小恒更新之后，添加了许多新功能。小恒的等级、使用时长以及工作完成质量有关，随着等级的提升，能解锁更多的养崽功能，比如说，小恒的新衣、小恒卖萌的动作和表情包等等。

这使得大部分员工的工作效率和工作质量都得到了大大的提升。

“崽崽真是可爱呢！”

“没错没错！对了，小恒商城里最新上架的那件时装你兑换了吗？”

“当然啦！解锁的第一时间我就兑换了！我家崽崽，当然要穿最好的衣服。”

不过是很平常的对话，却让叶恒的眉心狠狠地蹙了一下。

“咳！”

宋特助看出叶恒心情不佳，连忙咳了一声。

两名女同事愣了一下，似乎也感觉到电梯里的气氛变得不太对劲，她们下意识地朝叶恒的方向看了一眼。

两人对望了一眼，心照不宣地止住了话题，各自看向别的地方。

叮！

还好这时，电梯停下来了。

她们去往的楼层到了，两人赶紧冲出电梯，头也不回地离开。

五分钟后。

叶恒板着一张阴云密布的脸走出恒天集团的大门，宋特助十分努力地转移话题：“叶总，我看今天的天气挺不错的……”

这时，一辆新款的磁悬浮汽车驶了过来，平稳地在大门口前停下。

叶恒默不作声地上了车，宋特助赶紧跟上。

谁知道，上车后，车门自动关上的那一刻，二人就听见一个熟悉的电子音——

“小恒温馨提醒您，在出行的时候，记得把交通安全放在第一位哦！”

叶恒表情僵了僵，明显感觉到额角的青筋跳了下。

小恒！小恒！

怎么哪里都有小恒？

好像到哪里都逃不过这玩意的纠缠？

宋特助小心翼翼地看了叶恒的脸色一眼，又询问司机：“这小……咳，这玩意不是办公软件吗？怎么连公司配备的车里也安装上了？”

司机没有注意到气氛的不对劲，边开车边回答说：“哦？你说这个啊，技术部升级之后，把它弄成了智能AI，无论什么软件都可以安装。公司后勤部觉得导航软件也可以用，就统一安排安装了。”

后勤部！又是那个该死的后勤部！

叶恒努力将“回去扣后勤部工资”这种幼稚的话咽了回去，烦躁地理了理自己的领带，问道：“宋特助，那个软件……我是说，那个小恒，为什么要叫这个名字？”

宋特助突然明白了叶恒生气的原因，于是赶紧解释道：“叶总，您别想多了。公司里的员工说的小恒，是取自恒天集团的‘恒’，意为恒天集团的小助手，而不是……”

叶恒被揭穿，恼羞成怒地警告：“宋特助！”

宋特助赶紧闭嘴。

叶恒强压下几乎要暴走的情绪。

他当初就不应该答应和叶萌萌打赌！

叶恒深深地吸了一口气，又呼出。

他微微皱眉。

不，不太对劲。

他的情绪，什么时候变得如此暴躁易怒？

叶萌萌也不知道自己歪打正着把叶恒气得找不着北。

在那之后，叶恒再也没有找过她和技术部的麻烦。

接下来的一段时间，集团里风平浪静，技术部的工作开展得十分顺利。

半个月后，李士杰从 G 市回来了。

又是一周的周一。

“萌萌，我听说最近公司附近开了一间很好吃的日料店！我表妹前两天刚去过，说那里的炭烧生蚝可美味了！不如我们下班后……”

孙梦楠脚轻轻一撑，连着椅子一起凑到叶萌萌身旁，兴致勃勃地给她推荐起附近的美食店。

忽然，她听见有人喊道：“啊，李总监。”

“李李李……李总监？”孙梦楠吓了一跳，赶紧退回到自己的位置上，却因为太过着急，差点从椅子上摔了下来。

还好她扶住了自己的桌子，才没有摔倒。

孙梦楠坐正身子后，暗暗松了一口气，又下意识地用眼角的余光去偷瞄办公室门口。

叶萌萌也停下手中的工作，看向门口。

李士杰脚步匆匆地走了进来，不过他并没有注意到心虚的孙梦楠。

他径直走向叶萌萌，对她说道：“来，萌萌，准备一下，一会儿到 A1 会议室开一个会。”

孙梦楠正竖着耳朵听李士杰说话，听到这话，不由得多看了李士杰几眼。

开会？

叶萌萌问：“李总监，是技术部所有人都一起去吗？”

李士杰说：“不，就你一个人。”

“就我一个？”叶萌萌惊讶，“是什么会议？”

李士杰说道：“《王者天下》快要上线新的版本了，因为……”他停顿了一下，“高层对这次的更新十分谨慎。所以我想让你去，发表一下你的想法和建议。”

叶萌萌有些犹豫：“可是，我参加这种会议不合适吧？我才刚入职不久……”

李总监有些好笑：“怎么会？有什么合适不合适，你可是拯……我们技术部的大功臣。一会儿开会，你有什么想法就尽管提，不必害羞。”

他看了一眼时间，又说道：“走吧，还有十五分钟，会议就要开始了。你先上去，我去叫其他人。”

“好的。”叶萌萌点了点头。

李士杰又脚步匆忙地离开了。

孙梦楠朝他离开的方向张望了几眼，又凑到叶萌萌跟前，小声地跟她说道：“萌萌，《王者天下》的更新日程不是已经定下来了，怎么还要开会讨论？”

叶萌萌隐约觉得这和几个月前发生的那次人工智能大暴走有关，但还是说：“这我也不太清楚。”

敷衍了孙梦楠，叶萌萌独自一人前往会议室所在的楼层。

她来得早，A1 会议室里还没有人。

叶萌萌打量着会议室四周的环境。

一张长方形的会议桌放在正中间，折叠椅井然有序地围绕着桌子摆放着，这里每天都有人进来打扫，显得一尘不染。

这时，会议室外传来了高跟鞋的声音。

叶萌萌下意识地回过头。

有人走了进来，是策划部的副部长唐安宁。她今天长发高绾，身穿一套蓝黑色的职业装，上身小西装，下身短裙，看起来干净利落。

她很漂亮，但是身上的气质却很冷。

叶萌萌连忙和她打了一声招呼：“唐部长。”

看见是叶萌萌，唐安宁脸上出现了一丝意外的神色，但一闪而逝。

她冲叶萌萌点了点头，语气冷淡：“收拾完就出去吧。”

叶萌萌一愣。

这是把她当成进来布置会场的人了？

她赶紧解释：“不是，唐部长，我是过来开会的……”

唐安宁闻言，立刻皱起了眉，声音也冷了几分：“怎么回事？不是已经通知下去，高层那边要使用 A1 会议室召开会议，难道秦部长没有告诉你吗？”

叶萌萌说：“唐部长，您误会了，我……”

唐安宁打断道：“不用跟我解释，出去吧。”

见叶萌萌依然一脸懵然地站在原地，她语气不耐：“还愣着干什么？莫非你还要跟高层争抢这间会议室吗？作为一个新人，就应该有新人的样子，不要恃才傲物。如果你以为凭着一丁点的才能，就可以在恒天集团里横行霸道，那你就大错特错了。稍有松懈，你就会被踢出恒天集团。上次你没有参加新入职员工的培训班，考核评定本应该是不及格的，如果不是秦部长在我面前替你说了好话……”

叶萌萌只觉得莫名其妙。

唐安宁似乎对她有诸多的不满。

但是上次……

她想起来，那时候李士杰说技术部的核心组遇到了一些难题，于是把她喊过去帮忙了。至于新入职员工培训，李士杰不是已经跟负责人说过了吗？

唐安宁好像对她有些误会。

门口传来的声音适时地解开了她的窘迫。

会议室的门又自动打开了，李士杰的身影出现在门口。

他走进会议室，跟唐安宁打招呼道："唐部长。"

唐安宁收敛起怒容，恢复了清冷的模样："李总监。"

"发生了什么事？刚刚我在外面，好像听到这里传出了一点儿响声？"李士杰不动声色地观察着二人脸上的神情，开口询问道。

恒天集团的会议室的墙壁采用的都是隔音和密封的材料，在外面是不能听见里面的声音，不过打开的那一瞬，李士杰似乎听见了唐安宁生气的声音。

"这个新人不懂事，不知道这间会议室已经被预订下来，所以我们发生了一些小矛盾。不过请您不要责怪她，我会好好指导她的。"唐安宁不慌不忙地说。

李士杰有些惊讶地看了叶萌萌一眼，接着说道："唐部长，你误会了，是我让叶萌萌过来开会的。她就是《王者天下》新安全机制的设计者，所以沈总叮嘱一定要找她过来。"

唐安宁脸上神色一僵，也有些尴尬。她讪讪道："这样啊，那的确是我误会了。"

她转头看了叶萌萌一眼，语气生硬地说："抱歉。"

说完这一句，她便径自走向了会议桌，随便挑选了一个位置坐下。落座之后，她低头翻阅着手中的资料，专心致志，没有再开口说话。

李士杰将目光转向叶萌萌:“叶萌萌,你也找个位置坐下,不必拘束。”

叶萌萌点点头：“好的，李总监。”

她环顾了会议室一圈，最后还是挑了一个不起眼的角落位置坐下。

前来参加会议的人员陆续到来，很快会议室里坐满了人。

除了《王者天下》游戏项目的相关部门的负责人外，公司的几位重要高层都有前来参加会议。

秦屿也来了。

看到叶萌萌,他微笑着冲着她点了点头,就在靠近大门的位置坐下了。

叶恒是最后一个进来的。

他进门的那一刻，会议室里原本的窃窃私语都消失了，所有人的目光都落到了他的身上。

叶恒穿着一身黑色西服，打着黑色领带，浑身上下打理得一丝不苟，双眸冷如寒霜，神情一如既往的严肃。

宋特助跟在他的身后。

叶恒环视了会议室一圈，目光落在了叶萌萌的身上，很快又从她身上移开了，眼中仿佛毫无情绪波动。

“人都到齐了吗？”他的声音冰冷而沉稳。

没人说话。

“好，既然都来齐了。”叶恒落座，回头看了宋特助一眼，“资料都准备好了吗？”

宋特助说："一切都已经准备妥当了，叶总。"他坐在叶恒的旁边，负责本次的会议记录。

叶恒点头道："那就开始会议吧。"

宋特助宣布会议开始。这次会议的主题是和《王者天下》新版本相关，所以宋特助先总结了《王者天下》在过去所取得的成绩以及大数据和玩家的一些反馈，然后开始了会议的第一个议题。

"相信大家都知道，今日会议的主题。叶总很关心《王者天下》这个项目的进度。"开始还正常，说到这里，宋特助突然话锋一转，"不过在几个月前，《王者天下》的科研部却发生了一次非常严重的爆炸事故，科研部的大楼坍塌了近半的建筑，里面的机器和终端也损毁严重，导致公司损失惨重。至于事故的具体原因……"

说到这里，他停顿下来，用请示的目光看向叶恒。

叶恒缓缓开口："我之前看过事故的调查报告，报告上说的是事故产生的原因是因为机器的老化而产生爆炸。但我后来又查阅了科研部的相关文件，却发现，科研部里的机器每天都有专人来维护维修，根本就不可能出现老化的机器。但是科研部里的维修记录，却不翼而飞了。所以李总监，这到底是怎么回事？"

叶萌萌惊讶地看向叶恒，她没有想到，会议才刚开始，叶恒就直接将矛头指向了李士杰。

怎么回事？

这是要翻旧账吗？

可上次科研部的事故，不是……

叶萌萌不由得为他捏了一把汗。

别人不知道，可是叶萌萌心知肚明，上次科研部的事故，是一个不能公开的秘密。知道真相的人，只有她、李士杰还有已经退休的王象晋。

“这个……”李士杰暗暗攥紧了拳头，含糊地回答，“抱歉，叶总，这个问题我上次已经跟您解释过了。当时的机器维修记录，也随着爆炸丢失了……”

叶恒语气犀利地反问：“丢失了？这可能吗？早在许多年前，恒天集团的维修记录便改成了电子记录，每天定时上传到云端进行备份。而保存在云端的记录，除了人为删除之外，还有什么原因会丢失？”

怎么不可能呢？

那个名为乌拉诺斯的人工智能，只要有网络的地方，他便能轻易地侵入和控制，还能够随心所欲地篡改终端里的信息。

那些维修记录，其实是被乌拉诺斯篡改了。

当然，这些真相，是无法向世人公开的。

“稍等等，叶总。”这时，一位高层毫不客气地站起来，仿佛故意跟他唱反调，“我记得，今天的议题内容是《王者天下》新版本的更新情况吧？”

叶恒瞥他一眼，冷冷地开口：“我认为弄清楚过去事故的具体原因很有必要。”

“好了好了，事故的原因，不是已经出了详细的报告吗？相关部门已经认证了的事情，我们内部再纠结这个问题，也是白费时间。”另一名高层打圆场。

这时，坐在主席位右侧的一名长相沉稳的中年男子开口：“我认为叶总有些本末倒置了，再旧事重提，也是于事无补的。我们的重心应该放在集团未来的发展上，所以还是继续今天的议题吧。”

刚刚打圆场的高层立刻朝这名高层点了点头，应和道：“沈副总说得是。”

叶萌萌不动声色地听着叶恒和几名高层之间的针锋相对，心里却微微有些惊讶。

叶恒和其他高层之间的关系，竟然是剑拔弩张。

她原本以为，叶恒能空降到集团总裁的位置，必定有过人之处，能让手下的人信服。但现在看起来，他这名集团总裁，并不得人心。

叶恒胸膛的起伏似乎变得剧烈，他冷着脸，沉默了会儿，然后说道：“好，既然诸位更关心公司的发展，那就暂时将这件事押后，会议继续吧。”

沈副总露出一丝微笑，转头看向秦屿，开口问道：“秦部长，目前《王者天下》的新版本进度如何？”

秦屿回答道：“更新的一切已经准备就绪，策划部那边也已经出了策划案的初稿。这次的策划案是由策划部的唐部长负责的，我之前也和唐部长讨论过相关的事情，接下来就等各位领导通过策划部那边的方案，然后便可以开始进行实装和测试了。”

说着，他又看向唐安宁：“唐部长，麻烦你跟大家具体说说新版本的策划案。”

唐安宁微微颔首，站起了身。

她亲自将准备好的策划书分发给会议室所有人，但分到叶萌萌的时候，却不知道怎的，直接越过了叶萌萌。

叶萌萌本来伸手想接，却被唐安宁一下子跳过，手尴尬地僵在半空。

她反应过来，收回了手，抬头看向唐安宁。但唐安宁连眼角的余光都吝啬得未分给她一丝，直接走向了其他人。

叶萌萌默默地收回了手，继续充当一个没有存在感的透明人。

只是，回头的时候，她无意间看到了坐在她旁边的那人手中的策划案的封面。

叶萌萌微微一怔。

这不是，上次她在技术部核心组帮忙的时候，看到的那份策划书的封面图吗？

魔王 CG 的打印图……

莫非，新版本的策划案，和魔王有关？

分发完策划书，唐安宁走到了演讲台上，开启了虚拟屏幕。她看向众人，微笑着说道："虽然现在使用电子版的策划书十分方便，但我个人还是比较喜欢用纸质的文件，所以就将策划书打印了几份。"

"这个习惯很不错啊，我也不太喜欢看电子版的文件。"许副总赞许道。

唐安宁按下手中的遥控器，一幅 3D 立体地图立刻出现在会议桌的上方。群山连绵，云雾缭绕，还有城镇、乡村等建筑穿插其间，仿佛是真实的大陆呈现在眼前。

叶萌萌看向悬浮在半空的立体地图，立刻认出了这是佧汶大陆和佧斯大陆的版图。

果不其然，唐安宁接着说道："《王者天下》的世界是由人族、神族和魔族三大主族组成，另外还有若干小种族。目前游戏里已经开放的地图有伜汶大陆和伜斯大陆，伜汶大陆被玩家开发探索的程度达到90%，而伜斯大陆被探索开发的程度也有60%，这符合我们预期的进度。

“在上一个版本，我们开放了伜斯大陆的部分地区，并且上线了与伜斯大陆相关的新剧情，从玩家那里得到的反馈都很不错。后续我们会推出更多的新剧情和全新的副本，并定期举办一些奖励丰富的全服大型活动。我们计划，在伜斯大陆开发进度达到80%的时候，我们会在游戏剧情中放出新大陆的线索……”停顿了下，她接着说，“而《王者天下》即将上线的新版本的剧情，是以伜斯大陆的魔族为主的，我希望伜斯大陆的剧情和伜汶大陆的剧情能有所区别。在伜斯大陆开放之前，除了几个相关的副本和背景资料外，和魔族相关的剧情太少了，但玩家对魔族的剧情非常感兴趣，所以这一次，我们便想到着重开发魔族的剧情。”

高层们翻看着手中的文件，其中一人问道：“为什么新版本的名字要叫‘倾世绝恋’？这有什么含义吗？”

问话的是孙总，他是运营部的负责人。

正在小声议论的几名高层闻言，也停下了说话，将目光看向唐安宁。

孙总接着道：“我记得，《王者天下》的游戏背景似乎是神族和魔族之间的斗争，前几个版本都是诸如‘魔族起源’‘神之没落’等名字，现在这个版本的名字听起来……比较像恋爱型游戏的名字。”

沈副总道：“我也有这种感觉。”

唐安宁解释说：“我之所以把新版本的名字定为‘倾世绝恋’，是因为我想在新版本的剧情里加入‘绝爱’的元素。”

“绝爱？”

唐安宁微微一笑：“没错，上一个版本，是以神族为主题，主题名叫‘荣光’；而这一次魔族的主题，就是‘绝爱’。”

听到这里，本来已经神游天外的叶萌萌也不禁拉回了思绪，将注意力集中到唐安宁身上。

只听她继续说道：“在上个版本，我们在游戏玩家中发放了大量的问卷调查，我们原本以为，玩家们喜欢的角色都是比较正面的角色，比如说神王或者是神殿的首席骑士之类的。但是出乎意料的是，在《王者天下》里，玩家们最喜爱的 NPC 角色，是魔王。”

叶萌萌手指微微一僵。

“这游戏里，美型的 NPC 角色不少，但为什么偏偏是魔王最受欢迎呢？而且在之前的版本，魔王的人设比较刻板，但人气却一直居高不下。”唐安宁说，“我们通过收集的数据，总结了玩家们喜欢魔王的原因，最后得出的结论是，因为《王者天下》早期的那段关于魔王身世的宣传片。比起其他的角色，魔王的背景悲惨凄凉，非常复杂，更能引起玩家尤其是女玩家们的喜爱和同情，有很多有名的画手和作家，甚至自发为魔王创作同人漫画和同人小说。”

说到这里，她又按了下遥控器，画面一转，会议桌上方的地图板块变成了《王者天下》官方论坛的同人板块的页面。

一直默不作声的叶恒语气沉冷地问：“那‘绝恋’又是怎么回事？”

唐安宁说：“在《王者天下》的游戏背景里，魔王是代表邪恶的一方，要是给他完满的结局，这并不是很合适。一个坏事做尽的反派战胜了正义的一方，很容易带坏一些思想还未成熟的玩家的三观。所以我们认为，可以将魔王的故事塑造得更加凄美一些，同时可以加强魔王的人设，增强玩家对他的同情和喜爱。”

沈副总问：“所以，是打算增加魔王的剧情任务吗？”

唐安宁点头：“没错，我们策划部的成员分析过官方论坛上那些与魔王有关的同人小说和同人漫画，发现大多都是悲剧和虐恋，这也给了我一些灵感。既然游戏的主题是神族和魔王的碰撞，那么，以‘绝恋’为主题的新版本也可以是神族和魔族的碰撞。”

高层们小声地议论起来，唯独叶恒始终冷着一张脸，不知道在想什么。

而叶萌萌听着唐安宁的讲解，心中不安的情绪越发强烈。

“听起来好像很吸引人，不过具体的剧情又是怎样的呢？”有人问。

唐安宁弯了弯唇：“我刚刚介绍过，在之前的版本里，魔王的人设并不丰满。只是因为幼年时期度过了一段悲惨的日子便要毁天灭地，这看起来似乎并不符合常理。我们项目组也就这个剧情讨论过，魔王要成长为现在的性格和模样，这其中必定是经历了什么磨难。他是从佧汶大陆逃到佧斯大陆，即使在魔族也不是一步登天的，我们认为初期的时候，他还保有一丝的善良，他性格的改变，需要一个转折。所以在新版本中，我们设计了一个新的游戏角色。”

唐安宁按了按手中的遥控器，悬浮在会议桌上方的论坛界面消失了，取而代之的是一条仿佛通向了云霄的阶梯。

这条阶梯是纯白的颜色，散发着金色的光芒。

这时，有人从阶梯尽头走了下来。

是一位身穿洁白的魔法袍的女子从阶梯上走了上来，她有着一头金色的长发，宛如波浪般倾泻而下，她的手中握着一根神杖，周身有金色的柔光环绕，身后仿佛有一对流着七色光芒的透明的翅膀，若隐若现，就像是落入凡尘的天使。

女子浑身都透着圣洁的气息，她的魔法袍上打有光明神殿的标志。

——这新的游戏角色，必然是光明神殿一方的。

底下响起一片赞叹声。

唐安宁微笑："这是新的游戏角色的概念形象和建模，她的身份是光明神殿的圣女安德莉娅。她从出生起就被神王乌拉诺斯收养，自小在光明神殿长大，备受宠爱，却又与世无争，单纯善良，一心向往光明。

"安德莉娅向往着外面的世界，所以不顾神王乌拉诺斯的反对，偷偷离开了光明神殿。就在这时候，对人间有着美好向往的安德莉娅与年幼的魔王相遇了。

"魔王因为村民的伤害而逃出了村庄，他伤痕累累，被安德莉娅救下了。这时候的魔王还是对人族怀有一丝奢望，并未完全黑化。

"然而，这一场相遇却注定是一场悲剧，神族和魔族之间是不会有好的结局的，他们两人结识的事情很快被光明神殿发现了。之后，魔王和光明神殿的圣女展开了一场虐恋……"

叶萌萌脸色一变。

"不行！"

几乎不假思索地，她脱口而出。

难怪唐安宁那些话听来这么奇怪，原来她是想给魔王安排一个光明神殿的圣女作为恋人？这怎么可以！

只是，叶萌萌如此激烈的反应把所有人都吓了一跳。

唐安宁面色一僵，转头用难以置信的目光看向叶萌萌。

秦屿也微微有些惊讶。

至于高层们，他们原先也没有注意到坐在角落里的叶萌萌，这下好了，此时此刻，在场的人都把目光投向了她——有疑惑、不解，还有不满。

叶恒不悦地皱起了眉。

“你在干什么？”他不满地质问。

“我……”

叶萌萌猛地回过神，这才意识到自己做了什么尴尬的事情，一时也不知道该坐下还是继续站着。

沈副总用询问的目光看向叶恒：“这位是……”

叶恒冷笑一声：“不过是技术部一个新来的小职员。”

“小职员？一个小职员怎么跟着进来了？”有人不解。

“这就要问李总监了。”叶恒嗤笑了一声，意有所指地说。

“李总监？”

数道视线落到了李士杰的身上。

李士杰赶紧解释：“不是的，沈副总，可能叶总对叶萌萌有些误会。”他小心翼翼地看了叶恒一眼，又接着解释，“叶萌萌可是恒天集团的大功臣。”

他将视线转向其他高层，简单地介绍了下：“上次恒天集团终端出现了严重的 bug 和安全危机，就是叶萌萌提供了思路和方法，才挽救了集团的损失。”

“原来就是她？”沈副总若有所思地看了叶恒一眼，又将目光转向叶萌萌，“你叫叶萌萌对吧？”

叶萌萌紧张地道：“是的，沈总。”

沈副总感叹道：“没想到你这么年轻，果然是英雄出少年啊。”停顿了下，他又问，“你刚刚反驳了唐部长，是有什么理由吗？”

“这个……”叶萌萌心里“咯噔”一下，刚刚她不过是一时冲动，这下被问起来，却不知道怎么解释。

但在众目睽睽之下，她又不能说出自己的真实想法。

“这个……这个……”叶萌萌紧张地握了握拳头，突然灵机一动，“我认为，唐部长所说的剧情设置不合理！”

第 5 章 新版本

唐安宁发僵的脸色缓和了一些，冰冷的目光投向叶萌萌，耐着性子问道：“请问是哪里不合理了？”

叶萌萌迎上了她的目光，回答道：“唐部长也说了，魔王这个游戏角色在女玩家之中十分受欢迎，也曾经看过论坛上和魔王相关的同人文章和漫画，那怎么会不知道，魔王这个角色的‘女友粉’和‘老婆粉’尤其多。”

这话一出，部分高层都露出了疑惑的表情来。

“‘女友粉’？‘老婆粉’？那是什么？”

叶萌萌耐心地解释说：“在座各位可能有部分人不追星，所以不是很了解。‘女友粉’就是指将自己视作男明星的女友一般的女粉丝。‘老婆粉’也是同理。”

唐安宁的语气又冷了几分：“这又如何？魔王只是一个虚拟的角色，再给他设计一个虚拟的恋人，不是更利于他的粉丝玩家们自我代入吗？

我认为这是一件好事。”

叶萌萌反驳道：“魔王虽然是虚拟角色，但是粉丝们对他的喜爱就像追星。他的受欢迎程度不亚于当红的一线小生，类比明星，一旦明星公开了恋情，就会有一大批的粉丝脱粉。同理，硬生生地给魔王加一个恋人的设定，这会让魔王的女友粉们怎么想？”

唐安宁一时语塞：“这——”

不等唐安宁说话，叶萌萌又接着说：“至于自我代入这个问题，其实除了女友粉和老婆粉外，魔王还有其他类型的粉丝。在论坛上除了言情同人外，还存在大量的纯爱小说，比如说魔王和骑士长的同人、魔王和乌拉诺斯的同人……我记得曾经有一个抽卡类的手游，因为策划胡乱给里面的人气角色拉郎配，导致玩家大量流失，这都是有前车之鉴的真实案例——”

叶恒烦躁地打断了她：“够了！”

叶萌萌吓了一跳：“叶总？”

叶恒没有理她，回头忍着怒气对沈副总说道：“沈总，安全危机事故发生的时候，李总监根本就不在国内，那只不过是他的片面之词。”

说完，他又教训叶萌萌：“你一个搞技术的懂什么剧情策划，游戏和追星是同一回事吗？少在这里胡说八道，给我出去！”

叶萌萌愣怔了下，过了好一会儿才回过神来，只觉得一颗心沉入了谷底。

叶萌萌正要回驳，却听沈副总说：“等等，叶总，不必如此急躁，我认为她说得有一定的道理。年轻人嘛，就是比较热血和冲动，我们应该多听听年轻人的意见。”他阻止了叶恒，又看向叶萌萌并鼓励她，“我觉得你的说法挺有意思的，你还有什么想法，接着说来听听。”

“谢谢沈总给我这个机会。”叶萌萌朝他投去一个感激的眼神，态度诚恳地说，“我倒是有一个想法。”

叶恒冷静下来，立刻意识到自己冲动了。迎上了沈副总戏谑的目光，他只觉得心中有一团火，正在疯狂地燃烧着，可惜不能爆发。

他极力忍耐着，转移自己的注意力。

但不知道为什么，一看到叶萌萌，他心中的怒火便忍不住爆发。

他看向叶萌萌，但叶萌萌已经移开了目光。

“不知道大家还记不记得，在几十年前，那个风靡了全球的手机游戏《口袋小精灵 GO》？”叶萌萌如是问道。

听到这里，会议室里响起了一片窃窃私语，几名上了年纪的高层脸上纷纷露出了怀念的神色。

叶萌萌环视了会议室一圈，接着说：“相信大家都清楚，那是一款线下互动极强的手机游戏，可以对现实世界里出现的小精灵进行探索捕捉、战斗以及交换的游戏。”

秦屿说：“那的确是一款非常出色的游戏，在那个时代，可以说它就是现在的全息游戏的概念游戏。”

高层们也认同地点了点头。

“你的想法，莫非和《口袋小精灵 GO》有关系？”沈副总感兴趣地问。

叶萌萌点头：“我还记得《口袋小精灵 GO》宣传概念片的具体内容，就是让玩家在现实中，亲自进行捕捉精灵和相互 PK。我想，既然那个时代，都能实现在现实中玩游戏，虽然还是需要用手机进行辅助。现在我们已经有足够的技术了，为什么不把它真正地实现呢？”

这个想法，还是刚才唐安宁提到神王乌拉诺斯的时候，叶萌萌无意中想到的。

在神王乌拉诺斯的病毒入侵游戏的时候，魔王和神王都来到了现实。

那为何，不能让“游戏”真正地来到现实，让玩家可以随时随地、随心所欲地玩游戏？

叶萌萌说：“我的想法是，我们可以设计一个全新的玩法，将《王者天下》的部分内容搬到现实里，让玩家在现实里进行游戏。”

“你是说……”似是想到了什么，李士杰一愣。

“恒天集团的虚拟投影技术已经很成熟了，我们可以设计一块游戏腕表，和《口袋小精灵 GO》里面的概念类似，戴上之后就能看到《王者天下》的游戏角色出现在现实里，并且，我们的城市也变成了魔族或是神族或是人族的领地。这里不只是现实，还是游戏世界。玩家走在路上，可能会遇到随机的机遇，例如说，在垃圾桶里发现了宝藏或稀有装备，又例如说，发现了珍稀的宠物，再比如说，遇到了怪物的袭击。”叶萌萌描绘出一个蓝图，“玩家可以在现实随心所欲地使用技能，和其他玩家 PK，还有领取任务。

“《王者天下》上线以来，引人诟病的一点，就是让玩家过于沉迷游戏，天天躺在游戏养生舱里不肯出门，导致身体素质下降。要是我们的游戏能在现实上线，必定能充分调动玩家们外出的积极性。玩家们能得到充分的锻炼，不再整日宅在家里，那些专家便再也不能用这样的理由来抨击我们的游戏了。当初《口袋小精灵 GO》也是这样，在风靡的那段时间，大街小巷几乎全是出来捕捉小精灵的玩家。”

“这个想法的确很新颖！”沈副总和其他的高层对她所说的内容十分感兴趣，都埋头小声地交流起来。

李士杰却有些犹豫：“可是，在安全性能方面，这会不会……”

他不由自主地想起了几个月前，神王乌拉诺斯入侵了全城网络，降临现实的事情。

那一次的事情，对他来说是噩梦般的存在。

他在科研部大楼看到的一切，让他毕生难忘。

魔王和神王都跑到现实，还实体化了，带来的灾难是毁灭性的。

“你的构想还是要依赖人工智能的，如果……人工智能又……咳，人工智能暴走了怎么办？”李士杰问。

“只要我们想做，没有什么不可能的。”叶萌萌笃定地说，“在安全机制方面，我也考虑过这个问题。我们必须做好安全防护措施，我们要有信心，也必须做好这一点。我打算设计一个程序，在人工智能暴走的时候，就会自动开启销毁，绝对不能让人工智能取代人类。”

唐安宁紧抿着唇，看着高层们不住认可地点头，她终于忍不住开口：“可是，你凭什么认为，你这个设计会得到玩家们的认同？在一个大型的游戏里，剧情是很重要的！没有了剧情，这游戏就只有骨架，完全丰满不起来。”

叶萌萌看向唐安宁，解释说：“唐部长，我并没有说加入这个玩法就要去掉剧情，只是觉得你提到的剧情并不是很适合。”

“哪里不适合了？”唐安宁有些生气。

叶萌萌说："首先，你设计的剧情非常局限，《王者天下》是一个世界观非常庞大的游戏，正如孙总所说的，就像是一个女性向游戏的剧情。我认为《王者天下》的游戏剧情应该更加大气，符合更多玩家的喜好，而不局限于某一部分玩家。"

仿佛打通了思路，叶萌萌一本正经地胡说八道。

"其次，我除了是恒天集团的技术员外，还是《王者天下》忠实的玩家，在《王者天下》内测的第一天，我便已经开始玩游戏了，一直到现在。"

她停顿了下，又用非常真诚的语气说："唐部长，虽然我接下来说的话有些不好听，但是，站在游戏玩家的角度，我更希望我玩的游戏能推出一些新颖的、前所未有的、有趣的玩法，而不是一成不变地走老路，只会拼命开启地图，开启副本，上线一些无聊的活动和无聊的令人硌硬的剧情，还要眼睁睁地看着我喜爱的游戏角色被策划糟蹋。"

唐安宁气得脸色铁青："你——"

叶萌萌移开了目光，用诚恳的目光看向沈副总等人："至于游戏剧情，难道就不能结合现实的活动进行策划吗？比方说，我们可以策划现实的战争，那么就可以写一个，当神族和魔族突破次元时，我们如何拯救世界的剧情。然后再上线大型的现实讨伐活动，神族玩家和魔族玩家可以在现实里 PK，不是更好吗？与此同时，也可以推进剧情，一举两得。

"我们策划游戏，难道不是为了迎合玩家的喜好，让玩家们心甘情愿地进行游戏吗？"其实，叶萌萌想说的是，让玩家们心甘情愿地为游戏充值花钱。当然，在一众大佬的面前，她还是换了一个稍微委婉些的说法。

会议室里静了一瞬。

下一刻。

李士杰霍然站了起来："说得好！"

他带头鼓起了掌。

随即，会议室里响起了成片的掌声。

除了脸色不太好看的唐安宁和始终冷着脸的叶恒外，会议室的其他人都真诚地为叶萌萌鼓掌。

"很不错！恒天集团的未来，就是需要你们这些有想法的年轻人来创造！"沈副总赞扬道。

"沈副总说得对，我感觉像回到了我年轻的时候，也是这么有想法，有干劲。"

"没错，没错。"

然而这时候，却有一个煞风景的声音插了进来——

"但现在就这样下了结论，未免过早了吧？"

会议室的掌声瞬间消失了。

所有人看向声音的来源。

刚刚开口的人，是叶恒。

"哦，叶总有何高见？"沈副总看向他，语气平静地问。

他表情冷漠地说："你们凭什么觉得，这个方案就一定能获得最好的效益？"

"一个企划是否能够实行，看的是最后能获得的收益，而不是只看到表面不切实际的东西。"说到这里，叶恒瞥了叶萌萌一眼，"有些想法，就像是海市蜃楼，看起来漂亮，却是摸不着边。”

“将游戏搬到现实，这个想法太过浮夸，这真的可以实现吗？先不说如何在现实里安置游戏剧情的问题，就说说刚才提出的，可以在现实里进行交互游戏的手环，这种手环该如何研发和生产？”

叶恒似乎抱有很大的怀疑，毫不客气地指出：“只提出概念和想法，这些事情，谁都可以做，不管这想法能不能实现。如何去实现这个想法，你真的想过吗？”

叶萌萌着急地说：“当然，这些我都有……”

叶恒仿佛没有听到她说话一样，打断了她：“除了这些，研发经费的问题呢？资金来源问题呢？专利申请的问题呢？还有其他与研发相关的琐碎的事情……这些林林总总的必要条件，都没有考虑进去。”

说到这里，他将目光投向沈副总：“所以，我本人认为，唐部长的策划案更加符合现实，更适合目前《王者天下》的发展。只有不清醒的小女孩才会满脑子不切实际的幻想，沈副总，我觉得你应该好好考虑一下。”

“谢谢叶总！”唐安宁怔了一下，顿时喜出望外。

叶萌萌一颗心加速跳了起来，同时有些难以置信地看着叶恒。

她真害怕叶恒就这样一票否决了她的提议，而实装上唐安宁那些剧情。

明明有着和魔王相差无几的脸，为什么他们之间却差了这么多？

要是魔王……

魔王根本就不会……

叶萌萌无意间抬头，对上叶恒带着讥讽和冰冷的目光，这目光就像是一盆冷水，瞬间将她泼醒了。

不！

醒醒吧，叶萌萌，现在这里不是佧斯大陆，没有魔王，这里只有一个冷酷无情的叶恒！

叶萌萌觉得自己的心像被揪紧了一样。

只不过，似乎有人故意跟叶恒唱反调。

“叶总怎么会这样想？”沈副总似是很惊讶地说，“我以为叶总从海外留学归来，想法应该比我们更新潮才对。就算我们现在做不到，不代表以后做不到。既然有了创新的想法，为什么不去尝试？难道我们恒天集团就要这样原地踏步吗？”

另一名高层接话：“对啊，没有什么是一成不变的。”

又有人说：“恒天集团的科技实力已经在全球排行前列，是因为我们的理念是走在世界前列的。当初我们进行全息网游的研发计划，不但不被外界看好，还有许多幸灾乐祸的声音，认为我们的技术不可能超过外国。还好王象晋老先生不顾那些反对的声音，一直坚持不断创新发展的理念和精神，甚至自掏腰包来维持项目的运转。最后在他的带领下，终于成功研发出全息网游的技术，让我们集团在全息方面的技术迈进了一大步，同时，也走在了世界的前列。”

“没错，多亏了王象晋老师，可惜……”沈副总感叹了一声，突然看向秦屿，“我记得，王象晋是李总监和秦部长的老师吧？”

被点名的秦屿怔了一下，随即笑道：“是的，其实叶萌萌是我的师妹，她也是王老师的学生。”

他不着痕迹地将话题拉到了叶萌萌身上。

叶萌萌顿时有些受宠若惊。

沈副总颇为意外，过了会儿，他赞赏地点了点头："我总算知道，为什么我会觉得这位年轻人的想法如此新奇而有创意了，原来也是王老师的学生，果然是名师出高徒啊！"

"沈副总过奖了。"叶萌萌被夸奖得有些不好意思。

沈副总夸赞道："你很不错！年轻人就是要坚持创新……"

"沈副总似乎误会我的意思了。"叶恒冷冷地打断道，"坚持不断创新发展的理念和精神是不错，但是什么时候就该做什么样的事情，新版本上线迫在眉睫，不可能为了区区一个新颖的想法而停下来。"

"等等，请让我解释几句。"叶萌萌接话，"第一，我刚才说的，不过是部分的提议，我反对的是唐部长要添加的恋爱的剧情；第二，像我刚才说的那样，《王者天下》的剧情实在没有必要局限在虐恋上面，可以更加大气；第三，我的提议的确是一个需要时间来实现的想法，但我们可以先在游戏的剧情里进行铺垫。而且，这并不是天马行空的想法，我已经有了初步的计划，可能还不成熟，但在不久前，我们就已经有了阶段性的成果。"

停顿了下，她又说："最重要的一点是，这项技术要是研发出来，不仅仅能应用于《王者天下》这个游戏，集团旗下所有的游戏都能够应用。"

"哦，你已经研发出阶段性的成果了？"高层们十分惊讶。

叶萌萌深吸了一口气，解释说："是的，为了防止意外事故出现，我协助李总监他们设计了一套安全机制。在编写安全机制的过程中，我发现了一些有意思的事情，并且根据发现的东西制作了几个小玩意。比如最近公司所用的办公辅助小能手 AR 小恒，也是成果之一。这些都是我将游戏搬到现实的雏形，李总监应该也知道这件事。”

她所说的有意思的事情，其实就是魔王和神王降临到现实的那件事。

在爆炸事故之后，为了研究魔王和神王是如何实体化来到现实，叶萌萌、王象晋和李士杰曾针对这件事情秘密研究了几个月，终于摸到了门槛。

听叶萌萌这么一说，众人的目光落到李士杰的身上。

李士杰点点头，模糊地说：“对，是这样没错……”

沈副总看向叶恒，用开玩笑的口吻说道：“既然有了阶段性的成果，那叶总，你总该没有反对的理由了吧？”

叶恒吐出一口郁气，语气生硬：“既然大家无法统一意见，不如来进行一次投票表决吧。”

沈副总挑眉道：“好，既然这样，那就进行投票吧。”

其他人都没有反对。

恒天集团内部早已实现了完全数据化和电子化，会议室原本就有一套完善的电子投票系统。

在开启了投票系统后，众人的座位上出现了两个投影的选项。

投下自己的一票后，虚拟按钮便消失了。

等所有人都投好票后，系统瞬间计算好票数，将结果投影出来。

今天前来开会的共有 15 人。

最后票数的结果是——

支持叶萌萌提出的方案，共有 9 人。

支持唐安宁的策划案，共有 5 人。

剩下 1 人投了弃权票。

而这个投弃权票的人，竟然是——秦屿？

“秦部长，你为什么要弃权？”李士杰诧异地问。

他的选择，让所有人都感到意外。

秦屿笑了笑说：“其实，唐部长提出的这份策划案，也有我的一份参与。但是我也觉得师妹说得很有道理，所以只能投弃权票了。”

沈副总点点头：“能够理解。”

“秦部长……”

唐安宁动了动唇，似有不甘地看着秦屿。

“唐部长，输了并不是什么丢人的事情，下次再努力吧。”秦屿礼貌地说。

唐安宁咬了咬唇，最终还是什么都没有说。

而叶恒一言不发，他周身的气压似乎有些低。

他始终用冰冷和阴沉的目光看着叶萌萌，叶萌萌对上他的目光时，仿佛置身于寒冬腊月。

她移开目光，努力不去看他。

见叶恒没什么动静，沈副总笑着，仿佛炫耀般对他道：“叶总，真的很抱歉呢，刚刚我的语气激动了些，还望你不要见怪。”他笑容慈爱地说，“你刚上任，对集团的事情不太了解，我们都是从集团的利益出发。现在的投票结果，你也看见了……”

“我还是保留我的意见。”叶恒打断他，冷着脸说，“如果你们要坚持通过这个提议，那么，我是绝对不会在项目资金申请表上签字的。”

沈副总脸上的笑容僵了一下，依然保持着良好风度：“没关系，叶总也是出于为集团利益的考虑。既然叶总觉得公司的资金有困难，那我们几个老家伙倒可以学习一下王象晋老先生那样，自掏腰包投入这个项目。这点经费，我们咬咬牙，还是能负担得起的。”

“对对，沈总说得对，人才难得，出点资金算什么。”立刻有人应和。

叶恒神色冷淡：“随便你们。宋特助。”

“是，叶总。”

宋特助应了一声，随后宣布会议结束。

“这次会议就到这里结束了，散会。”

叶恒站起了身，头也不回地转身离开。

会议室里的气氛似乎冷凝了下来。

自动门打开又关上。

一名高层冲着门口的方向摇头叹息：“叶总果然还是太年轻，做事过于浮躁。这个位置原本……可惜了……”

沈副总不动声色地敛起眼底意味不明的神色，转头对叶萌萌说：“叶萌萌，《王者天下》新版本的重任就交到你的手上了，加油吧。希望新版本上线之后，会收获大家都希望看到的成果。”

“是，我会努力的，谢谢沈总。”叶萌萌激动地说。

总算是尘埃落定。

虽然不知道沈副总和其他高层是真心想帮助她，还是故意跟叶恒唱反调，但这总归是一件好事。

请原谅她的自私!

她实在不愿意看见，魔王和其他的任何人扯上关系！就算是虚拟人物也不行!

散会后，前来参加会议的人陆续离开。

也有人走过来跟李士杰道喜。

“恭喜你啊，李总监。你真是慧眼识珠，一眼就发现了一名如此出色的人才。”

“不敢当，不敢当。”李士杰的笑容有些勉强。他心不在焉，注意力似乎一直放在门外。

“我还有些事，先失陪了。”

歉然地对其他人说了一声，李士杰便脚步匆忙地离开了。

叶萌萌望着李士杰的背影，正当她感到疑惑之际，却听见秦屿的声音传入耳中。

“萌萌，你今天的表现很不错，恭喜了。”

叶萌萌回过头，看见秦屿带着一脸温和的笑意站在面前。她被夸得不好意思：“谢谢你，学长。其实，我只是有感而发……”

秦屿笑道:“那也很不错了，以后你还会有更多的机会，好好努力吧。”

“好，我会的，谢谢学长。”叶萌萌点头。

“时候不早了，我们一起去餐厅吧？”秦屿提议。

听他这么一说，叶萌萌下意识地拿出手机看了一眼时间。

这次会议的争论十分激烈，她并没有注意到开了多长时间。

原来不知不觉已经过去了快三个小时，已经到了午餐的时间。

叶萌萌想了下，答应下来："好，我正好也要去餐厅。"

两人结伴离开了会议室，前往员工餐厅。

但没走多远，唐安宁便气势汹汹地追了上来。

"等等！"

叶萌萌回过头，疑惑地问："唐部长，请问还有事吗？"

"叶萌萌，你到底是什么意思？"唐安宁的脸色十分差，但碍于秦屿也在场，她还是尽量让自己的语气听起来心平气和。

"你知不知道，你这一个举动，就让我和参与策划的所有同事一个月来的辛苦白白浪费了！"

叶萌萌愣了下，用很冷静的声音说："看唐部长的表情，你应该不是《王者天下》的玩家？"

"是又怎样？不是又怎样？"唐安宁反问。

叶萌萌说："一个连自己策划的游戏都不熟悉的策划，到底是抱着怎样的心情去设计这个游戏的？"

唐安宁深深地吸了一口气，语气生硬地说："策划是我的工作！不管我玩没玩过这个游戏，我都必须认真严谨地去完成，我当然也希望将工作做到最好。"

她双目泛红，连珠炮似的把内心的不满发泄出来："至于你说的魔王，不过是一个虚拟的角色而已，难道当初把他设计出来，不就是为了赚玩家们的钱吗？少给我扯什么真情实感的理由，加那么一点剧情能影响什么？"

"才不是！"叶萌萌激动地反驳，"对于喜欢魔王的玩家来说，魔王是完完整整的一个人，不是唐部长用来榨取剩余价值的傀儡和工具，更不是为了换取短暂的利益可以随便被扭曲、崩坏人设的虚拟人物。”

她一字一顿地说：“游戏角色虽然是虚拟的角色，但是他们对于恒天集团而言，也是一同战斗、一同奋斗的伙伴。所以，我们应该尊重每一个角色，尊重他们原本的人设。”

“真是疯了！你这是走火入魔了吧！”

唐安宁被噎了一下，她气得不轻，但也不知道如何反驳叶萌萌，只能气愤地踩着她的高跟鞋离开了。离开之前，她还刻意地将叶萌萌撞开到一边。嗒嗒的声音在走廊回响，显示着主人的愤怒。

叶萌萌被撞得踉跄了一下，险些摔倒。

她一言不发地望着唐安宁离开的方向，不知道在想些什么。

秦屿走上前去，关切地问：“萌萌，你没事吧？”

叶萌萌收回思绪，摇了摇头：“学长，很抱歉，我不知道唐部长出的策划案，你也有参与。”

面对秦屿，叶萌萌还是有些愧疚。如果早知道，她在会议上会说得更加委婉一些。

“没关系，我们应该将最好的东西呈现给玩家，高层们喜欢你的提议，说明你的提议比唐部长的策划更加适合，这是合理的竞争。无论是什么事情，都应该是优胜劣汰。”秦屿十分善解人意地安慰道，“唐部长也不过是一时之气，我想她会想通的，你无须有任何的心理负担。”

叶萌萌心情沉重地点了点头。

“对了，萌萌很喜欢《王者天下》的魔王吗？”秦屿转移了话题。

叶萌萌微怔：“是的，他……是我最喜欢的游戏角色。”

不仅仅是喜欢，也许，那是爱。

“是吗？”

秦屿微垂下眼睑，睫毛落下的阴影将他眼中的神色完全掩盖起来。

“叶总！”

李士杰追了叶恒一路。

直到追到了 33 层，进入总裁办公室，叶恒才停下来。

高大的身影立在落地玻璃窗前，只是背影，便有着不容侵犯的气场。

仿佛才听见身后的声音，叶恒缓缓回过头，态度冷淡地说：“有什么事情，赶紧说。”

李士杰气喘吁吁：“叶总，请您不要生气……”

叶恒嘴里溢出一声讥讽的笑：“你从哪里看出我在生气？”

从头到脚都看出来了呀！

但李士杰不敢将这话说出来，只能硬着头皮说：“在刚刚的会议上，叶萌萌……她不知道您和沈副总派系的高层不和，并不是故意让您失去颜面的。但是，能拿下这个项目的负责权，对我们也有好处的，至少掌握权能在您……”

“要是你是来给叶萌萌说情的，那就免了。”叶恒打断道，嘴角挑起一抹讥讽的弧度，“沈副总脑子进水也罢了，连你的智商也被吃掉了吗？将这么重要的一个项目交给一个新入职还不到半年的员工？我早就说过，叶萌萌这个人怀有异心，而恒天集团不欢迎别有用心的人，但是你却一直对她放任自如。李总监，你打的什么主意，别以为我不知道。”

这一字一句，都直戳人心。

李士杰愣了一下，顿时有些着急。他组织了一番言语，尽量委婉地说：“叶总，我想您对叶萌萌是不是有些误会。在她入职之前，我就已经认识她了。如果不是她，恒天集团今天可能已经不存在了。”

“不存在？”叶恒仿佛听到了天大的笑话，并不相信他的话，“你觉得我会相信？”

李士杰有些着急：“总之，我用我未来所有的奖金和工资来担保，叶萌萌她绝对不是这样的人！她的提议是真心为了公司发展的，绝对不会做出不利于公司的事情。她平时在公司的表现很好，也很上进……”

叶恒的声音还是一样的冷：“如果你真的要向我表达你的忠心，就告诉我，当时爆炸的时候，科研部大楼到底发生了什么？”

“叶总，您为什么一定要追查这件事情？”李士杰感到不解。

叶恒面无表情：“我的直觉告诉我，你肯定隐瞒了什么重要的事情。”

李士杰犹豫纠结了半晌，最后一咬牙：“很抱歉，那时候什么也没发生。”

叶恒冷笑出声：“什么也没发生？每一次都是这样的回答！这让我怎样相信你！”

“叶总，您听我说……”

叶恒不耐烦地打断：“好了，我现在不想听你说这些。既然你不想说，那就出去！”

“叶总……”李士杰深知自己再解释也没有用，只能几不可闻地叹息一声，“那我不打搅您了，我先出去了。”

李士杰离开了。

办公室的门自动关上。

一直默不作声地站在一旁的宋特助这才回过头，看向叶恒，不理解地问：“叶总，您为什么一直针对那个叶萌萌，其实，我觉得她在会议上提出的方案也是很不错的。”

“你也觉得我是错的吗？”叶恒冷冷地反问，心中的烦躁感越来越重。

不知道为什么，看到和叶萌萌相关的事情，就忍不住暴躁。

宋特助愣了一下：“我不是这个意思，我只是……”

“算了。”叶恒打断了他，伸手扯开衬衣最上端的两颗纽扣，疲倦地说，“帮我预约张医生，这个周末。”

“好。”

宋特助迟疑了片刻，还是走出了办公室。

恒天集团的员工餐厅。

叶萌萌、孙梦楠和秦屿坐在一张桌子上一起用餐。

“萌萌，早上李总监找你去开会，是什么事情啊？”孙梦楠咬了一口素炸丸子，看着叶萌萌，好奇地问。

叶萌萌想起会议上的针锋相对，也不想和孙梦楠多提，于是言简意赅地说：“也没什么，就是为了《王者天下》新版本更新的事情。”

听到这个消息，孙梦楠愣了一下，也不由得兴奋起来：“《王者天下》要出新版本了吗？这是真的吗？”

孙梦楠也是《王者天下》的玩家，只不过她是一个游戏菜鸟，也不喜欢打打杀杀，所以便做了一个专职生活玩家。除了完成必要的剧情任务，她大多数时间都留着她在伟汶大陆里开的小店里卖东西，叶萌萌也光顾过她几次。

“是真的。”没等叶萌萌说话，秦屿已经微笑着开口，“今天萌萌在会议上提出了很好的建议，还被高层领导一致看好，拿到了《王者天下》新版本开发的负责权。”

“哇！真的吗？萌萌你真是太棒了！”

孙梦楠激动地叫出了声。可是这一声赞叹，把旁边所有人的注意力都拉了过来。

附近的同事都用奇怪的目光看向孙梦楠。

糟糕！

似是意识到自己做错事了，孙梦楠猛地捂住嘴巴。

“对不起，对不起。”她赶紧给别人道歉。

趁着她的注意力不在自己身上，叶萌萌压低声音对秦屿说：“学长，会议上的事情……这没什么好说的。”

“怎么会呢？”秦屿一愣，笑了笑说，“这是一件值得高兴的事情。我想，除了孙梦楠外，技术部的其他同事知道了，也会为你感到高兴的。”

叶萌萌并不想深聊这个话题，眼眸微垂，含糊地说：“也许吧……”

第 6 章 偶遇

午餐结束后，秦屿还有其他的事情，先行离开了。

返回技术部的时候，孙梦楠一直追问叶萌萌有关《王者天下》新版本的情况。

“萌萌，你是怎样拿下《王者天下》新版本开发的负责权的？”孙梦楠对这个问题很是好奇。

叶萌萌说：“我在会议上提了一点有关剧情的小建议，高层们觉得这个建议不错，就让我负责了。”

“哎？剧情？可剧情的部分不是一直由策划部负责的吗？”似是想到什么，孙梦楠赶紧朝左右张望了一下，确认没有人后，才压低声音问，“萌萌，我听说那个唐安宁不但骄傲自大，还独裁，你拿到了项目的负责权，她没有为难你吗？”

叶萌萌说：“唐部长的确很生气，不过这是高层一致投票通过的，她也没有办法。”

“这样啊……”孙梦楠愁眉紧锁，“可我总担心她会报复呢。”

“啊，对了，萌萌，新版本会上线什么内容？我真是太期待了。”

孙梦楠接着又问了几个问题。

叶萌萌挑了一些能够回答的答了，实在不想回答的，她只能说：“有些事情，还处于保密的阶段，我也不好说。”

孙梦楠明悟地点点头：“啊，我懂了，是怕泄密吧，那我一定会替你保密。”

“谢谢你，梦楠。”叶萌萌微笑道。

孙梦楠大大咧咧地说：“客气什么呀，我们不是好朋友吗？”

两人刚回到技术部的办公室，便看见李士杰迎面走来。

李士杰的脸色似乎不太好看，看到叶萌萌，他立刻快步走了过来。

“叶萌萌，你在正好，现在跟我到办公室一趟。”

李士杰对她说完，便头也不回地朝自己的办公室走去。

叶萌萌看着他十万火急的样子，压下心中的疑惑，应了一声：“好的，李总监。”

叶萌萌跟随着李士杰来到总监办公室。

等门关上后，李士杰往办公桌前的椅子指了一下，招呼她道：“坐。”

叶萌萌没有动，而是疑惑地问：“李总监，您叫我进来，是有什么事吗？”

刚刚在技术部门外遇到的时候，她就看出了李士杰心事重重。

中午开完会的时候，李士杰似乎去找叶恒了……

莫非，叶恒为难他了？

李士杰开门见山地说:“我们之间也算熟悉了,我就不说什么开场话,直接进入主题。嗯,我是想跟你谈谈《王者天下》新版本开发的事情。”停顿了一下,他又问,“我想先问问,你对这次新版本的事情怎么看?”

叶萌萌想了一下,说:“其实我心里也有点忐忑的,毕竟我到公司的时间才几个月,没有什么经验,还是第一次负责这么大型的项目。”

“你这么想也是正常的,我当初第一次负责大型项目的时候,也像你这么忐忑……不,甚至比你还要害怕,生怕一不小心就造成了不可挽回的错误。”李士杰露出一丝怀念的神色,“不过你不用担心,我相信你的能力,只要你发挥出自己全部水平就可以了。”

叶萌萌点头:“好的,我一定会努力的。”她犹豫了下,又说出自己的担忧,“不过,会议结束之后,唐部长好像对我有些不满,我担心她不愿意配合我的工作,导致项目进度达不到预期。”

李士杰说:“这没关系,唐安宁也不过是策划部的副部长,江部长也快回来了,他才是策划部真正的负责人,也是我多年的好友,只要我跟他说一下,策划部会全力支持你的。”

“谢谢李总监。”叶萌萌感激地说。

“高层们很看重你,这次的事情就交给你了。”李士杰说,“最近一段时间,其他的工作任务,我会让秦屿安排给别人,你只需要负责《王者天下》新版本就好。至于其他的部门也会全力配合你的工作,有什么需要,你就直接跟他们提出。”

“好的。”

但是,李士杰微皱的眉头依然没有舒展开来。

“只是……”

这一转折，让叶萌萌的心随之提了起来：“李总监，您是还有什么事情吗？”

“叶总那边……”

李士杰突然提起叶恒那边，让叶萌萌一愣。

“他似乎对那次爆炸事故的真相十分执着，一直追问我当初的情况，还好几次联系王老师。虽然王老师拒绝了见他，但是……这种事情，他还是不要知道为好。”李士杰自言自语。

“叶总为什么会突然追查起之前的事故？这件事不是已经过去了吗？连相关部门也出了鉴定报告，把事情定为了事故。”叶萌萌的心忽地跳了一下，有些着急地说，“要是真的被其他人知道了真相，那后果真是不堪设想。”

李士杰说：“我知道，你放心。只要我们不说，这件事情，永远没有其他人知道。叶总是无意中翻看了事故调查报告之后，才开始追查这件事情的，兴许等过一段时间，他就会自讨没趣放弃调查了吧。”

叶萌萌总觉得这件事情没李士杰想得那么简单。

想到什么，她问道：“对了，李总监，叶总和沈副总之间，又是怎么回事呢？在会议上，叶总和沈副总那边的人，好像不太对盘。”

在开会的时候，她也能看出来，前来开会的人似乎分成了两派，一方支持叶恒，一方支持沈副总，这两派之间并不对盘。支持叶恒这边的人显得寥寥无几，而且都是对公司无足轻重的人，叶恒就像是被其他高层孤立了起来一样。

李士杰心情沉重地点点头：“正如沈副总所说的，叶总刚从海外归来，对恒天集团的情况不熟悉。他做事手段强硬，许多事情都是一意孤行，有很多决策，他甚至不顾其他高层的反对，强硬地实行了。而且，他刚上任，就雷厉风行地清理了一部分有问题的人，其中一些就是沈副总那边的人。因为这样，他在恒天集团的管理层中并不得人心，也不服众，所以……”

说到这里，李士杰不由得叹了一口气：“这一次《王者天下》落到你的手中，很大的原因可能是，叶总站在了你的对立面。因为沈副总和叶总水火不容，所以无论他做出什么决策，他们都要和叶总对着干。这真不知道是一件好事还是坏事。”

他似有不解地问：“萌萌，我记得我之前也问过你这个问题，你和叶总之间到底发生过什么，为什么他会对你有这么大的意见？”

叶萌萌垂眸：“李总监，您还记得，您和老师一起赶往科研大楼的时候，在大楼外看到的那两个……从游戏里跑出来的游戏角色吗？”

李士杰微微一怔，点头：“当然记得。”

叶萌萌说：“那你有没有发现，叶总和魔王长得很像，他们的长相几乎是一模一样……”

李士杰愣住了，仿佛想到了什么，不由得紧张起来：“你这么一说，我倒是想起来了。那时候我远远见了魔王一面，后来看见叶总，总觉得他很眼熟，似乎在哪里见过。开始以为只是错觉，但我现在想起来了，原来他和魔王长得像！那模样……只是二次元和三次元的区别。”

他越想越觉得担忧：“难道说，叶总和魔王之间有关系？要是这样可真糟糕，用不用……”

叶萌萌赶紧打断他："李总监，您别紧张，他和魔王没有关系。我之前问过核心组的前辈，他们说是设计游戏角色的时候，提取了一部分恒天集团员工的信息作为原型，所以魔王可能是取了叶总的模样作为原型。"

"对对对，的确是这样，是我关心则乱了。那你和叶总又是怎么回事？"李士杰松了一口气。

叶萌萌深吸了一口气，说："我刚入职的时候，因为我把叶总错认成魔王，所以叶总一直以来都对我很有意见，觉得我是故意接近他，对他别有用心。"

"就……这样？"李士杰觉得荒唐极了。

叶萌萌斩钉截铁道："就是这样。"

"这真是奇怪了，几年前我见过叶总几面，他待人温和有礼，并不是这样的性格。难道是如今四面楚歌的局面，导致他的性格变得多疑？"李士杰沉吟地说。

说不定只是表面的伪装而已。

叶萌萌腹诽了一句，同时不解道："李总监，叶总对我们都这么恶劣了，您为什么要一直替他说好话呢？"

如果是她，早就把对方踢一边去了，还赶着这么讨好对方？

"老总裁在退休之前，有拜托过我好好帮助他，但是……叶总好像并不信任我。"李士杰有些泄气。

他又叹了一口气："总之，不论如何，我们一起加油吧，争取把《王者天下》新版本内容做好，做出成绩来，也许他就会对我们改观吧。"

说到最后，却连他也不敢肯定了。

“但愿吧。”

尽管这么说，叶萌萌却不是这么觉得的。

她可不认为，一个人的性格会如此轻而易举地改变。

接下《王者天下》新版本项目开发的第一周尚算平静，转眼间过去。

这周六，叶萌萌前往 S 市第一人民医院，去见自己的心理医生。

早在恒天集团科研部的爆炸事故后，她便开始接受心理医生的治疗。

她一直走不出失去魔王的阴影，经过一段时间的心理干预和治疗，她的情况开始好转，但还没完全康复，所以她每一周都会到心理门诊复诊一次。

来到第一人民医院，叶萌萌先按照惯例去做了一次心理测试和检查，然后拿着测试的报告，轻车熟路地来到预约的医生的门诊室，敲了敲门。

“请进。”

里面传出一个声音。

叶萌萌推门走了进去：“胡医生。”

“来了，坐。”虚拟的屏幕后，穿着白大褂的胡医生抬起头，指了指对面的座位。

叶萌萌坐下，将手中的报告表递了过去。

胡医生接过报告：“让我看看你最近的心理和精神状况。”

他看了一眼报告，不由得皱起了眉：“心理评估分有些高，上周你的心理状态明明已经恢复正常水平了，心理指数怎么又升上去了？”

胡医生仔细看了看测评表上分数过高的项目，又问：“你最近又遭遇到什么不愉快的事情了吗？”

“我最近……”叶萌萌微微一愣，“没什么，就是在工作上遇到了一些小麻烦，可能是工作的压力太大了。”

她原本以为自己不在乎，但是直到这时，她才发现自己根本无法忘记过去的一切。

每当看到叶恒那张熟悉的脸，她总是忍不住想起跟魔王一起时的那些点滴，但叶恒又是那么陌生。

所以每次对着叶恒的脸，她总会想起那些不好的过往。

这些事情，她能欺骗别人，却无法欺骗自己的心。

“看来你的情绪还是有些不稳定，”胡医生也看出她情绪的失落，“你最近有觉得不舒服的地方吗？”

“最近胃口不是很好，偶尔觉得头痛，然后当看到……上司的时候，会出现委屈的情绪。”叶萌萌实话实说。

胡医生点了点头：“这就对了，这是你的工作压力太大了，你要尝试着调节，尽量减轻自己的压力。如果工作上遇到不愉快的事情，就暂时放下工作，出去走走，放松心情。至于那个让你感到不愉快的人，如果可以，你就把他当成不存在。”

胡医生给出的提议，她都明白，但是……

她做不到。

胡医生嘱咐完毕，微微思索片刻，又说：“这样吧，这也有可能是身体出现状况的原因。为了防止误诊，我给你开几个体检项目，怎么样？”

叶萌萌想了一下，同意了。

胡医生给叶萌萌开了几个体检项目，叶萌萌拿着单子去缴了费后，便前往体检室进行体检。

体检完后，需要半小时才能出结果。

半个小时后，叶萌萌领到了大部分的检查报告。还有最后一份，要到三楼的科室领取。

她心不在焉地走着，来到一间诊疗室前，没有看清门牌，就这样推门走了进去。

没走几步，有一位端着药品的护士迎了上来，好心地提醒道："这位小姐，张医生现在正在给另一位病人会诊，您方便在等候厅里等一下吗？一会儿到您，会叫到您的号码的。"

叶萌萌回过神来，赶紧解释道："啊，你好，我不是来看病的，我是来拿体检报告的。"

护士愣了一下："体检报告？那你走错地方了，这里是 VIP 贵宾诊疗室。"

叶萌萌也愣了下，回过头看了一眼墙上的指示牌。果不其然，自己走错科室了。

这里并不是领取报告的地方。

这间诊疗室比胡医生的要大，这里面有很多先进的设备，而且还有一间小的会谈室，外面有一道屏风，将会谈室的门隔了起来，防止有人偷窥里面的情况——刚刚她就是从那道屏风前走过。

"抱歉。"叶萌萌赶紧道歉了一声，"请问领取报告的地方在哪里？"

"没事，领报告的地方是对面那个科室，你直接进那边就行。"护士小姐很好心地提醒她，端着手中的药品出去了。

叶萌萌也跟着转身离开，可是在经过那道屏风前的时候，从里面传出的两个声音，让她吓了一跳。

她条件反射地跳到一旁躲了起来。

但做完这个举动后，她才反应过来——

自己为什么要躲？

似乎……

会谈室里的一个声音，她意外地觉得熟悉。

“叶先生，根据检查结果，您目前的身体状况良好，可以说康复得非常不错。”这个说话的人，大概就是刚才护士口中的张医生，“您的心理评估方面，也没什么异常。”

有人接话：“可我总觉得，最近我的状态很不对劲。”

这个声音不是……

叶萌萌知道自己应该离开，但是她的脚步却不由自主地停了下来。

像是被钉子钉紧在地上，她再也没有办法抬起脚步。她下意识地攥紧了拳头，就这样站在原地。

是叶恒。她心里有个声音说。

张医生问：“不太对劲？您觉得，身体最近哪方面不太对劲呢？有没有疼痛、酸痛之类的感觉？”

“痛倒是没有，但是自从那次触电事故之后，我发现我的情绪变得很不稳定，尤其是在工作的时候。”叶恒的声音夹杂着烦躁的情绪，“在出院之后的好一段时间，我的情绪变得越来越不对劲，最近尤为明显。你们的治疗方法，会不会产生什么后遗症？”

张医生说：“这很难说，这种治疗方式，是非常新颖的，还没彻底进入临床治疗的阶段。”停顿了下，“而且，治疗的设备，是由你们恒天集团负责提供的，设备的具体情况，我也不太了解。”

“张医生，你的意思是，可能是那批设备出了问题？”叶恒问。

张医生直言不讳：“不排除这种可能，毕竟是才投入试验的虚拟设备，可能会对精神造成影响和干扰也不一定。但是不一定是设备的问题，也有可能是治疗方法不够完善的问题。不过叶先生，请您放心，您的治疗一直是由我负责的，您的身体康复情况，我非常了解。您无须太担心，或者有太大的心理负担，您目前的康复情况非常好，身体的机能情况甚至比普通人还要好。

“这种情况，我们治疗团队也是非常惊讶的。您之前昏迷了半年，变成了植物人，差点永远苏醒不过来。当时采用这种设备进行精神刺激的治疗方式，是非常冒险的，我们团队也是犹豫了很久，加上叶老先生的授权，才决定用这种方式给您治疗。那个时候成功的概率只有35%，但万幸的是，您醒过来了。”

张医生跟叶恒解释着治疗的情况，叶萌萌却只捕捉到一句话——

什么？

此前，叶恒曾经发生过触电事故，昏迷了半年？

叶萌萌大吃一惊。

可孙梦楠不是说，只是出了车祸休养吗？

这到底是怎么回事呢？

“……对了，叶先生，除了脾气暴躁之外，您还觉得有别的不适应的地方吗？”张医生继续询问叶恒。

叶恒犹豫了一下："除了脾气变得不像我自己外，最近一段日子，我总隐约觉得自己好像忘掉了什么重要的东西。但过去的物品和资料告诉我，'被遗忘'的那段记忆是不存在的。但是，直觉却告诉我，那段记忆，应该是存在过的。"

这一瞬间，叶萌萌仿佛捕捉到什么，但又抓不住。

"您的意思是，忘记了以前的一些事情？"张医生问。

"不，不是以前的事情。以前的事情，从小到大的，我都记得一清二楚。"叶恒笃定地说，"那种感觉，就好像失去了什么很重要的东西，找不回来了。"

张医生说："好，我明白了，那我先给您做一个脑部的检查，看看情况如何再决定治疗的方案，您觉得如何？"

叶恒似是迟疑了片刻，好一会儿才开口："我听说，可以通过催眠的方式，找回失去的记忆，这是真的吗？"

"催眠的确是治疗失忆的一种辅助手段，但是催眠只是用暗示的方式帮助患者将藏在大脑深层的记忆重新找出来罢了。按照您所说的，在您接受治疗的这段时间，您一直处于昏迷的状态，并没有接触其他人的可能，所以，这段记忆很可能并不存在。"张医生用尽量委婉的语气说。

听到这里，叶萌萌的心像沉入了谷底。

果然，叶恒并不是魔王。

他昏迷了半年，一直在医院里接受治疗，也没有接触其他人。

叶萌萌忍不住自嘲一笑。

所以，为什么还要卑微地抱有一丝希冀？

不要再自欺欺人了，叶萌萌。

“……您目前这种情况，也许是治疗造成的后遗症也不一定，又或许只是您的幻觉。我的建议是，如果您愿意的话，可以先进行一段时间的心理治疗。”张医生这样提议。

叶恒似乎很犹豫：“让我想想……”

砰！

叶萌萌想得出神，不慎碰到了旁边的屏风，屏风发出一声剧烈的声音，惊动了会谈室里的人。

叶恒猛地转过头。

“谁？”

张医生并不在意：“可能是护士——”

话未说完，叶恒已经站了起来，大步走出了会谈室。

叶萌萌刚想逃离现场，却被从里面走出的叶恒逮了个正着。

叶萌萌心里“咯噔”一下，还没来得及离开，去路就被封死了。

就在叶萌萌抬头的瞬间，一股令人感到压迫的气息骤然逼近。男人高大挺拔的身躯挡在她的面前，那精致如天工雕刻的五官映入眼中。

叶萌萌一时无所适从，她张了张嘴：“叶……”

叶恒看着面前的人，狭长的眼眸微眯，闪烁着霜雪一般的慑人寒光：“叶萌萌，又是你？你又跟踪我？”

“别误会，我只是刚好路过。”叶萌萌赶紧解释，“没想到这么巧啊，叶总，我不打扰你了，先走了。”说着，便要越过他离开。

但她才走出一步，却被叶恒扼住了手腕，他语气强硬地逼问：“说！你为什么会在医院？你一直跟着我，到底有什么目的？”

“谁跟踪你了，放手！”叶萌萌不悦地皱起眉，挣扎起来，“少自我脑补了，来医院当然是看医生！还不准别人来看医生了？”

她的话，叶恒非但没有相信，反而目光一沉，眸子里腾起危险的气息，直逼她：“看医生？会这么巧合，我来看医生的时候，你就来看医生？”

叶萌萌一听也来气了，毫不客气地回敬：“叶总，请你少自作多情了！自恋是病，得治！我什么时候来，还要通知你？那你去趟洗手间，是不是还得全公司广播，让所有员工避嫌，不许跟你同一时间上洗手间？”

叶恒面色一沉：“叶萌萌，你——”

“还有，叶总，我说过，我对你完全没兴趣，请你以后少一厢情愿！”叶萌萌用力甩开他的手，踩着重重的脚步愤愤地离开。

这叶恒真是有毛病！

她现在有些理解，为什么沈副总要和他作对，就他这态度，能得到别人的信任才怪！

叶恒看着叶萌萌离开的背影，漆黑的瞳仁里满是冰冷。

一看到叶萌萌，他的心里就会涌出奇怪的感觉……他认为，也许那就是厌恶。

他恨不得她从眼前消失，那么，他便不会生出这种奇怪的情绪。

他向来自傲，绝对不允许有他掌控不了的情绪存在。

转瞬间，叶萌萌已经从这间诊疗室离开了。

叶恒收起思绪，微微低头。

有纸张散落在地上，似乎是刚才叶萌萌挣扎的时候掉在地上的。

叶恒原本是不想理会的，但不知道怎么的，他还是弯腰将地上的纸张捡了起来。

这是……

身体检查报告？

叶恒翻看着叶萌萌留下的报告书，不由得一怔。

当他看到叶萌萌那份心理评估报告表后，不禁轻皱起眉。

他陷入了沉思。

难道……真的是自己误会了她？

叶萌萌着实被叶恒气得不轻，连报告也没有取，一口气冲出了医院。

不仅没有取报告，就连已经拿到的报告也落在了医院里。

没想到就连看个病，都能遇到叶恒。

真是倒霉透顶！

在公司每天都要见到叶恒，在小区也能碰见叶恒，就连去医院，也能遇到叶恒……

他问自己为什么要跟踪他，她还想反问，为什么她在的地方，都有叶恒呢！

凡事总要分个先来后到，对吧？

想起叶恒那恶劣的态度，又想起他那张脸，叶萌萌只觉得更气了。

为什么要让这样一个可恶的人，长了跟魔王一模一样的脸！

她气呼呼地跑到了附近的快餐店，吃了一份薯条、一份炸鸡块、一个汉堡包、一份芒果派、一份比萨、一杯奶茶。

摸着圆滚滚的肚子，叶萌萌舒出一口气，才觉得内心舒服了一些。

果然只有美食才能抚慰自己的心灵，让叶恒什么的，去见鬼吧！

在医院发生的这段小插曲，很快被叶萌萌忘到脑后。

周六和周日这两天，叶萌萌宅在家里，又把魔王副本通关了几遍。

不过，在游戏里，也并不安宁。

她一上线，就收到了无数条来自夕阳晚清的私信。

“在吗？”

“萌萌妹子，怎么不回复我私信？”

“萌萌妹子，看在认识了这么久的分上，我们就冰释前嫌吧！”

“我们好歹也一起经历过生死大战，你就给个面子吧？”

“就不能带我过一下‘深渊之狱’副本吗？”

“嘤嘤嘤，你怎么这样残酷冷血无情？求回复一下嘛！”

叶萌萌实在被夕阳晚清的“嘤嘤嘤”和颜文字恶心坏了，于是毫不犹豫地将他拉入黑名单。

世界终于清静了。

没想到，夕阳晚清仿佛知道了她每天在游戏里的路线一样，专门蹲在了魔王的副本外等待。

一看见她出现，夕阳晚清立刻带着一脸喜色地冲了过来：“叶萌萌，你终于上线了！我给你发的私信你收到了吗？你怎么不回我私信？”

“等等，你别过来！”

叶萌萌下意识地举起了魔杖制止他，哪知道这个动作触发了技能。

咻——

数道魔法弹朝夕阳晚清砸了过去，在地上砸出了许多个坑，尘烟纷纷扬起。

叶萌萌现在已经是满级的暗系魔法导士，就算是普通的魔法弹，攻击力也是威力巨大的。

所以这几道魔法弹砸到夕阳晚清的身上，结果可想而知……

“你——”

在夕阳晚清难以置信的目光中，他化作了一道白光，从叶萌萌的眼前消失了。

夕阳晚清就这样被打回到重生点。

副本门口，向来聚集了很多玩家，甚至还有叫卖的小摊档。

叶萌萌和夕阳晚清这边的动静虽然不大，但还是引起了不少玩家的注意。

“怎么了？怎么了？发生了什么事？”

“好像是有人 PK。”

“谁在副本门口 PK 起来了？不知道玩家之间有不成文的约定，不准随便在副本外面 PK 吗？是有毛病吗？”

“哇！要 PK 到空旷的地方啊，不知道这样很容易误伤到无辜的人吗？”

副本入口外，好像变得更加嘈杂了。

唔……

好像一不小心，忘记了野外是可以互相 PK 了的？

趁着这些玩家还没发现是自己惹出来的祸，叶萌萌赶紧将兜帽拉低，从人群中悄然离开了。

愉快的休息日过得很快，转眼间又到了新的一周。

随着《王者天下》新版本项目开发顺利，叶萌萌的工作进入了忙碌的状态。

因为有着先前的经验，研发现实虚拟投影游戏的工作出乎意料的顺利。

按照目前的进度，新版本也能够如期上线了。

身为《王者天下》的玩家，叶萌萌对新版本也是充满期待。

叶萌萌将这周的工作做了一份简单的总结报告，怀着愉快的心情去将报告交给各部门的领导审阅。

不过，其中一份必须交到总裁办公室。

但是叶萌萌不想见到叶恒，便先找到了总裁办公室的秘书小姐姐。

“叶总现在在办公室里吗？”叶萌萌向她打听。

秘书小姐姐说：“我刚刚去拿文件的时候，看到叶总出去了，应该是不在的吧。”

叶萌萌取出要给叶恒的那份报告：“那这份报告，能麻烦你转交给叶总吗？”

“宋特助在办公室里呢，你还是交给他吧，报告方面的事情，一向是由他负责处理。”秘书小姐姐好心地建议。

叶萌萌向秘书小姐姐道了一声谢，转身向总裁办公室走去。

但没想到，才来到门口，刚要进去，办公室的自动门突然打开了。

叶恒从里面走了出来。

叶萌萌与他撞了个正着，差点吓了一跳。

所谓冤家路窄，大抵是这样。

看到突然出现的人，叶萌萌脸上的笑容完全僵住了。

刚刚谁说叶恒不在办公室？现在这个人又是谁？

叶恒的眉头几可察觉地微微蹙了蹙，但立刻恢复如常。

“你……”

叶萌萌抢在他之前，学着他的语气，阴阳怪气地说：“呵，叶大总裁，你不会是要问，我为什么会出现在这里，是不是故意来勾引你的吧？”

叶恒果然被呛着了，他冷着一张脸问：“你来做什么？”

叶萌萌晃了晃手中那沓报告：“我是来交《王者天下》新版本项目的开发报告。”

“既然报告交了，那你该出去了。”叶恒夺过她手中的报告，翻也没翻一下，便毫不客气地将她赶出了门。

“砰！”

办公室的关上，叶萌萌险些被砸到鼻子。

“喂，你——”

这个浑蛋！

恒天集团的门是完全自动智能化，而总裁办公室的门只接受叶恒的指令。叶恒不欢迎叶萌萌，所以这门就让她吃了个闭门羹。

叶萌萌气得想砸门，可想到现在的场合，顿时又蔫蔫地垂下了头。

她跺了跺脚，气呼呼地回到自己的楼层。

乘坐电梯的时候，她遇到了乘坐电梯去开会的秦屿。

看到叶萌萌生气的模样，秦屿关切地问：“萌萌，怎么了？为什么一副生气的样子？是谁惹到你了？”

叶萌萌赶紧收敛起脸上的表情：“没什么，就是遇到了一个讨厌的人。”

“讨厌的人？”秦屿疑惑。

但叶萌萌不愿多说，秦屿也没有再问。

他转移话题道：“现实虚拟投影研究得怎样，进展顺利吗？”

“已经进入测试的阶段了。”叶萌萌有些高兴地说，“很快，就能配合剧情进行实装测试了，这多亏了学长和各个部门的负责人配合。”

《王者天下》新版本项目的开发，先前参与会议的人都有参与进去。

只不过，现实虚拟投影游戏这项技术的研究，因为涉及专利和数据保密的问题，就只有叶萌萌和李士杰可以接触。

秦屿微笑道：“是吗，那就好。”

叶萌萌说：“其实我也没想到，会这么顺利。”

她原本以为，唐安宁会在项目进展上为难自己，但没想到，她虽然不悦，但还是十分配合自己的工作。

这样看来，似乎是自己小人之心度君子之腹了。

“在项目上，唐部长也帮了我很多，我开始以为她……”她有些愧疚地说，“学长，如果可以，能帮我对唐部长说一声道歉吗？”

“我之前就跟你说过，唐部长是面冷心热的人。”秦屿微微一笑，“我想，她知道后一定会很高兴的。”

叮！电梯到达了秦屿要前往的楼层。

门打开了。

秦屿说：“我到了，回聊。”

叶萌萌说：“好的，学长慢走。”

想起什么事情，她又赶紧卡住电梯门，朝外面的秦屿说：“啊，对了，学长，沈总说下午想亲自测试一下现实虚拟投影的设备，你也过来看看吧。”

秦屿回过头，微笑着说：“好，我知道了，谢谢你通知。”

到了下午，参与游戏新版本项目开发的成员再次聚到了上次开会的会议室。

除了叶恒，其他人都来了。

不过，因为时间有限，叶萌萌只拿来了一个虚拟设备。

她和李士杰一起研究的设备只有腕表大小，十分轻便，戴在手腕上完全不显得突兀，完全没有沉重的感觉。

在叶萌萌的帮助和说明下，沈副总将设备戴到手上，尝试着使用。

叶萌萌介绍道：“现实世界的地图，是根据卫星地图上的坐标设计的，我们只在公共区域设置了大型的副本。在私人的领域，玩家可以把自己的住所或者其他私人地方设定成重生点或者物资补充点。”

“那和以前的定位 AR 游戏有什么区别？”唐安宁板着一张脸，问道。

“区别就是……”叶萌萌微笑着，替沈副总按下了设备的开关。

在按下开关的那一刻，在沈副总的眼中，会议室的环境一下子改变了。

原本四面都是墙壁的会议室，变成了一片原始森林，高密的树叶和树枝遮天蔽日，微弱的光线从树叶的缝隙投进来，依稀能看见四周的景物。这片森林里，到处生长着稀奇古怪的植物和蘑菇，到处攀爬着形状千奇百怪的蔓藤和树根，巨树如巨龙一样盘绕着，各种自然奇观，应有尽有。

“哦哦，这个真是稀奇，就仿佛真的置身在游戏里一样，不，比游戏还要真实。”沈副总要被眼前的景象惊呆了。

眼前突然变化的景象，比第一次进入全息网游看见的景象还要令人震撼。

他正惊奇地看着周围的森林时，突然从树丛里蹿出了一只猴子，凶狠地朝他袭击而来，吓了他一大跳。

“不过为了测试，我把会议室设定成了一个野外的区域，在这里可能会遇到小怪。”叶萌萌在一旁边解释边指导着沈副总，“沈总，那些小怪的级数很低，我还没有把痛觉系统安装上去，攻击不会产生伤害。您可以尝试一下召唤武器，用技能攻击它们，具体的玩法，和游戏里是一模一样的。”

叶萌萌给沈副总设定的游戏角色是战士。

听了叶萌萌的说明，沈副总立刻在心里默念“武器”，瞬间，一把长剑出现在他的手中。

沈副总啧啧赞叹道：“这真是太有趣了。”

在没有佩戴设备的人眼中，沈副总的表现十分滑稽，就像是对着空气在做奇怪的动作。

不过为了能让其他人知道沈副总此时的状态，采用了 VR 游戏的放映模式，沈副总所看见的情景，会真实地出现在会议室的投影幕上。

只见沈副总很笨拙地挥舞着手中的长剑，朝突然冒出的猴子怪物砍了过去。尝试了好一会儿，他的动作终于熟练了起来，他对着目标连砍了好几下，不断有红色的数字从猴子头上冒出。很快，这猴子的血条清空，终于倒地身亡了。

它倒下消失的地方，很快出现了几枚金币和一件白色的装备。

“在现实里，被打死的怪物还会爆装备？”沈副总十分意外，他走上前，将金币和装备捡起，在他触碰到这两样东西的时候，立刻化作白光消失了，顺利地躺进了他的背包栏里。

“现实游戏和线上游戏的数据是互通和同步的，也就是说，在现实打出了什么装备，到线上也可以用，同理，线上的装备在现实也可以用。”叶萌萌在旁说明。

直到测试结束，沈副总依然有些意犹未尽。他虽然上了年纪，但对这个虚拟设备爱不释手。

他解下虚拟设备，恋恋不舍地看着叶萌萌小心翼翼地将它装回到盒子里，不住地说：“这个设计真是太棒了，这种游戏方式，真适合我们这些老骨头啊！”

像是沈副总这样年纪的人，注重养生，不太喜欢整日躺在游戏养生舱里玩游戏，以往只能减少游戏时间，但如此一来，进度就落后了其他玩家很多。

这种现实方式的游戏，非常适合像他这个年纪的人。在玩游戏的同时，还能锻炼身体，不用整天闷在家里，一举两得。

“非常棒！”沈副总对这个设备，给予了十分高的评价。

他带头鼓起了掌，很快会议室响起了一片掌声。

唐安宁冷着脸站在一旁，看见所有人都鼓起了掌，她犹豫了下，也不情愿地鼓起掌来。

秦屿微笑道：“萌萌，你和李总监辛苦了。这样的设计真是让人眼前一亮。”

“这也是多亏了沈副总和学长，还有其他几位负责人的全力支持。”

叶萌萌微微红了脸。

沈副总想了一下，说出自己的担忧：“不过，如此先进的设备，定价会不会很高，价格能让大众消费者接受吗？”

叶萌萌立刻解释：“沈副总，请放心，关于这个问题，我们已经考虑好了。”

李士杰笑眯眯地接过话题：“是的。这个设备的成本也不是很高，我和萌萌讨论过，如果批量生产，初步的定价范围是，成人版的设备价格定在三百元到五百元左右，儿童版的游戏设备在一百元到三百元左右，分为普通版和豪华版。这个价格，我想大众都能接受的。而且这个设备还兼顾通信联络功能，可以当成手机使用。”

“你们考虑得很周到，这样的功能也很实用。”沈副总满意地点点头。

“那么，新版本打算什么时候上线呢？新版本的预告打算什么时候发布？”

这是所有人都关心的问题。

“现在已经准备就绪了，就等技术部对新版本的测试完成，就可以在官网上发布预告了。”李士杰说，“我们预计最快下周三的时候对外发布新版本公告，那一天，刚好是《王者天下》两周年纪念日。”

叶萌萌看向秦屿：“学长，你那边可以吗？一周的时间，能不能完成测试？”

“下周三吗？当然没问题。”

秦屿微笑着道，声音柔和得像三月的春风，黑色的瞳眸里，似有光芒流转。

第 7 章 泄露事件

针对这次虚拟设备测试，各部门的负责人都提出了一些小的修改意见。

叶萌萌一一记了下来。

倒是唐安宁，除了开头的质疑外，再也没有提出其他反对的意见。

叶萌萌针对大家提出的意见，对设备进行了修改。

与此同时，美术部那边也将《王者天下》新版本的海报做了出来。

“哇，萌萌，这个也太棒了！超级……超级……嗯，怎么形容，我词汇量储备不够，总之就是一眼看上去，非常震撼！”

看着投影在虚拟屏幕上的巨型海报，孙梦楠满是惊艳地夸赞出声。

她夸张的形容，把叶萌萌和其他同事都逗乐了。

“梦楠，这海报是真的震撼和好看，但你这反应也太夸张了吧？”有技术部的同事打趣她。

孙梦楠说：“真的！我这是真实的反应！萌萌，你提出的概念真的很棒！比我之前看过的，唐安宁制作的那版海报好了不止多少倍！”

没错，这次新版本的海报的概念，是由叶萌萌提出的。

海报的画面一分为二，一半是游戏世界，一半是现实世界，魔王从游戏“穿越”到现实世界里，他的下半身在游戏世界，是游戏的打扮，但上半身已经进入现实世界，现实世界里的魔王变成了短发的模样，在他赤红的眼眸的衬托下，更加动人心魄。

现实世界的一边，高楼大厦之上，乌云密布，闪电雷鸣，仿佛有异动侵入扰乱，瞬间风起云涌。

叶萌萌还别出心裁地提出了将海报设计成动态全息效果，走近海报时，仿佛真的能看到电闪雷鸣，风起云动，让看到海报的人能够身临其境。

孙梦楠说的话，让叶萌萌有些惊讶：“唐安宁也设计了一版海报？”

怎么之前，没有听唐安宁提起过这件事情？

孙梦楠说：“对啊，策划部的小姐妹告诉我的，我那天去他们部门串门的时候看到了。具体画面好像是魔王深情款款地看着她那什么光明神殿的圣女，魔王明明是冷血无情的设定，居然会爱上一个死对头的养女？我不是魔王的粉丝，都觉得魔王的人设都OOC了。”（OOC，Out Of Character，常出现在角色扮演和同人文学中，意为“不符合个性，预料不及”。指在创作中扭曲人物性格，使人物完全脱离原型，说出原角色不可能说出的话，做出原角色不可能做的事。）

“海报是最近做出来的吗？”叶萌萌疑惑。

孙梦楠摇了摇头：“不是，好像是开高层会议之前，就做出来了，是连着策划书一起做好的。听说，唐安宁是打算在策划书通过之后，就立刻上传海报。”

叶萌萌微微诧异。

唐安宁就笃定，自己的提案会通过高层的审核吗？

也许吧，不是自己的阻拦，说不定唐安宁最先提出的版本已经上线了。

叶萌萌转眼间将唐安宁的事情扔到脑后，继续忙碌新版本的事情。

宣传的事情，自然要交给宣传部那边。李士杰组织各部门负责人开了一次会议，他们计划在新版本上线之前，先在网上和游戏里放出一些诱人的片段，对新版本打一拨预热。

很快到了新版本预告发布的那天。

早上九点，《王者天下》的官博准时发布了一条消息。

王者天下 OL（官方认证 V）：穿越时空，就算竭尽全力，我也会来到你身边。全新版本，全新玩法，即将到来。各位勇士们，你们准备好了吗？[图片]

配图就是这次《王者天下》新版本的海报。

只要点开图片，图片里显示的情景便会一一变为现实，周围是林立的高楼大厦，天空忽然之间被乌云覆盖，闪电狠厉地劈下，雷声轰鸣。

魔王跨越了时空，向着观看海报的人迎面跑来。

正正应了宣传语的那一句——

“穿越时空，就算竭尽全力，我也会来到你身边。”

这条消息刚放出，立刻在官方博客上引起前所未有的热议。

玩家们惊叹不止，在底下的留言区议论纷纷。

《王者天下》的玩家数量本来就大，甚至有许多名人也在玩这个游戏，被玩家一转发，“#《王者天下》新版本#”“# 王者天下 穿越时空 #”“#

王者天下 现实世界 #”等消息很快登上了博客的热搜榜。

更多网友被热搜吸引了过来，这条微博的留言量和转发量呈井喷式上涨。

这原本是一件值得高兴的事情，但是——

随着更多人被新版本的消息吸引而来，网上的画风渐渐变得不太对。

“哇！《王者天下》的新版本要发布了？天啊，这个画风，我太喜欢了。”

“穿越到现实世界的游戏？真的假的？还是只是宣传词？”

“这海报真令人震撼，我现在超级期待新版本上线的那一天！”

“永远爱《王者天下》！”

“我是《王者天下》的死忠粉，无论要上线什么新玩法，我都会支持的！”

开始评论里的赞美声占大多数，渐渐地，却被一些负面的评论覆盖了——

“咦？怎么这个新版本的宣传，和东方集团最近发布的全息游戏几乎一模一样啊？”

“东方集团？是以前推出《魔幻江湖》的游戏公司吗？那是个不错的游戏！”

“是前几天发布的那个《女神的幻夜皇冠》的游戏吗？好像也是西幻类的网游哦……”

“我开始还不觉得，被你们这么一说，这个新版本不是《女神的幻夜皇冠》的翻版吗？”

“怎么回事？是联动吗？@王者天下 OL（官方认证 V）”

“怎么可能是联动，这两个游戏名完全不一样好吧！”

“呵呵，抄袭？”

“@王者天下OL（官方认证V）出来说说，为什么你们的新版本游戏和《女神的幻夜皇冠》这么相似？”

“我是《王者天下》的死忠粉，原本还想给《王者天下》说几句话的。但是看了对比图和文字对比，这次真是没办法洗！”

“恒天集团不是说不忘初心，坚持原创吗？这才多久就开始抄袭了？@王者天下OL（官方认证V）@王者天下OL（官方认证V）@王者天下OL（官方认证V）”

“《王者天下》太让我失望了！”

“东方集团的历史虽然没恒天集团悠久，公司规模也没有恒天集团大，但人家这么辛苦地制作出一个游戏，就这样被抄走了？原封不动地剽窃也就算了，还这么光明正大地发出来，欺负小公司没话语权吗？”

“楼上的是东方集团的水军吗？”

“你才水军！我还说你是恒天集团的水军呢！”

“官方不出来解释一下吗？”

“@王者天下OL（官方认证V），出来挨打！”

“解释什么，嘻嘻，我猜过几天，官方肯定会发布公告，说开除了一名新来的临时工，是那名临时工不懂事抄袭了，事情跟他们没什么关系，然后奖励几件破烂的游戏道具，当无事发生。我已经看穿他们的套路了，请叫我预言帝。”

博客的留言区一片骂声。

恒天集团公关部门的人一直关注着网上的动态，最初的一两条负面言论，他们也就忽略过去了。因为每次出更新公告，总有一些不好的声音。

哪知道，情况越演越烈，他们这才意识到事态的严重。他们赶紧发布了一则临时公告，然后开始删帖，可是负面评论却越删越多，还被网友当成是虚心的证据。

公关部门焦头烂额，急忙将这件事情上报上去。

会议室里，洋溢着一片欢快的气氛。

李士杰正在向沈副总一干高层汇报新版本的进程，大家有说有笑，都为即将上线的新版本由衷地感到喜悦。

“……计划正如我们预期一样进行着。今天，新版本的预告公告已经发布出去了。之后的一个星期，我们再进行几次预热铺垫，就可以开始开放预售虚拟设备的页面。”

“预售？限量吗？怕不怕玩家抢购的时候把服务器给挤爆了？”沈副总更担心服务器能否承受住玩家压力的问题。

李士杰笑眯眯地道：“沈副总，请放心吧，我们恒天集团服务器的质量还是比较可靠的，连全息网游都能够运行，区区一个预售抢购，还是能承受得住。”

沈副总点了点头：“那就好，那预售是限量的吗？”

其实在听到预售的时候，在场的人都心动了起来，打算等预售的时候，给自己也抢购一套。

李士杰说：“第一批预售，我们打算先放出五十万套的设备。”

“五十万套，会不会太少了？”

高层们交换了一个不解的眼神。

《王者天下》线上玩家的数量，已经突破了五千万。五十万套设备，对于数量庞大的玩家来说，实在是九牛一毛。

李士杰笑着摇了摇头："其实这五十万套不过是先行试水，看看玩家们对新设备的反响再进行下一步的销售。要是当天抢购一空，我们在第二天再放出第二批预售，第三天再放出第三批。第二批的数量是一百万套，第三批是五百万套，再过半个月正式发售的时候，那时候就是不限量的发售了。

"当然，第一批预订的玩家，可以提前一周拿到设备，新版本还没更新，但设备是和线上游戏同步的，一些功能可以先行试玩。第二、三批的设备，要比第一批迟三到四天拿到，而正式发售的设备，可以到新版本上线的当天到我们线下的门店取货，或者等快递送上门。"

这其实是采用了饥渴营销的方式，当第一批拿到设备的玩家开始进行游戏试玩的时候，其他玩家只有羡慕的份儿。

看着别人玩的滋味，肯定没有自己亲身体验爽，其他没拿到设备的人，心里肯定十分渴望拿到新设备。

等到游戏上线那天，便能收到更好的效果。

李士杰为高层们解释着这样安排的理由，嘴角止不住地往上扬起，仿佛已经看到了新版本上线那天，线上和线下火爆的情景。

李士杰又接着说："关于推广的问题，宣传部那边建议在新版本上线前，我们还计划邀请一批名人前来公司体验我们的虚拟设备，活动的时候，我们会进行一场网络直播。在活动的同时，我们可以在官方博客上进行抽奖活动，初步计划是抽取 10 名幸运者获得我们的虚拟设备。至于线上，我们打算在更新前的一周，推出一个大型副本和竞技的活动，将虚拟设备设定成限时活动的掉落物品奖励，全服限定一百套。”

沈副总和一众高层听得连连点头：“的确是很……”

砰！

会议室外突然传来一阵剧烈的撞击声响。

像是有人撞到了会议室的门上。

因为会议是保密的，所以会议室的门是上了锁的，没有得到允许，外面的人不能随便进来。

会议室的众人停止了议论，室内静了一瞬。

但是，刚刚那一声巨响不过是前奏。

咚咚咚！

敲门的声音不断从外面传来。

大家都看向会议室的大门。

“发生了什么事？”沈副总看着门口，不满地皱起眉。

他的秘书立刻站了起来：“很抱歉，沈总，我出去看看。”

门打开了，还没等秘书走出去，众人便看见公关部门的负责人冒冒失失地冲了进来。

这位显然就是刚才撞到门上的人，他却顾不得疼痛，捂着肿了一个大包的额头，上气不接下气地说：“不好了，沈副总！各位领导，不好了！”

沈副总有些不悦：“怎么了？什么不好了？”

其他人交头接耳，会议室也响起了一片不解的窃窃私语声。

公关部的负责人喘着粗气说：“大事不妙了！昨天晚上……昨天晚

上，东方集团开了一场发布会，发布了一个新的全息网游项目……”

“东方集团？他们发布新的游戏项目，跟我们有什么关系？”沈副总不解地问。

公关部的负责人急得满脸通红：“那个游戏，跟我们今天最新发布的《王者天下》新版本的内容很相似！现在网上都在传我们抄袭了东方集团的新游戏！”

“什么？”

沈副总从座位上一跃而起。

会议室内也响起了一片哗然的声音，所有人都坐不住了。

特别是李士杰，他整个人都惊呆了，满脸的难以置信：“这……怎么可能！我们的项目一直是保密的，怎么可能会跟东方集团……”

“大家先冷静下来，不要慌张。”

沈副总冷静下来，适时地站出来阻止了其他人。他将目光转向会议桌上的另一人：“老高，我记得，你之前有提过，要跟东方集团合作开发一个新的游戏项目吧？”

被点名的人，是项目部的高副总。

高副总没想到这把火突然烧到自己的身上，不由得尴尬地摸了摸鼻头，说：“是的，我之前是跟东方集团的高层接洽过，但是跟他们合作的议案，在《王者天下》新版本项目开始之前，已经被叶总拒绝了呀，之后我也没有再跟对方的人联系了。”

“李总监，你确定项目的内容……都是原创的吗？”这时有人问道。

李士杰着急地说：“这个我以我的职业生涯来担保，项目的内容，绝对是原创的！从整体设计到剧情，都是我们一步步商量着修改的，绝对没有任何的借鉴抄袭。”

沈副总不解地问道：“那这是怎么回事？项目是保密的，也是原创的，那为什么会跟对方的游戏内容一样？”

李士杰想了一下，将目光转向公关部的负责人：“东方集团发布会录播的视频有吗？”

公关部的负责人赶紧说：“有的，他们发布会的视频在网上传得很广，所以才闹得这么大。”

李士杰果断说：“放出来看看，我们先弄清楚是怎么回事。”

“好。”

秘书立刻将会议室的虚拟投影打开，并在网上搜索到东方集团举办发布会的视频。

片刻之后，东方集团发布会的视频在会议室里播放起来。

东方集团的发布会是在银河酒店举办的，那是东方集团旗下的酒店。

在发布会的当天，他们还邀请了许多记者和媒体到来，长枪短炮齐齐对着东方集团的负责人，镁光灯闪烁不停。

视频画面中，东方集团的负责人一身西装革履地坐在主席台的中央，正接受记者们的采访。

“东方集团也即将推出西幻类的全息网游，为什么之前从来没有听说过呢？”有记者问。

这名负责人说：“因为我们的研发是保密的，一直没对外公开游戏的情况，是想等到真有了成果之后才发布，请各位见谅。”

另一名记者问：“目前市面上最火的全息网游是恒天集团的《王者天下》，这个游戏也是西幻类的全息网游，这时候推出同类型的游戏，您就不担心新出的游戏会受到一定的影响？”

负责人笑眯眯地说：“当然不会，我们有自信，东方集团最新推出的全息游戏，采用了前所未有过的全新的玩法。而它的游戏机制，是由我们集团完全自主研发的，跟目前市面上跟风的全息技术完全不同。”

“全新的玩法？”记者们很是好奇。

“没错，请各位看——”负责人微笑着开口，示意开始播放宣传片。

到了这里，发布会终于进入了重头戏。

在会议厅的投影区域，出现了3D立体的游戏宣传片。

仿佛是真实的世界出现，人物、景象都栩栩如生，那精美的画面和场景，瞬间就吸引在场所有人的目光。

现场的所有观众，瞬间发出了一片赞叹的声音。

负责人边看着宣传片播放，边介绍道：“我们这个游戏，名字是《女神的幻夜皇冠》，是以光明女神和魔族王子的虐恋为背景，以穿越时空为线索……”

“穿越时空？”

“没错，这里的‘穿越时空’，并非虚构的穿越时空，而是真正的穿越时空，穿越空间。我们想打造一个可以从游戏随意穿越到现实世界，又从现实世界穿越到游戏中的游戏……”

场内一片哗然。

“真的假的？”

发布会现场的气氛变得十分热烈，众人看得热血沸腾。

记者问：“那请问，你们什么时候正式推出这个游戏呢？”

东方集团的负责人信心满满地说：“我们已经准备就绪，半年之后……”

李士杰再也看不下去了，黑着脸关掉了发布会的视频。

会议室内噤若寒蝉。

“这是怎么回事？”沈副总的怒气也直线上升。

他开始还以为公关部负责人说的“相似”只是内容上有一点相像，但没想到是完全一模一样！

李士杰深吸了一口气，尽量让自己的心情平复下来：“看来，我们集团发生了一起严重的泄密事件。”

有高层怒气冲冲地说：“这里面不仅仅有我们的新版本内容，还有被我们否决的废稿，到底是谁给泄露出去的？”

东方集团的游戏，不仅仅融合了叶萌萌提出的设想，还添加了唐安宁曾经提出的却被淘汰的方案——魔王和光明神殿圣女绝恋的那个版本。

完完全全就是翻版个遍。

虽然《女神的幻夜皇冠》的游戏角色人设不太一样，《王者天下》的圣女是金发，女神就是银发；魔王是红眸，魔族王子就变成了蓝眸……但这些完全不影响剧情。

《王者天下》的新版本还没上线，就遭遇了如此严峻的危机。

“沈总，我们也不知道是怎么回事……”

在场的人无不是一头雾水的。

与此同时，他们更是义愤填膺，甚至有人气愤地道：“昨天晚上！

与我们相距不到一天的时间，这时间非常赶，他们一定是故意这么做的！”

“为什么昨天没有发现他们的发布会视频？”高副总好奇地道。

公关部负责人说：“我们也不知道，他们这视频，还是我们发了公告之后，才突然冒了出来，然后就有一大批玩家跑到我们博客的留言区谩骂……”

“这肯定是早有预谋的！”李士杰用肯定的语气说。

公关部负责人十分无奈地说：“我们本来要在公布新版本的消息后，对外开一个发布会的，可是被东方集团抢先了，之前媒体和记者都联系好了，这下……”

“不过，我们的新版本下周就要上线了，而东方集团的游戏要半年之后才上市，我们的上线日期要比他们早啊，这不是很好的证明吗？”突然有人想到这一点。

李士杰摇头：“不，他们就是故意的。只要他们发布消息的时间比我们早，就算他们开完发布会之后，游戏拖着不上线，也占据了舆论的最高优势，还能硌硬我们。”

“那该怎么办？”

一众高层面面相觑。

李士杰用不容置疑的语气说：“立刻将这件事情告诉叶总，再通知各个部门，先暂停《王者天下》新版本上线的工作。”

但有高层担忧：“可是，当时叶总就很反对我们的计划，现在闹出了这么大的乱子，这时候向他求助，不等于向他服软认输吗？”

李士杰愣了一下，怎么突然扯到派系斗争上去了。

然后他才反应过来，这个项目，叶恒从头到尾也没有参与，是因为叶恒反对让叶萌萌接手这个项目。

他只忍着怒气说："事到如今，还在乎这些面子的事情干什么？现在都被别人欺负到头上了，我们集团居然还在内斗，还是交由叶总做决策吧。"

沈副总感叹："李总监说的是，我们的确老了，老了……"

高副总也感叹道："东方集团果然不是好的合作伙伴，还是叶总慧眼识金啊。"

"高副总，你之前可不是这样说的。"

高副总老脸一红："咳，我之前有说什么吗？"

"好了好了，现在不是争论这个的时候，距离新版本上线还有一周，我们还是想想，该如何补救吧。"

这话一出，会议室彻底陷入一片揪心的沉默中。

"什么？"

叶萌萌难以置信地看着面前的秦屿。

这段时间，她一直忙碌着新版本收尾的事情，没有留意网上的消息。

直到秦屿找到她，一脸凝重地告诉了她公司机密被泄露的噩耗，她才知道这短短的两天，竟然发生了这么大的事情。

叶萌萌不敢相信："学长，你没开玩笑吧？这是真的吗？"

秦屿表情沉重："是真的，现在叶总和其他高层都在会议室里，他们要召开一个临时的讨论会，商量如何解决这件事情。"

他停顿了下，放缓了语气："李总监让我来找你过去，来吧，我们去会议室。"

叶萌萌回过神来，怀着复杂的心情，跟秦屿一起来到了会议室。

进入会议室的时候，里面的人正在激烈地争论着。

叶恒问：“为什么到了现在才告诉我这件事情？”

“叶总，你听我解释……”这是李士杰的声音。

叶恒毫不客气地打断：“够了，我不想听任何废话。要不就出去，要不就继续想解决的方法。”

“但是一个个地排查，这要找到什么时候？”

“接触过这个项目的每一个人都有嫌疑，除了排查，你告诉我，还有别的方法吗？”

“现在找出泄露机密的人有用吗？这个时候，不是应该先想办法处理网上那些负面的言论。”

“对啊，得想办法澄清抄袭事件吧。”

叶萌萌进来的时候，唐安宁眼角的余光朝门口的方向瞄了一眼，接着站了起来：“各位，请听我说一句。”

其他人暂时停止了争吵，不约而同地看向唐安宁。

“唐部长有什么好的见解？”其中一名部长毫不客气地说。

唐安宁也不生气，语气平静地说了下去：“我们集团每次要开展重要的项目，都会开一次高层的会议。但开了这么久的会议，为什么单单这一次出了问题？”

在场的人若有所思。

“的确，唐部长说得对，每次我们都有开会讨论，为什么只有这次泄露了消息？”

唐安宁意有所指地说：“难道大家忘记了吗？这一次，多出了一个以前从未参加过高层讨论会的人。”

叶萌萌立刻成了全场的焦点，众人灼灼的目光都聚焦到她的身上。

会议室的气氛瞬间降至冰点。

叶萌萌有些沉不住气，立刻反问：“唐部长，你这话是什么意思？”

这是暗示其他人，她就是出卖公司机密的那个人吗？

“你别误会，我可没这么说。接触过这个项目的人都可能有嫌疑，包括在场的人，也许是不小心或者无意中泄露了也不一定。”唐安宁微微挑眉，表情平和地说，“我是想提议，可以根据以前开会的情况，缩小调查的范围。我们可以将嫌疑人锁定在上一次的项目结束之后，新入职的并且接触过这次项目的员工身上进行调查。”

鸦雀无声的会议室顿时小声地议论了起来。

“说得很有道理……”

“不会真是她吧？”

“这很难说……”

“好了！”

叶恒直接从座位上站了起来，出声打断了众人。

他对身旁的宋特助说：“宋特助，你暂时代替我主持会议，记得做好会议的记录。”

宋特助赶紧说：“好的，叶总。”

“叶萌萌，你跟我到办公室来。”

十分钟后。

总裁办公室里，此时弥漫着一种怪异的气氛。

叶萌萌看着面前不断散发着寒气的叶恒，忐忑不安地跟他解释：“叶总，这件事情是我们的责任，不过，我们一定会想办法解决好……”

“好了。”叶恒打断，声音像极了寒冰震碎在心里，“看在李总监的分上，我给你留一点面子，这次我不追究你的责任，也不会对外将这件事情说出去，只要你老实地交代你所做的一切和你的目的，并且主动辞职，我就当作什么事情也没发生。”

最后一个字音落下，叶萌萌的大脑嗡嗡作响。

“什、什么意思？”她瞪大眼睛，不可置信地看着面前的人。

叶恒冷笑：“你难道不知道，在恒天集团，泄露公司秘密的人会是怎样的下场吗？”

叶萌萌愣住了。

叶恒却接着说：“恒天集团对员工不薄，但凡有人做出这种吃里爬外的事情，我们肯定要报警并走法律程序的，到时候少不了担上泄露商业信息罪的罪名，下场不仅仅是倾家荡产那么简单。”

“叶恒，你把话给我说清楚！”叶萌萌提高了声音，脸上带上了愤怒的表情，“你是怀疑我泄露了项目的内容？”

“我可没这么说，在场的人都有泄露秘密的可能性，但你的嫌疑在所有人之中是最大的。”叶恒道，“而且，东方集团那个剽窃的方案，完全是我们所有废弃的策划和新版本策划的结合，这个项目是由你直接负责的，机密泄露得这么周全，全公司就只有你能做到。”

叶萌萌辩解道：“他们提出的只是概念！概念谁都可以提出来，他们的游戏，并没有涉及我们最关键的核心技术……”

“公司电脑的智能监控记录显示，你曾经把电脑里的机密文件拷贝进移动盘里，并且带出了公司。”叶恒语气冰冷地说出这个事实。

“我只是把策划案带回家继续完成，但我从来没有和除了与项目相关的任何人提起过！”叶萌萌斩钉截铁地说道。

叶恒不想和她纠缠：“把公司的机密文件带回家，本身就是违规的，更不用提将机密泄露给恒天集团的竞争对手。”

叶萌萌愤怒地说：“我说了我没有泄露给任何的人！”

另一边，李士杰因为担心叶萌萌，也跟着她和叶恒来到了总裁办公室。

但是他才走到总裁办公室的门口，就听见里面传出了剧烈的争吵声。

李士杰吓了一跳，赶紧走了进去。

一进门，他就看见叶萌萌流着泪，满脸委屈地紧盯着叶恒，而叶恒冷若冰霜，浑身散发着不近人情的气息。

李士杰看着她这模样，也只觉得叶恒做得太过分了：“叶萌萌，你没事吧？”

叶萌萌擦掉眼泪，吸了吸鼻子说：“李总监，我没事。”

李士杰又转头看向叶恒：“叶总，您跟叶萌萌说了什么？到底怎么了，为什么她会……”

叶恒瞥他一眼，冷冷地道：“李总监，叶萌萌涉嫌出卖公司机密给竞争对手，你确定要继续包庇她吗？”

“不可能！”李士杰不假思索地脱口而出，“叶萌萌不可能会做出这样的事情来。”

“但现在一切证据都指向了她。”叶恒声音如冰，“而且，监控部门的人还查到，在一部公用的电脑上，有人向一个匿名邮箱传送本次《王者天下》新版本的资料的痕迹。”

“那不是我！”叶萌萌愤怒又无力地争辩，“叶总，在没有查清那人是谁之前，请不要将莫须有的罪名加到我身上！”

叶恒看着她，字句里藏着冷漠和不屑：“你的意思是，就算要被起诉，也要彻查这件事吗？”

叶萌萌平复下心情，冷静地说：“不是有监控吗？我们可以查一查监控，就知道是谁泄露了公司的机密。”

“好。”叶恒想了一下，答应了她，“既然这样，那就让你看一眼，好让你死心。”

“喂，等等……”

被忽略在一旁的李士杰十分着急，却什么话也说不上。

接受了叶萌萌的要求，叶恒立刻唤来了监控部的人，调取当天的监控录像。

调取监控需要时间，在这短暂的不到一小时的时间里，总裁办公室里的气氛仿佛降到了冰点。

明明屋子里有三个人，但谁也没有开口说话，他们都各自看向了不同的地方。

叶萌萌一直面无表情地站在叶恒的办公桌前，而叶恒则冷着脸面对着落地玻璃窗，仿佛在看外面的街景。

李士杰如坐针毡。

半个小时后，前去调取录像的人回来了，却带来了一个噩耗——

“大事不妙了，叶总，那天监控被关闭了，监控里……什么也没有。”

“监控被关闭？这怎么可能？”李士杰再也坐不住了，赶紧站了起来。他紧张地追问，“你们查清楚了没有，确认没有那天的监控？”

监控部的人用肯定的语气说：“我们已经确认了很多遍，还用了各种恢复手段，最后才确认，那天的监控设备被人为关闭了。”

叶萌萌难以置信：“这……怎么可能？”

“人为关闭？”叶恒挑起了眉。

李士杰的表情十分难看，但他立刻想到什么，赶紧说：“在公司里，有权限关闭监控的，就只有监控部的主管，但是要关闭监控，必须要走公司的流程，或者是在紧急的事情发生时才能关闭。那天也没什么紧急事情发生，叶萌萌并没有权限关闭监控，这是不是可以直接证明叶萌萌……”

“不是的，李总监。”监控部的人有些犹豫地开口，“监控的确是只有监控部主管和在紧急的情况下才能关闭没错，但是，那天监控被关闭的原因，是因为……”

李士杰追问：“是因为什么？”

监控部的人说：“我们检查了一下监控系统，发现监控被关闭的那天，有被人用非法手段入侵过的痕迹。”

这名监控部的技术人员下意识地看了叶萌萌一眼，声音渐渐小了下去：“有这个技术水平的，估计就只有……技术部吧。”

完了。

这是听到这话后，李士杰脑子里的第一个念头。

不管叶萌萌是不是冤枉的，这下她都是跳入黄河都洗不清了。

叶恒将目光移向叶萌萌，扯开唇，冷笑了一下：“你还有什么好说的，叶萌萌？”

叶萌萌如坠冰窖，什么话也说不出来。

她没有想到，只在电视剧里才会上演的情节，会有一天发生在自己的身上。

“这下你是要主动辞职，还是要继续彻查？”叶恒步步相逼。

这倒是将叶萌萌从深渊中拉了回来，她收敛了那让她心乱如麻的思绪，强迫自己迎上叶恒厌恶和讥讽的目光，一字一顿地说：“我的确没有什么好说的，我再强调一次，这不是我做的！如果是我，我是绝对不会在公司的电脑上留下痕迹，这样太明显了。”

叶恒嘴里溢出一声讥讽的笑：“你的意思是，你真的有想过泄露公司的机密了？”

叶萌萌生气极了：“你！你简直无可理喻！”

李士杰猛地回过神，赶紧出声劝说：“叶总，叶萌萌，你们先不要吵了，这时候可不能内讧，不然就真的着了……”

但没有人理会他。

叶恒说：“我只是实话实说。”

叶萌萌握紧了拳头：“叶总，我很想知道，我从来没得罪过你，为什么你要一直针对我？”

叶恒毫不客气地说：“叶萌萌，你以为你的心思藏得很好吗？一开始，我就在会议上说过，恒天集团不欢迎别有用心的人，你却一次次地将我的话置之脑后，一次次地触碰我的底线。到了现在，你依然满嘴谎言，不肯交代你背后的人。”

“叶总，我也说过，请你不要自作多情！我之前已经告诉过你了，我之所以失态，是因为你和我的男朋友长得很像！”叶萌萌情绪激动。

叶恒依然冷着一张脸：“呵，别拿这个作为借口了。你能相信，每次偶遇都这么巧合吗？到底是蓄谋已久的偶遇，还是真的是巧合，这就有你清楚。我在自作多情？”

“拜托！谁会拿一个已经去世的人开玩笑！”叶萌萌怒气冲冲地说，没有注意到自己因为激动而流下了眼泪，“就算你不尊重我，也请尊重我男朋友，和你自己！”

叶恒愣住了：“什——”

但他还没来得及将疑惑问出口，就被叶萌萌冷冷地打断。

“一周。”

“什么意思？”叶恒眯了眯眼。

叶萌萌红着眼圈，努力佯作坚强的模样：“给我一周的时间。”

“新版本上线计划不变。”她一字一顿，声音冷得像没有感情的机器人，“在《王者天下》新版本上线之前，我会找出泄露公司机密的人，并且解决好这件事情。”

叶恒沉默了好一会儿，才问道：“如果你找不出来呢？”

叶萌萌不假思索道：“找不出来的话，我就引咎辞职，永远也不会出现在你的眼前！”

李士杰赶紧出声阻止：“叶萌萌，你这也——”

叶恒也毫不犹豫地答应下来：“好，这是你自己说的。如果你找不出真正泄露公司机密的人，你就永远不要在我的面前出现。”

“一言为定！”叶萌萌重重地咬着字音。

一锤定音。

得到叶恒的答复，叶萌萌毫不犹豫地转身离开。

李士杰看看叶恒，又看看叶萌萌，只觉得头都大了。

“这……”

他与始终冷着一张脸的叶恒对视了一眼，心急如焚地朝叶萌萌追了出去：“喂，叶萌萌！你等等！”

李士杰追上了叶萌萌，用长辈的语气，语重深长地教训她：“叶萌萌，你为什么要跟叶总下这样的赌注？你这样做太冲动了，你知不知道，你这是在拿自己的前途开玩笑。你的前途一片大好，没必要把它赌上了呀。”

叶萌萌低垂着眼睑，一言不发。

李士杰说得口干舌燥，突然意识到自己的言辞太过激烈，语气缓了缓：“你现在快跟我回去，我再跟叶总说一说，说不定还有兜转的余地……”

叶萌萌轻轻摇头：“不用了，李总监，我觉得，我和叶总的关系再这样僵持下去也不是办法，还不如一次性地解决了这个问题。李总监，谢谢您一直以来的帮助，但是我已经下定决心了。”

“这一个两个的……真是冲动，太冲动了，也真是倔强……唉……”

李士杰叹了一口气，摇摇头，最终还是转身离开了。

第 8 章
真正的卧底

叶萌萌回到技术部，早听到了什么风声的孙梦楠立刻迎了上来。

她关切地问："萌萌，到底是怎么了？为什么会发生《王者天下》新版本泄露的事情？"

叶萌萌摇摇头，满脸疲倦地说："我也不知道……"

"那叶总和其他高层没有责备你吧？"她的表现，让孙梦楠更加担忧了，"你的脸色好像不太好啊，是不舒服吗？"

"我没事，我们只是开了一个临时的会议，商量后续解决的办法，没有什么大问题。"

叶萌萌不想让她担心，于是撒了一个善意的谎言。

孙梦楠问："那新版本没受影响吧？"

叶萌萌说："东方集团的事情，会有叶总和高层处理，我们不用太担心。至于新版本，会如期上线的，计划不会有任何的改变。"

二人说话的同时，唐安宁从秦屿的办公室里走了出来。

似是听到叶萌萌的话，唐安宁冷笑了一声，嘲讽地说：“叶萌萌，你捅出了这么大的娄子，到了现在还在做白日梦？”

“你在说什么？”孙梦楠也顾不得唐安宁的级别比自己高，生气地说。

叶萌萌用坚定的语气说：“唐部长，我没有在做白日梦。这个新项目是所有同事的心血，我是不会让它付之一炬的。”

孙梦楠接腔：“对啊，就算萌萌打败了你，接手了这个项目，你也用不着冷嘲热讽吧？”

唐安宁溢出一声短促而嘲讽的笑：“孙梦楠，我想，你还不知道叶萌萌做出什么事情了吧？公司机密被泄露，最大的嫌疑人就是叶萌萌。”

孙梦楠愣住了，惊讶得合不拢嘴巴，半晌猛地转过头看向叶萌萌：“什么意思？萌萌，这是真的吗？”

叶萌萌抬眸看向唐安宁，面无表情地说：“唐部长，这个只是你一厢情愿地觉得吧？请你放心，我会证明给所有人看，你的想法是错误的。”

唐部长不屑地撇了撇嘴，还想嘲讽什么。刚从办公室出来的秦屿，径直朝三人走了过来，沉声打断唐安宁的话：“唐部长，够了，不要太过分了，萌萌承受的压力已经很大了。”

唐安宁脸上表情微微一僵，但转瞬间便恢复平静。她冷冷地扫了叶萌萌一眼，转头踩着高跟鞋飞快地离开了，仿佛脚下生了风。

等唐安宁的身影再也看不见后，孙梦楠才反应过来，走到叶萌萌身旁拉住她的手臂，着急地问：“萌萌，唐安宁说的是真的吗？”

叶萌萌轻声道：“当然不是真的。”

孙梦楠松了一口气：“那就好。”

她的果断，倒让叶萌萌十分意外。

“梦楠，你就这么相信我吗？”她有些犹豫地问。

孙梦楠拍了拍她的肩膀，说：“说什么傻话呢！你是什么人，我还不清楚吗？在公司里，谁都有可能做出这样的事情，但唯独你是绝对不可能的！”

话音落下的时候，她才想起秦屿还站在旁边，于是赶紧道歉：“啊，对不起，秦部长，我……没有说你的意思，我只是举个例子……”

秦屿黑眸微深，十分大度地说道：“没关系。”

他又问：“萌萌，新版本的事情……需要我的帮助吗？”

孙梦楠也关心地说：“对啊，萌萌，你有什么困难尽管说出来，我也可以帮你！”

叶萌萌觉得心里暖暖的，不过还是拒绝了他们的好意。

“不必了，谢谢你们，请让我自己一个人冷静冷静吧。”她这样说道。

因为《王者天下》的官博一直没有澄清或是发表任何的说明，网上的舆论持续发酵。

加上东方集团和其他竞争公司的水军在浑水摸鱼，甚至有网友叫嚣着要抵制恒天集团旗下的所有游戏。

而恒天集团里，不知为何，不到半天的时间，“出卖公司机密的人很可能是叶萌萌”这样的风言风语便在公司内部传遍了。

一时间，那些平时不太熟悉的同事看叶萌萌的眼神变得格外奇怪，只有技术部的员工还相信她，叶萌萌非常感激他们。

因为并肩作战的同事们的支持，叶萌萌才顶着巨大的压力，完成了《王者天下》新项目开发的收尾工作。

将完成好的内容存入上了特殊密码的硬盘中，叶萌萌精疲力竭地靠到椅背上，长叹出一口气。

到底是谁在针对她，不惜将公司的机密泄露也要陷害她？

这样做，对那个人又有什么好处呢？

她想不透。

下班了，叶萌萌带着一身疲倦回到家中。

连晚饭也没有吃，她便回到自己的房间，打开电脑，写下了一份游戏的策划书。

等完成的时候，已经是晚上十点了。

叶萌萌煮了一碗泡面，草草地用了晚餐。

“唉……”

夜深人静的时候，叶萌萌独自一人躺在床上。她尽量将脑袋放空，不去想任何的事情，没多久就进入了梦乡中。

“喂，蠢女人，你还好吗？”

混沌之中，叶萌萌似乎听见有人在呼唤她。

谁？是谁这么讨厌在扰人清梦？

她不爽地皱了下眉，但是那个声音仍然在不停地呼唤。

叶萌萌按捺住内心的不快，睁开了眼。

然而，当她看到面前的人时，不由得愣住了。

魔王就站在自己的面前，穿着那身她给他买的衣服，十分干净清爽。

“你又在发什么愣？”魔王露出一如既往的嘲弄的表情。

叶萌萌只觉得眼睛湿润了起来，她猛地走上前，抱住了魔王，眼泪开始止不住地往外溢。

“我回来了。”魔王的语气仿佛还是以前那么拽，但是叶萌萌听得十分舒服。

这种感觉，让她感到温暖。

“你还知道回来呢！你知不知道，我最近过得多惨。不但被一个跟你长得一模一样的家伙嘲讽，还被诬陷怀疑。为什么你不在？”

叶萌萌抱住魔王，情不自禁地将心中埋藏已久的情绪全部发泄出来。

魔王静静地听着，一言不发。

“恒，你怎么了？怎么不说话？”说了好一会儿，叶萌萌终于察觉到不对劲。

她抬头一看，却发现魔王的身体越来越透明。

“恒，你的身体怎么了？为什么会变得透明？你不要再离开我了，我已经受够一个人的日子，不……”

叶萌萌看着马上就要消失的魔王，心再次沉入到了绝望的谷底。

她哭求着。

“傻瓜，我不会走的。我们只是暂别，你相信我，我会回来的。”魔王微笑着说。

但说完这句话的时候，他的身体彻底变得透明，直到最后化为虚无。

“恒！”

叶萌萌伸手想抓住他，却扑了个空，砰地摔倒在地上。

这一摔，让她彻底清醒过来。

“不要走！”

叶萌萌睁开了眼，呆望着天花板，不知怎的，眼泪不停地往下流。

“为什么……原来是梦啊……为什么是梦……”

她喃喃自语，也不知道过了多久，直到自己的意识恢复清醒，她才察觉到自己刚才的样子有多蠢。

她看了一眼时间，现在是凌晨三点半。

爬起来洗了个脸，叶萌萌望着镜子里的自己，自言自语道：“这段时间哭得太多了，不能这样了。”

她擦干眼泪，对自己说道。

可待在房间里，她还是忍不住想到魔王。

她摇了摇头，下定了决心——

不能再这样频繁地想起他了。

“即使没有你，我也能过得很好。”

叶萌萌想好了应对之策。

第二天回到公司，叶萌萌第一时间来到技术部总监的办公室，找到了李士杰，将自己的想法告诉了他。

“什么？你想到找出出卖公司机密的人的办法了？”李士杰十分惊讶。

叶萌萌点了点头，确认办公室的门关得严密之后，才继续说道：“没错，不过这件事情，还需要李总监您的帮忙。”

“你需要我帮你做些什么？”李士杰问。

叶萌萌压低声音，将她昨天想到的办法告诉了他。

李士杰听完，还是有点疑虑：“这样……真的行吗？万一对方不上当呢？”

“放心，李总监，我交给您的芯片，里面的基本内容都是一样的，即使比对，也看不出什么来。如果那个人是针对我来的，一定不会放过这个机会。”叶萌萌笃定地说。

李士杰犹豫了一下，点了点头：“好，需要我怎么做？”

叶萌萌说：“我想让李士杰把叶总找过来，做一个共同的见证。您知道叶总对我有意见，无论我说什么，他都不相信，我也不是太想去见他，如果有其他的领导就更好了。”

李士杰了然道：“好，我明白了。”

半个小时后，李士杰又把与《王者天下》新版本项目相关的人请到了会议室里。

“李总监，你说什么？叶总相信叶萌萌没有泄露公司的机密，排除了她的嫌疑？”听到李士杰宣布的消息，一众高层都十分惊讶。

“是的，”李士杰和颜悦色地说，“叶总找人查过了，这完全是一个意外，是一个员工将外面的U盘带了回来，让计算机感染了病毒，导致那台计算机被病毒入侵。我们已经加强了网络的安保系统，不会再让同样的事情发生了。”

唐安宁眉头紧皱：“那我们的游戏跟东方集团的游戏高度相似的事情呢？”

李士杰说：“我们专门研究了一下，东方集团的创意虽然和我们像，但不影响我们的核心内容，所以叶总认为，我们不必理会网上那些无聊的言论……”

会议室里响起一片哗然声。

有人立刻提出质疑："李总监，你没弄错吧？网上那些舆论可是对我们集团十分不利，如果再不处理……"

叶萌萌适时地站了起来，安抚道："大家请放心，只要我们的新版本上线了，谣言就会不攻自破。"

"你凭什么这么肯定呢？"唐安宁有些沉不住气。

叶萌萌微笑道："答案就在这张芯片里。"

"芯片？"

众人不解。

李士杰随即给每个人都发放了一张指甲盖大小的芯片。

叶萌萌解释说："新版本相关的核心内容以及宣传方案都在这智能芯片里面了，还请各部门的负责人带回去，继续处理好收尾的工作。至于芯片，还望大家好好保存和保密，不要再发生泄密的事件了。"

"核心内容？"

有人不解。

但叶萌萌并没有多说。

她只是说："一个小时后，我们将对外发一份解释的公告，先稳定玩家和网友的情绪，再提前放出一些宣传内容，转移玩家的注意力。等新版本正式上线的时候，一切问题都会迎刃而解。"

这场会议只持续了不到半个小时便结束了。

散会后，叶萌萌和李士杰很快离开了。

会议室转眼间变得空无一人。

唐安宁是最后离开的，她停在会议室的门口，望着电梯的方向，嘴角勾起了一丝带有深意的笑容。

“真是天真。”唐安宁嗤笑了一声，“以为这样就可以逃过一劫了吗？这一次，我一定要你再无翻身之地。”

握紧手中的芯片，她走到电梯前，按下前往策划部的楼层。

不过一个小时后……

这个时间太赶了。

唐安宁轻蹙了一下眉，脚步匆忙地离开了会议室的楼层。

回到自己的部门之后，过了半小时，唐安宁又来到了员工休闲区。

这时正是一天最忙碌的时候，休闲区里空无一人。

在休闲区里，有几台公用的电脑，平时供来这里休息的员工使用。

唐安宁毫不犹豫地走到一台电脑前，打开来，将芯片插进电脑里。

她动作迅速地将芯片的内容提取出来，作为附件上传，然后通过邮件发送出去。

发送完毕。

看到屏幕上跳出的提示，唐安宁勾了勾唇，然后将电脑的痕迹清理掉，将芯片重新拔了出来，转身离开了这个楼层。

她没有回到自己的办公室，而是来到 17 层的监控部门。

“唐部长，什么风把你吹来了？”

正在值班的监控部部员也认识唐安宁，看到她的光临，部员脸上露出意外的神色。

唐安宁满脸急色地说：“小张，早上我放在办公室里的包不知道怎么丢了，你能帮我查一下监控吗？”

小张惊讶地说：“什么？包不见了？里面有重要的东西吗？”

唐安宁点了点头，语气显得万分着急：“我的包里装着一些十分重要的文件，涉及公司的机密，等下开会要用到，要是找不到就糟糕了。”

“难道进贼了？没理由啊，恒天集团的安保系统很完善的，不刷脸打卡是进不来的。我听说最近公司发生了内部员工剽窃机密的事件，难道跟这个有关？”小张喃喃自语，又转头对唐安宁说，“唐部长，你别担心，我这就帮你调取监控看看。”

唐安宁感激一笑：“好，谢谢你了，小张。”

唐安宁的长相本来就很美，但是她平时都以冷面示人，公司的员工都对她敬而远之。这时她嫣然一笑，就宛如朝霞映日，春暖花开，让小张都看呆了。

小张猛地回过神，红了脸，有些结巴地说：“唐、唐部长，客气什么，这是我的分内事。”他赶紧转移话题，“对了，你最后看见你的包，是什么时候呢？”

唐安宁想了想说：“我早上九点到了公司后，就去开会了，回来之后就找不到我的包了。”

“好，我帮你看看。”

说着，小张掩饰般转过身去，飞快捣鼓监控的机器。

唐安宁趁着小张没看她的机会，偷偷地将一个 U 盘模样的东西插进了旁边的 USB 接口上，几秒后，又重新抽了出来。

做完这一切，她不动声色地将这个 U 盘藏了起来。

“找到了！”

与此同时，小张调取出录像，调到了早上九点的时间段。

唐安宁假装欣喜地说：“找到了？让我看看。”

小张将监控录像播放出来。

画面上，唐安宁脚步匆匆地走进自己的办公室，然后走到了储物柜前，打开了柜门，将手提包放了进去。

紧接着，她便离开了办公室。

时间一分一秒地过去了，这期间并没有任何人进来过，直到唐安宁再次回到自己的办公室，储物柜的柜门也没有打开过。

小张惊讶地说：“咦？唐部长，你的包不是一直在柜子里吗？监控录像上显示，没有人动过呢。”

唐安宁看着监控录像，有些尴尬地说：“原来我是把包放到储物柜里却忘了，我一直以为包是放在椅子上的，还误会是被谁拿去了……小张，给你添麻烦了，真不好意思，下次请你吃饭当补偿。”

小张脸又红了起来，连连摆手：“怎么会，唐部长，这是我的分内事，怎么会麻烦呢。”

唐安宁叹了一口气：“我最近真是太忙了，这点小事也能记错……”

“到底是记错了，还是故意为之？这一点，你自己心里清楚。”

突然，一个冰冷的声音忽然传来，无情地打断了她的话。

小张一慌，猛地从椅子上站了起来，夸张地鞠了一个躬：“叶总好！”

唐安宁的心忽地一跳，她急忙转过头，却看见监控室的门口，不知道何时站了几个人——

叶恒、沈副总、叶萌萌，还有李士杰。

刚刚说话的人，正是叶恒！

“你们——”

唐安宁受到惊吓般，踉跄地后退了一步。

她的心怦怦乱跳不止，但对形势判断之后，又使她迅速冷静下来：“叶总、沈副总、李总监，你们怎么会来这里……”

“不来这里，怎么能抓到出卖公司机密的内鬼？”沈副总板着一张脸，气愤地说。

唐安宁差点维持不住脸上的表情，她的嘴角扯开一丝勉强的笑容：“沈总，我不太懂您的意思……”

李士杰压着心头的怒火，开门见山道：“唐部长，废话我就不说了，你为什么要出卖公司？”

唐安宁摇头：“李总监，你在说什么？没有证据，请不要随便冤枉别人！”

“那你为什么要来监控室？销毁证据吗？”叶恒沉声问。

叶恒的目光过于威严，唐安宁不敢与他对视，微微移开了视线：“叶总，我以为自己的包丢了，就过来监控室查一下而已。”

小张忍不住帮着解释：“是啊，叶总、沈总、李总监，你们误会了，唐部长……”

“你闭嘴，这里没你说话的份！”沈副总毫不客气地打断他。

小张赶紧缩了回去，假装自己是一只鸵鸟。

叶萌萌反问唐安宁：“既然你说不是，那刚刚在休闲区，将新版本的核心机密文件发送给竞争对手东方集团的人是谁？”

唐安宁稍微冷静了一些，故作镇定地说："你在说什么？我不懂，而且我没有去过什么休闲区。"

"还有，你说有人将核心机密发给了竞争对手？手里有这些文件的人，又不仅仅是我一个，你凭什么说是我？"唐安宁咄咄逼人地说。

叶萌萌一字一顿地说："不，你错了。你以为，那些文件都是一样的吗？"

唐安宁有些好笑："怎么可能不一样？叶萌萌，芯片不是你亲手交给我们的吗？"她为了确认里面的内容的真实性，还特意找同样收到这张芯片的人比对了一下里面的内容。

她粗略看过是一模一样的文件，才放心地将文件发了出去。

叶萌萌说："你没发现吧？我特意将每一份文件的其中一个段落的词语调换了一下顺序，芯片里的每一份文件里的词语组合都不太一样。我对每一份都做了标记，不同标记的芯片发给了谁。我们设定一个小时发公告，就是为了让你在紧迫的情况下，无法认真地找出那个不一样的词语。

"在这之前，我们已经在集团内所有电脑里设置了拦截程序，你发送的那封邮件的记录，在叶总和沈副总的见证下，我们进行了检查，邮件里的文件，正好是你的那份！"

"什么？"唐安宁一双美眸瞪得很大。

原来，李士杰交给他们要求保密的文件，根本就是一个试探，或者可以说是一个诱饵。

唐安宁忽地想到什么，语气急促地说："可这又能证明什么？我没有去过休闲区，不信你们查监控！"

“你是不是笃定，监控已经被你破坏了，唐安宁？”叶恒冷冷一笑，“我们刚刚已经查过监控了，确定了在休闲区里将公司的机密文件发给竞争对手的人就是你，你还要狡辩吗？”

唐安宁失声道：“不可能，监控不是……”

叶恒看她的目光微微带着寒意：“我们早知道你会故技重施，所以特地将存放监控的机器转移到另一间屋子里，并且在各个地方安装了另外的监控。”

李士杰接话：“你很狡猾，上次将公司机密传出去之后，不但销毁了痕迹，还破坏监控。虽然不知道是谁教你的方法，那次的确很好地隐瞒了过去。如果这次不是你太过着急，也不至于暴露了马脚。”

唐安宁踉跄地后退了一步，脸色变得煞白：“所以，你们之前，是联合起来演戏，好让我放松警惕？”

“你认为是就是吧。”叶萌萌无所谓地说，“唐部长，你一直暗示我是出卖公司机密的人，没想到原来是你在贼喊捉贼。”

“没错，是我做的，那又怎样？”唐安宁见瞒不住了，便视死如归地说，“就算这样又怎样？我已经将新版本的核心内容发给东方集团了，最重要的东西已经完全泄露出去，你们怎么弥补，也于事无补。”

“你错了，那里面根本不是什么核心内容。”叶萌萌无情地吐露出真相，“而是病毒。”

唐安宁双腿一软，差点跌倒在地上。

“你……你说什么？”她几乎失声尖叫，“叶萌萌，你算计我！”

“唐部长，事到如今，你为什么还要说这种倒打一耙的话？”叶萌萌失望地说，“如果不是你不择手段，你会被我‘算计’到吗？”

沈副总质问道：“唐安宁，到底是谁指使你这样做的？”

唐安宁紧咬着下唇，也不说话。

叶恒眯了眯眼：“唐部长，不，现在不应该叫部长了。唐安宁，既然你不肯交代事实，基于集团决定对你做出解雇的决定，并保留追究你法律责任的权利，希望你好自为之。”说着，转身吩咐李士杰，“叫保安过来，把她请出去。”

“好的，叶总……”

李士杰点点头，便要转身出去叫来保安。

“等等！”唐安宁微微抬着下巴，竟是带着一丝骄傲的神情，“不用你们请，我自己走！你们这样对我，迟早会后悔的！”

在李士杰的监视下，她头也不回地离开了恒天集团，只留下一室的唏嘘。

半个小时后，总裁办公室里。

李士杰询问叶恒：“叶总，内鬼的事情已经解决了，那被东方集团剽窃我们的游戏设定的事情，该如何处理？”

“最好的方法，就是起诉东方集团。”叶恒说，“用法律来说明一切吧。”

李士杰却并不看好这种方法：“但是，走法律流程的话，得花费很久的时间，网上的舆论已经发酵得很厉害，目前的情况并不乐观，等到官司结束，可能我们集团的信誉度在大众的眼中已经掉到了负值。时间拖得越久，对我们越不利。所以，叶总……”

这时，叶萌萌开口：“关于东方集团剽窃的事情，其实……早几个月的时候，我便给核心技术的设备注册了专利。只要把专利文件公布出去，就能澄清一切。网上那些言论，还有黑子带节奏的评论，就当是给我们的新版本送热度了。”

李士杰愣了一下。

“你是说……你已经注册了专利？”他不太确定地向叶萌萌再次确认。

“是的。”

得到肯定的答案，李士杰霎时间有种飘飘然的感觉。

这样的大起大落，让他一时回不过神来。

他突然有些同情东方集团。

他好像已经想象到了，东方集团的负责人知道他们的做法不但枉费心机，还为恒天集团做了嫁衣的时候那吐血的模样。

真不知道他们的负责人会不会气死。

叶恒却皱起了眉：“既然你注册了专利，为什么不早点说出来？”

“我没有机会说。”叶萌萌对上他的目光，直言不讳，“叶总一上来就对我提出了质疑，给我定了罪。就算我那时候说出，我注册了专利，也只会被认为是对公司的要挟吧。”

“我——”

看着叶萌萌清澈的黑眸，叶恒突然不知道该说些什么好。

叶萌萌看着叶恒：“叶总难道不是这样想的吗？”

叶恒沉默了。

不知为何，在知道叶萌萌是无辜的那一刻，他的心中不自觉地荡开了内疚的涟漪，浓重的愧疚感几乎要将他淹没。

“很抱歉。”他的语气变得艰涩，“这次的确是我的错……”

叶萌萌语气平静：“叶总，道歉就不必了，我只希望叶总以后不要对我产生任何的误会，我们就当对方是陌生人一样就好。毕竟，我也不想让我已经去世的男朋友，和叶总扯上任何的关联。”

“叶萌萌……”

叶萌萌没有听他将话说完，便转身离开了。

望着她离开的背影，不知道为什么，叶恒的心里涌起了一片前所未有的恐慌的情绪，就好像有什么重要的东西丢失了一样。

这种怪异的情绪，又来袭了。

每次见到叶萌萌的时候，都会出现这种感觉……

难道，那种感觉并不是他所想象的……

厌恶？

叶萌萌也不知道自己是怎么回到技术部的。

她心不在焉地走着，不知不觉撞上了一面“肉墙”。

没有任何的疼痛，她意识到撞到人了，赶紧后退了一步，出声道歉：“啊，抱歉。”

“没关系。萌萌，你还好吗？”熟悉而温柔的声音从头顶传来。

叶萌萌愣了愣，抬起了头。

秦屿就站在自己的面前，用担心的目光看着自己。

“学长，我是不是很失败？”叶萌萌有些失落地说。

秦屿安慰道：“萌萌，别难过了，你已经做得很好了。我刚刚已经听说了，我没想到唐安宁竟然做出出卖公司机密这样的事情来。”顿了顿，他叹出一口气，“我以前还觉得她只是面冷心热，看来是我错了。”

走廊的灯光在他的发梢上跳跃，让他注视着叶萌萌的黑眸愈加深邃。

“知人知面不知心，有时候，人不能太天真。”

叶萌萌心情复杂地点点头。

看叶萌萌始终提不起精神，秦屿便转移话题：“对了，萌萌，晚上下班后……”

“秦部长，你在正好，服务器的程序出现了点问题，能过来看一看吗？”

突然，一位技术部的同事匆忙地走了过来，打断了两人的对话。

秦屿怔了怔。

叶萌萌见状，便说：“学长，工作要紧，你快去吧，不用管我，我已经没事了。”

秦屿朝她点了点头：“那回来再聊。”

“好。”

第 9 章 叶恒的转变

唐安宁被开除后，内鬼的事情总算告一段落。

公关部将叶萌萌的专利书打码后贴到了博客上，并贴出了法院的传票，成功将网上的舆论扭转过来。

形势扭转，网友这才知道被东方集团的水军利用了，转了方向，纷纷跑到东方集团的博客下去骂了。

与此同时，《王者天下》新版本顺利上线。

与东方集团只推出忽悠人的概念而没有实际的成果相比，恒天集团的脚踏实地更令人同情，在玩过恒天集团的新版本之后，玩家们越发唾弃东方集团的无耻了。

一时间，东方集团自食其果，公司股票走势直往下掉，焦头烂额的一方变成了他们。

果然如叶萌萌所料的，之前与东方集团的舆论战，给新版本带来了大量可观的流量。

不少的网友开始并没有玩游戏的意思，只是在网上吃瓜看戏，看第一批预订了设备的游戏玩家贴出自己的心得和游戏截图，好奇之下，也订购了一套新型的设备……

没想到，一发不可收拾了。

新版本正式上线的第一天，玩家人数差点把服务器给挤爆了。游戏的服务器头一回有了压力，而游戏的设备装置火热畅销，甚至一度断货。

这也是项目组没有想到的。

高层们一高兴，提前给参与《王者天下》新版本项目开发的员工发了相当于 5 年工资的奖金。

近些天来，项目组内无处不洋溢着喜气洋洋的气氛，组员们连走路都脚下生风。

《王者天下》项目组做出的成果，叶恒看在眼中。

然而在他上任期间，取得了如此大的成绩，他却始终高兴不起来。

并不是因为项目的原因，而是因为……一个人。

叶恒确认，叶萌萌是真的将他当作是陌路人了。

但是这样，更让他觉得难受。

不，不应该是这样的。

他的初衷，只是想了解清楚叶萌萌的目的，想知道她为什么要“别有用心”。不……也不对……不应该是这样的……

向来在商场上杀伐果断的叶恒，头一次陷入了迷茫的状态。

叶恒被各种纷杂的情绪反复折磨，他翻来覆去想了一整夜，始终没有想明白自己到底是怎么了。

第二天，叶恒回到公司，立刻让人调查了叶萌萌这几年的情况。

看着手中的履历，叶恒微微皱眉陷入了沉思。

不知道过了多久，他放下手中的文件，让秘书将李士杰叫到办公室。

很快，李士杰来到办公室：“叶总，您找我？”

“李总监，请坐。”叶恒开门见山地说，“我想和你聊聊叶萌萌的事情。”

李士杰刚坐下，就听到叶恒这句话，顿时紧张起来：“叶萌萌？叶总，这……是不是她又做了什么让您不愉快的事情？我想劝劝您，都过了这么久了，您应该放下对叶萌萌的成见了，她是一个很好的女孩，对公司来说，也是很好的员工……”

叶恒说：“别紧张，我不会对她做什么，只是想和你聊聊。”

李士杰问：“叶总想聊什么？”

叶恒迟疑了一下，开口道：“李总监对一年前恒天集团科研部那场大火的情况知道多少？”

李士杰愣了愣，有些心虚，生怕叶恒再次提起科研部大楼爆炸的事情：“这……叶总为什么突然提起……”

叶恒问：“我在资料上看到，叶萌萌的男朋友在一年前去世，是和那场大火有关？”

恒天集团科研部那场大火的事情就是一个秘密，这个秘密只有包括李士杰在内的三个人知道。

这件事情的真相，即使是叶恒，也是万万不能告诉的。

至于叶萌萌的男朋友……

乍然听到叶恒提起那个人，李士杰内心是惊奇的。他不由自主地想起那一天，他和王象晋赶到恒天集团科研部所看到的令人震惊的一幕——神王乌拉诺斯和魔王来到了现实，打得天昏地暗，并且将整个科研部夷为平地。但他总不能跟叶恒说，所谓的叶萌萌的“男朋友”并不是一个人，而是一堆虚拟的数据。

他的迟疑让叶恒起了疑：“李总监？”

“啊，叶总，抱歉。”李士杰回过神来，赶紧说道，“刚刚我想起那件事情，有些伤感，真是抱歉。”

“伤感？”叶恒疑惑地问。

李士杰叹了一口气：“就是叶萌萌的男朋友……他的确是在那场大火中丧生的。”

叶萌萌觉得，自从遇到叶恒这个人后，她的生活变得更加糟糕了。

虽然内鬼的事件已经告一段落，但是她内心对叶恒的隔阂还是没有消除。她从没有觉得上班是一件如此讨厌的事情——她不想在公司里再碰到叶恒。

原本她是很向往恒天集团的，但现在，她根本不情愿踏入公司。也是，面对一个高傲自大、还整天认为员工“欲擒故纵”的上级，谁能高兴起来？

“要是他再找我麻烦，就算他不炒掉我，我迟早也要把他给炒掉！”叶萌萌敲击着键盘，愤愤地想。

“萌萌，你……没事吧？”一旁的孙梦楠听到从叶萌萌这里传来的敲打键盘的声音，不由得担心起来。

“嗯？”叶萌萌回过神来，才发现全息荧屏上出现了一堆乱七八糟的代码，赶紧解释，“我没事。”

孙梦楠小心翼翼地问："真的吗？我觉得你今天好像很烦躁。"她想了想，又问，"是因为内鬼的事情吗？但内鬼不是已经找出来了吗？我们应该高兴起来才对。"

"不是，和那件事情没有关系。"叶萌萌掩饰道，"可能是例假来了，我从昨天开始整个人就很躁动。"

"原来是这样，那你多喝热水。"孙梦楠关心地说。

"好的，谢谢你，梦楠。"

应付完孙梦楠，叶萌萌暗暗松了一口气。她飞快地将手头上的工作完成，只等着下班那一刻拎包走人。

时间刚踏入下午五点半的那一刻，叶萌萌关掉电脑，收拾好自己的个人物品，正要起身走人，这时，一份包装精美的礼品出现在她的视线中。

一抬头，叶萌萌看见了她最不愿意碰见的那个人——叶恒不知道什么时候站在了她的办公桌前。

她登时警惕起来："你……"她的目光落到桌上的礼物上，"什么？"

叶恒说："收下吧。"

叶萌萌疑惑地看他一眼："这是什么？"

"道歉。"叶恒言简意赅。

"哈？"

"我之前误会了你，很抱歉。"见她仍是满脸警惕，叶恒这才解释道，"我从李士杰那里听说了你男朋友的事情，对自己之前对你的误解，我深感抱歉。"

叶萌萌半晌没有说话。

叶恒疑惑地问：“是不是我的道歉不够诚意？不如……”

“不用了。”叶萌萌挑了挑眉，直接拒绝，“你的诚意我已经看到了，礼物就不必了。”

叶恒微微一怔：“那我能邀请你共进晚餐吗，就当是对之前的事情的赔罪。”

“不必了，谢谢你。”

说完，叶萌萌直接绕过他离开了，留下怔然的叶恒和一脸错愕的孙梦楠。

叶萌萌原以为这件事情到此为止，但是没想到，从那一天起，叶恒开始每日派人来给她送礼物；中午的时候，总是让秘书给她送来丰盛的午餐；下班后，他总是有意无意出现在她的面前。更离谱的是，每天上班前，她总会在公寓附近遇到恰好经过的叶恒，说是要“顺路”载她一程——这一切，都美其名曰“道歉”。

孙梦楠对叶恒的举动惊讶极了：“萌萌，这到底是怎么回事？”

事实上，不仅是她，就连公司里的同事都惊讶了，纷纷议论叶萌萌和叶恒是否好事将近。

对此，叶萌萌十分烦恼：“我也不知道，他有完没完。”

“我就说，他看上你了。”孙梦楠有条有理地给她分析起来，“按照霸道总裁小说的套路……”

“我真是谢谢他啊。”叶萌萌没好气地说，“那家伙到底在搞什么鬼？”

接下来的日子，叶萌萌都在不断地躲避中过着。

早上上班要比平时提前一个小时避开叶恒的车；午饭时，叶恒的秘书会亲自送上来；晚上下了班就得立刻回家，需要的东西他的助理都会负责买好送来。

“这样的日子什么时候才可以结束啊！”叶萌萌一个人坐在办公桌前百无聊赖地用筷子扎着饭，东搅搅西弄弄就是吃不下饭。为了整叶恒，特意让他开车从城南到城北，帮她买平常鲜能吃到的卤肉饭。

“他到底在想什么！”叶萌萌发恼地说，看着办公桌上的手机，她是有他的号码的。

叶萌萌伸过去拿手机的手还是悬在了半空许久后又收回。

既然已经下了决心不再和那样的人扯上关系，就不要再为了那个人的事而烦心了。在心里念着这一句，叶萌萌还是重新面对着全息荧屏，认真工作起来。

叶萌萌实在是被叶恒最近一连串的举动吓着了，以至于这个夜晚，彻底失眠了。

直到后半夜，她才勉强睡着。

只是，等到第二天醒来时，她才发现，时钟上显示的时间，已经是八点四十六分了。

距离打卡的九点只有不到十五分钟了。

不好了，要迟到了！

叶萌萌草草地收拾了一下自己，飞似的跑下了楼。

叶萌萌匆匆忙忙地下了楼，飞快地在小区内搜索共享单车的身影。

今天出门已经很晚了，她算计着一路小跑出小区的时间，要是顺利找到共享单车，应该能……

“嘀嘀！”

叶萌萌刚跑出小区，就听见了一阵喇叭音。

叶萌萌循声看去，只看见一辆低调奢华的车停在了不远处。

叶恒？

看到这辆车，叶萌萌只觉得头都大了。

果不其然，她看见车窗紧接着摇了下来，露出了叶恒那张熟悉的脸。

她虽然百般不情愿，但还是走上前，跟他打个招呼。

“叶总好。”

叶萌萌露出一个勉强的微笑，心里却想：这叶恒又在打什么主意？莫非又想出了新的方法来折腾自己？

“上车。”叶恒十分高冷地说了两个字。

“啊？”叶萌萌一呆，有些不明所以，“这？叶总是什么意思？”

叶恒说：“你不是要去上班吗？反正顺路，我载你一程。”

叶萌萌满脑子都是问号。

叶恒什么时候变得这么客气了？

叶萌萌下意识拒绝：“不、不用麻烦叶总了吧，我自己踩自行车去就好。”

叶恒看了一下车上智能导航上显示的时间，说：“快九点了，要迟到了。你自己考虑好了，迟到可是要扣奖金的。”

叶萌萌的表情僵了一下，刚迈出的脚步定在了半空。几秒后，她退了回来，果断地拉开了叶恒的后车门，十分不要脸地说：“好的，那就打扰叶总了。”

跟奖金相比，节操什么的，能吃吗？

叶恒从后视镜看着叶萌萌坐进了后座的动作，眉头微不可察地皱了一下，随之恢复如常。

他踩下油门，启动了车。

“萌萌，我们还是好朋友吗？”

当叶萌萌踩着上班时间点走进技术部的办公室时，却发现孙梦楠一脸八卦地凑上前。

“怎么了，梦楠？”叶萌萌将手提包放到自己的座位上，有些奇怪地看向她。

孙梦楠突然问：“你和叶总是不是在交往？”

这句话，让叶萌萌一个趔趄，险些摔倒。

叶萌萌涨红了脸，不知道羞的还是恼的：“梦、梦楠，你胡说什么呀！我和叶总水火不容，又怎么会……”

“可是，你今天早上坐的叶总的车来的吗？那是怎么回事？”孙梦楠疑惑地道。

“什么，你是怎么知道的？”叶萌萌惊讶地问道。

孙梦楠说：“可不只是我知道，现在全公司都知道了。他们都说你和叶总同居了，叶总都亲自送你上班了。”

“什么？”叶萌萌惊呆了。

同时，她也为公司上下的员工的八卦能力感到震惊。

这时的她恨不得打自己一巴掌。

让你图方便坐叶恒的车！早知道让他扣奖金好了！

“萌萌你怎么了？”孙梦楠问，“难道这是真的？”

“怎么可能是真的！”叶萌萌回过神，矢口否认，“我在小区门口遇到了他，是叶总非要让我上车，不上他就要扣我奖金！”

叶萌萌气呼呼地将早上的事情跟她说了一遍。

孙梦楠听完叶萌萌的解释，顿时陷入了沉思。

她说：“按你这么说，我怎么感觉……”

“感觉什么？”叶萌萌只觉得眼皮直跳。

孙梦楠脱口而出：“叶总在追求你！”

叶萌萌只觉得两眼一抹黑：“还是饶了我吧！”

放过她吧！被叶恒追求？不，她宁愿叶恒认为她心怀不轨了！

叶萌萌乘坐叶恒的车的事情，果然在公司上下传遍了。

不仅仅是孙梦楠，有不少不怎么熟悉的同事，也跑来旁敲侧击地向叶萌萌打听。

叶萌萌认为自己和叶恒毫无关系，但这件事情，除了孙梦楠之外，她又怎么跟全公司的人解释？

所以，她决定不理会了。

但是，经过一早上后，全公司上下的员工看叶萌萌的眼神都充满了八卦的味道。

更没想到的是，中午用餐的时候，就连秦屿也来询问她。

“萌萌，你和叶总……是怎么回事？”

叶萌萌早上好不容易才应付走一批人，这时听到秦屿熟悉的问话，心里无奈极了：“学长，不会连你也相信这种无聊的传言吧？”

“当然不是。我只是……”秦屿忽然想到什么，“这么说来，传言并不真实？”

叶萌萌撇了撇嘴，没好气地说：“当然不是真的！我和叶总住在同一个小区，早上我起晚了，没想到在小区门口碰到他，他让我上他的车，不然就扣我的奖金。我现在想想，还不如当时让他扣奖金呢！”

秦屿听完，也不由得觉得好笑：“不是就好。”停顿了下，他迟疑地说，“叶总这个人很复杂，你还是不要和他走得太近。”

叶萌萌赞同地点点头：“我也不想和他走得太近，他那人实在太烦人了！”

秦屿看着她说起叶恒时眉飞色舞的模样，眸色微深。他的目光久久地停在叶萌萌的脸上，不知道在想些什么。

“不说他了。”吐槽了叶恒几句，叶萌萌撇了撇嘴，转移了话题，“对了，学长，上次唐安宁关闭监控的手段，你研究出来了吗？”

唐安宁是如何通过技术手段，不动声色地关闭了恒天集团的监控，这让叶萌萌和李士杰都很好奇。他们本想研究清楚，以免同样的事情再次发生，这时秦屿站出来，主动包揽了任务。

秦屿微微怔了怔，微垂下眼睑，掩饰自己的情绪：“萌萌，我有些话要对你说。”

“嗯？”叶萌萌抬起头，却发现秦屿的神色不太对劲。

秦屿向来是温柔理智，现在的他脸上的神色却十分严肃。叶萌萌下意识问道：“学长，你怎么心事重重的样子？你也遇到什么麻烦了吗？”

秦屿看着她，认真地说：“萌萌，其实我想跟你说……”

“嗯？”

“萌萌，从在 A 大的时候，我就对你有好感了。所以你能给我一个机会吗？你愿不愿意跟我在一起？”

叶萌萌动作一僵，不由自主地握紧了筷子。她的心跳变得有些快，却不是因为激动，而是错愕！

秦屿的表白让她猝不及防。

他说的每一个字她都认识，但为什么合起来，就这么难以听懂了？

仿佛过了一个世纪那么漫长的时间，思绪回笼，她慢慢抬眸，歉然地看向他：“很抱歉，其实我心里已经有一个人了。学长……你很好，但我始终忘不了他。”

秦屿的心一沉，眸中的神色似乎变得黯淡。

但出乎意料地，他并没有多作纠缠，只是说了一句话——

“我明白了。”

迅速地吃完了午餐，叶萌萌几乎是落荒而逃。

没想到就坐了叶恒的顺风车简单的一个举动，会引发这么多的蝴蝶效应。

就连跟秦屿的关系，也变得复杂难辨……

叶萌萌在心里叹了一口气。

学长他，为什么要在这个时候跟她挑破友情的隔膜？

她很害怕，以后和他相处起来，再也没有了以前的自在。

都怪叶恒那个家伙！

叶萌萌在心里已经戳了叶恒的小人千百遍了。

叶萌萌并不喜欢自己成为八卦的主角，她以为等到大家八卦够了，这事情便会过去。

事实证明，叶萌萌想得太简单了。

叶恒根本没有打算“放过”她。

下班后，叶萌萌和孙梦楠刚离开集团的大楼，就看见叶恒的车停在了路边。

“上车。”叶恒对她重复了早上说的那两个字。

叶萌萌整个人都僵住了。

“叶总，我以后一定好好工作，你要是觉得我做得有什么不对的地方，请尽情扣我的奖金吧！”叶萌萌一脸视死如归的表情。

“天天有人接送你上下班，你应该高兴才对。”叶恒一脸冷漠地说。

叶萌萌有些无语。

她深深地吸了一口气，又吐出来：“叶总，你也看见了，我要跟同事一起去吃饭，所以谢谢你的好意，我……”

“可是，你的同事已经走了。”叶恒好心地提醒。

“什么？”叶萌萌猛地反应过来，一回头，才发现孙梦楠不知道什么时候偷偷溜掉了。

“孙梦楠，你明天完了。”叶萌萌磨了磨牙，喃喃自语。

“别愣着了，快上车吧，停在这里堵着别人不好。”叶恒催促。

“叶总，你为什么要突然……这样做？”叶萌萌不解。

叶恒说：“我其实没别的意思，就是想跟你说声抱歉。”

叶萌萌再次深吸了一口气，尽量让自己的语气听起来平和：“叶总，你的道歉我接受了。我觉得你的道歉也很有诚意，但是请你能不能从明天开始，不要做这种事情了？”

“你为什么这么不愿意坐我的车？”叶恒十分疑惑。

叶萌萌有些吃惊：“你不明白吗？”

话都说到这个分上，为什么他还没有理解？

叶恒说：“我不明白。”

“……”

叶萌萌忍不住叹了一口气。

叶恒在工作方面表现得十分出色，但没想到，他在人际关系上，就是个白痴啊。

她只能一五一十对他解释着：“你这样做，会给我带来不必要的麻烦。现在公司里的员工都在传我们两个的谣言，我不是很想听到这些风言风语。”

叶恒沉思了一会儿，才说道：“好，我明白了。既然是这个问题，那我以后就不载你了。”

得到他的保证，叶萌萌松了一口气。

叶恒又说：“我这些年一直在国外生活，所以这边的人际交往一直不在行，请你见谅。”

叶萌萌也没想到叶恒竟然这么通情达理，顿时有些意外。

“好的，谢谢叶总谅解。”

告别了叶恒，叶萌萌回到家里，只觉得身心都舒畅了起来。

第二天上班的时候，叶恒果然没再在楼下等叶萌萌了。

这让叶萌萌松了一大口气。

只不过，公司里流传的八卦也不是一时半会儿能消失的。

叶萌萌对这些空穴来风视之不见，只默默地做好自己的工作。

“萌萌，我昨天机智吧，把空间留给了你和叶总。怎么样，你和叶总昨天有没有……”孙梦楠凑了过来，朝叶萌萌嘻嘻笑道。

这孙梦楠，我都还没找她算账，她还自己凑了过来？

叶萌萌立刻扔下手头上的工作，扑上去挠她的腋窝：“孙梦楠，你昨天为什么要丢下我一个人？你说，你以后还敢不敢？”

孙梦楠连连求饶：“哎呀！我错了，我再也不敢，哈哈哈，别挠我了！”

办公室里一片欢声笑语。

技术部办公室的门口，不知道什么时候多了一个人。

秦屿站在入口前，看着二人在打闹，眼中的神色深邃得令人难以读懂。

一上午就这么过去了，午休过后，有一个有关《王者天下》新版本的总结会议。

她到现在还记得，上次会议上叶恒对她的质疑和挖苦。不过这些，现在都已是过去式了。

不管叶恒的情商有多低，至少这个家伙的智商不是一般的高。

叶恒提出的很多规划都十分精彩，就连一向跟他不对盘的沈副总也不得不服气了。

会议快结束的时候，叶恒看了一眼时间，停顿了一下，又接着说道：“我最后说一件事情。最近公司里有很多流言蜚语，甚至跟我有关系。我不希望，再在你们口听见那些不实的传言了。”

所有人都愣住了。

叶萌萌怎么也没想到，叶恒竟然会在大会上堂而皇之地说出这样的话来，整个人都惊呆了。

这简直就是越抹越黑！

“好了，散会吧。”给出了警告，叶恒宣布散会。

叶萌萌好不容易才从震惊中拉回自己的思绪，这时会议室的人都走得七七八八了。

叶萌萌沉下气，质问叶恒：“叶总，你刚刚在会议上说的话是什么意思？”

叶恒直说：“走吧。”

“叶总，我不懂你的意思。”叶萌萌强忍着怒气。

叶恒不解地说：“你不是怕公司传我们两个人的流言蜚语吗，我已经解决了。”

叶萌萌简直要被气笑了，她咬牙切齿地说：“哦，你那解决得可真好！”

真是谢谢你啊！

无辜地给叶恒背了个大黑锅，叶萌萌只能迫使自己陷入疯狂的工作状态中，以转移自己的注意力。

为了使自己打起精神，叶萌萌一整天都在狂喝咖啡。

一杯一杯地下肚，似是要冲散那无法言喻的感觉。

叶萌萌万万没想到，那么接二连三地狂灌咖啡的后果就是——失眠！

晚上，她在床上横躺了十分钟，又竖躺了五分钟，斜躺也尝试了一次，还是找不到最舒服最易入眠的方式。

明明平常她头一碰到枕头，就会在五分钟之内睡着的。

最后索性扔掉怀中的抱枕，从床上爬了起来，往兜里揣了点钱就出门了。

现在已是半夜十一点，街上的路灯晃着她的身影，在马路上照射出一个人形。

叶萌萌一蹦一跳地踩着自己的影子，街边的大排档有好吃的麻辣小龙虾和越南螃蟹腿，正好趁着现在睡意全无，不如一个人饱餐一顿。

叶萌萌找了一个位置坐定之后，就点好菜单，还要了两瓶啤酒。

虽然邻桌的都是三五成群地扎在一起划拳拼酒什么的十分热闹，但是向来习惯了一个人的叶萌萌倒也没什么特别的感觉。

兴冲冲地给自己倒了满满一杯啤酒，仰着头便大口喝下，末了把杯子朝桌面一放，磕出重重的响声。

就当是暂时摆脱了那个烦人精好了。

喝着喝着却再也开心不起来，他为什么要这样保护自己呢？只是因为像他所说的是出自愧疚吗？

她不懂，真的不懂。

最后结完账走在路上，她认真地想依照马路上的线走成直的，还是身不由已地东倒西歪起来。

脑袋里混沌得像糨糊，而叶萌萌还是昏昏沉沉地不清楚发生了什么事情，眼皮一沉身上的力气就软了下来，径直朝后倒去。

“啊……”头磕在地上的时候，叶萌萌忍不住呼痛，但很快还是抵不住沉沉的疲惫和醉意，径直在马路旁睡了起来。

停在不远处的黑色轿车里，叶恒好笑地看着那个把路边石阶当抱枕的女孩子，不由得笑意更浓起来，起身打开车门。

“叶总，我去扶叶小姐就可以了。”站在车边候着的宋特助说道。

“不用。”叶恒摆手，然后朝着叶萌萌走过去。她安安稳稳地躺着，还时不时舔舔嘴，嘟囔两句。

叶恒弯下身一把横抱起叶萌萌，看着她深睡时的容颜忍不住懊恼。明明叶萌萌请他保持距离，但是他总是忍不住，想要多看她几眼。她明眸善睐、漂亮可爱，且喜怒于形，能被人一眼望穿。

叶恒把她轻轻放在车子后座，然后跟着坐进车里，脱下自己的外套搭在她身上。

“回我的公寓吧。”

叶萌萌先是向左翻了身，睡着舒服又继续向左翻了翻，又似不过瘾一般朝右边翻了两下。柔软的睡床让她惬意地继续朝右翻着，还舒展手臂伸懒腰，闭着眼睛滚来滚去。

等等，这个地方有点不对劲——

叶萌萌立刻弹起来，揉着眼睛打量四周。

虽然房间十分宽阔，却显得格外轻简，样式朴素简单的家具，没有过多的装饰，倒是平添了几分雅致。

但是……

“这是哪儿啊？”叶萌萌的思绪开始从“酒后失身的少女”转到“爱丽丝梦游仙境”，几十个杂乱的镜头统统飞快地掠过脑海。她赶紧掀开被子，自己虽然好好穿着一套睡衣，但是她分明记得出门喝酒的时候是穿着T恤、牛仔裤，更何况这睡衣也不是她的。

“你醒了？”叶恒恰好从外面进来，慢慢走过去。

“是你？”叶萌萌霎时一股怒火上涌，拿起身边的枕头就向他砸过去，“大色狼！乘人之危！”

叶恒轻松躲开，餐盘还稳稳拿在手上，他压住不满，把餐盘放到床头：“我还不至于对你这样的姿色乘人之危。”

“你！”叶萌萌气急败坏地想继续摸索身边可以作为武器的东西，叶恒却俯下身来扣住她的手腕。

他精致得有些不真实的脸就在她脸旁三厘米的距离。

“你要干什么？”叶萌萌慌乱地挣扎着甩动手臂，他的力气极大，不论怎么甩都还是挣脱不开。

“我说叶萌萌……”他眯着眼睛靠近她的脸。

叶萌萌紧张地不断咽口水，他这是干吗，难道要……吻自己？

明明知道这个时候应该更加抗拒地挣扎起来，但是她却分明听到另外一个声音告诉她不要躲不要躲……

哈？她竟然闭起了眼睛。叶恒有些好笑地看着面前一张既像赴死般的壮烈又带有少女娇羞的期待的面庞，竟然真的有想要亲下去的欲望。

叶恒一本正经地说：“你能不能去刷牙，昨晚你喝了很多酒，有味道。”

她瞬间石化。

叶萌萌的嘴角在抽搐。

叶恒满意地看着叶萌萌五彩缤纷的脸，想起她平常牙尖嘴利、气势汹汹的样子，现在倒觉得她发窘时的神态也如此可爱。

他心情大好，想到刚刚叶萌萌那令人痴迷的模样，她分明是对他有意思的。

不知道为什么，有了这样的认知，他居然忍不住嘴角上扬。

叶恒把事情处理完的时候，抬头望向窗外已是暮色四合。

原来已经那么晚了。叶恒看看手表，不知道她怎么样了。他起身走到叶萌萌所在的房间，正巧碰到从房间里出来的管家，手上拿着本是为叶萌萌准备的睡衣。

“叶萌萌呢？”他拦住管家问。

“叶小姐已经走了啊。她换好衣服之后就说要走，我说您还有事找她，可是她说是在请示过您之后得到允许才走的。您不知道吗？”管家一脸诧异。

她竟然走了？叶恒忍不住用力一掌拍在门上。不管怎么说也是他救了她，一声谢谢不说就算了，还直接逃走了？我什么时候说过同意她走了！

所幸，叶恒住的地方离叶萌萌的家不远，同一个小区，就只隔了几幢楼。

好不容易跑回家里的叶萌萌直到将门关上，都还是在气喘吁吁，满脸燥热。

她一定是宿醉了还没有清醒，不然怎么会那么轻易就被他的美色给迷惑了，反倒给了他一个羞辱自己的机会。这真是同那个大色狼、大恶贼抗争史上的一个巨大的败笔！

叶萌萌坐倒在沙发上愤慨得摩拳擦掌。

不对，为什么要想起他来？

她的心里，一直存在的人，只有魔王一个。

没错……

这样安慰着自己，叶萌萌总算把内心那对叶恒微微起了好感的部分给狠狠地打压下去了。

清醒点吧，叶恒并不是那个人，他们从来都不是一个人。

叶萌萌把头埋进臂弯。

何况，她还在等着那个他。

接连被叶萌萌婉拒，叶恒十分困惑。

于是，他向宋特助询问："宋特助，你说，为什么叶萌萌会对我的邀请感到不高兴？怎样做，她才会接受我的道歉？"

宋特助勤勤恳恳地为恒天集团做出了这么多年的贡献，也是一只单身狗。对于感情的问题，他自然也是一窍不通。

"叶总，您等等，我下午给您回复。"

宋特助火速回到自己的办公室，从网上找了一堆诸如《追女孩的一百种技巧》《聊天的 10000 种话题》《霸道总裁爱上我》的资料，仔细琢磨了一遍。

到了下午，宋特助兴冲冲地跑到叶恒的办公室。

"叶总，我明白了！"

他将自己得来的经验传授给叶恒："要讨女孩子欢心……咳咳，我的意思是，有时候，女孩子面皮比较薄，您在大庭广众之下邀请她，她可能会感到不好意思，所以才会拒绝您。总之，要让叶萌萌答应……咳，接受您的道歉，您厚脸皮就对了。”

“厚脸皮？”叶恒有些疑惑，“具体要怎样做？”

宋特助提议：“比如说，周末的时候，您亲自到她家将她约出来，她一定会被您坚持不懈的精神感动。”

叶恒若有所思。

很快到了周六。

上午八点，叶萌萌是被手机的来电吵醒的。

她揉着眼睛爬起来，翻出手机一看，看到的却是一个陌生的号码。她迟疑了片刻，接了电话：“你好，我是叶萌萌。”

电话那头传来一个男声：“叶萌萌，我是宋特助。”

叶萌萌的睡意顿时一扫而空，同时有些惊讶地问：“宋特助，你是怎么知道我的号码的？”

宋特助十分含糊地说：“公司的通讯录有所有员工的号码。”

叶萌萌问：“那宋特助，你打电话给我，是有什么事吗？”

宋特助说：“很抱歉在今天打扰你，我能请你帮一个忙吗？”

“什么忙？”叶萌萌疑惑。

宋特助的语气迟疑：“这个嘛……是这样的，叶总不是刚从国外回来，我本来答应了今天带他熟悉一下我们S市的环境，但是我今天刚好有事，他对这里人生路不熟，平时工作忙碌，也没多少时间外出，直到今天才有空，要是错过了实在可惜。我听说你刚好和叶总住在同一个小区里，也方便走动，所以我想请你替我为叶总做一天的向导。”

“什么？”

叶萌萌怎么也不想再跟叶恒扯上关系，她下意识便要拒绝，但是，宋特助的下一句话，让她怎样也说不出拒绝的话——

“你照顾叶总的这一天和明天，统统算在加班的时间里，算你双倍……不，三倍的工资，还有额外的奖金……”

叶萌萌刚买了一堆跟魔王相关的周边和海报，然而这个月才过了一半，她看着账户上只剩下三位数的存款，咬牙答应了下来。

“好的，我知道了，宋特助，请问我应该怎么联系叶总？”

“这样，你直接到叶总家里接他就可以了，他的地址是你们那个小区 G 座 1608……”

宋特助说完叶恒的地址，就飞速地挂了电话，唯恐叶萌萌反悔一般。

叶萌萌虽然有些奇怪，但并没有多想。

她简单地收拾了一下自己，便出门去找叶恒。

叶恒似乎已经知道叶萌萌要来一样，早就穿好了衣服在等待。

在叶萌萌到来的时候，他已经穿好了衣服，正是要出门的状态。

叶恒今天的打扮很简单随意，不过就算是穿着休闲的衣服，也不能掩饰他那身清冷矜贵的气质。

看着站在门口的叶萌萌，他说：“走吧。”

叶萌萌见叶恒毫不意外，想来宋特助已经跟他交代过了，于是问道：“叶总，你今天想去什么地方？”

叶恒想了下，问：“附近有什么可以娱乐放松的地方吗？”

叶萌萌说：“这附近嘛，就只有一座公园和一个大型的游乐场。”

叶恒毫不犹豫地说：“那就先去游乐场看看吧。”

“唉？”

叶萌萌意外极了。

没想到这个外表看起来高冷的叶恒，居然如此……

童心未泯？

不过既然是大 BOSS 的选择，叶萌萌也不好反对。

叶萌萌住的地方靠近市中心，他们只花了二十分钟的时间就抵达了游乐场。

一路上，叶萌萌给叶恒介绍游乐场的情况：“S 市的这个游乐场，算是省内规模比较大的，配套设施还有医疗设施都很完善，这附近还有一个五星级的国际酒店……”

到了选择游玩项目的时候，叶恒看着那些游玩项目，陷入了沉思——

海盗船……好像有点可怕，pass（忽略）。

鬼屋……很吓人，女孩子会害怕，pass。

过山车……危险，pass。

摩天轮……这个看起来不错，不过……

叶恒挑三拣四了半天，没有注意到叶萌萌已经介绍完这里的情况。

叶萌萌看着叶恒对着项目清单一脸入迷的目光，不由得好奇地道：“叶总你对这里的游玩项目很感兴趣吗？你要试试吗？”

“啊？”叶恒在走神的状态下被叶萌萌唤了一声，心里一慌，认为自己的小心思暴露了，条件反射般便说，“那就从海盗船开始玩起吧。”

原因是……

海盗船就在清单的第一行。

话一出口，他就后悔了。

但没想到叶萌萌毫不犹豫地答应了下来："好啊。"

叶恒："……"他现在反悔还来得及吗？

叶恒神色如常地点了点头，假装自己经验十足的样子，道："那我们买票吧。"

紧接着，叶恒面无表情地跟在叶萌萌的身后，一同前往尖叫声此起彼伏的海盗船。

两人买了票，排队登上了海盗船。

海盗船启动之后，开始缓慢摆动，叶恒的一颗心就提了起来。而这时候旁边正好有两个女生已经开始惊呼不断，叶恒更觉得心烦意乱。

叶恒一脸木然的表情。

事实上，他的内心已经咆哮开来了。

叶恒试图从叶萌萌的脸上看出一丁点儿的慌乱，但是没有，假装镇静的只有他一个人。

紧接着，海盗船摆动的速度开始迅疾起来。

他甚至希望自己能够突然获得一种魔力，将这艘海盗船给停止。

好在，身边的那两个女生叫得十分凄惨，这让叶恒略微有些心理平衡。

在叶恒一直担心安全带会不会没系牢、自己会不会被甩出去等等的忧患中，海盗船终于停了下来。

时间到了。

叶恒走下海盗船的时候，整个人就像是踩在一团棉花上，他感觉自己仍然置身于湍急的波涛中。

"叶总，你没事吧？"叶萌萌开心地下了海盗船，才发现叶恒的脸色不太对劲，“你的脸色有点不太好。”

“没事，我只是不太习惯，完全没事的。”叶恒强作淡定。

“你还能行吗？要不，先去休息一下吧？”叶萌萌好心地提议。

“不，我还能行，”叶恒想起宋特助跟他说过的，绝对不能在女生面前表现出软弱的模样，“我觉得我们可以继续下个项目。”

“那叶总想玩什么？”

“就……”叶恒果断跳过了过山车和鬼屋一系列惊悚的项目，“这次来游乐场，我是想考察一下下个投资的项目。我们来玩些……具有童趣的项目。”

他的目光放远，落在了不远处的碰碰车项目上。

“好。”

叶萌萌笑着不揭穿。

没想到叶恒看起来强势霸道，居然畏高还怕黑？

她忍着笑买了票，跟叶恒各自坐上一辆碰碰车。

叶恒坐在碰碰车上，漫不经心地转着方向盘，不知道在想什么。

只是，一个面无表情的高冷大帅哥坐在一辆充满童趣的甲壳虫外形的碰碰车上，是那么怪异。

画面看起来异常和谐，仿佛周围的人都只是陪衬，这游乐场合该他这样的大孩子来玩。

叶萌萌恶作剧心起，偷偷地踩下碰碰车的油门，向叶恒的车撞了过去。

在离他还有一段距离时，突然有另一辆碰碰车从一旁蹿出，直朝着叶萌萌撞来。

“啊！”

叶萌萌惊呼了一声，赶紧扭转方向盘，却不想“砰”的一声，撞上了第四辆碰碰车。

叶恒被这道碰撞声拉回了思绪，看到叶萌萌被两方夹攻，赶紧转动方向盘去“拯救”叶萌萌。

不过他的碰碰车才驶出一小段距离，就被其他的车狠狠地撞上了。

另一边，叶萌萌也不甘示弱，跟其他人你来我往地碰撞着。

现场碰撞声不断，乱成了一团。

叶萌萌无意间抬头，看到叶恒使劲地操控着碰碰车朝别人撞去的那幼稚的模样，不由得笑出了声：“噗哈哈哈！”

碰碰车场内一片欢声笑语，叶恒也忍俊不禁，嘴角扬起了一抹弧度。

叶萌萌没忍住，掏出了手机，偷偷摸摸地对着叶恒拍了一张。

咔嚓！

手机发出了响亮的声音。

这一声似是把叶恒惊醒了，他随即向叶萌萌投来视线，立刻发现她正举着手机在偷拍自己。

糟了，忘记调静音了。

叶萌萌心里“咯噔”一下，赶紧把手机收了起来。

现场欢快的气氛像是被泼了一盆冰水，瞬间冷凝了下来。

叶萌萌想起以前被叶恒误认为是别有用心的事情，担心他会误会自己的举动。等到走出碰碰车的场地，她赶紧向叶恒解释：“抱歉，叶总，我不是故意拍你的，我马上把照片删掉。”

“不。”叶恒愣了一下，“不用了，你……留着吧。”

不知道怎么的，他又补充道："你回去把照片发给我，我想当成投资项目的参考。"

叶萌萌刚要按下删除键的手指微微一僵，良久她回答："好吧。"

紧接着，是一阵持久的沉默。

过了好一会儿，叶萌萌有些尴尬地转移话题："叶总，那什么……时间也不早了，快到吃午饭的时候了，我们回去吧。"

"好。"叶恒迟疑地回答。

回去的路上，叶恒尝试寻找话题打破沉默，但在叶萌萌一板一眼的回答之后，气氛又再次冷了下来。

直到回到居住的小区，叶萌萌才觉得心里的尴尬消减了些。

总算可以跟叶恒分别了。

她暗暗地松了一口气，转过身对叶恒说："叶总，今天就到这里吧，这里的路你应该熟悉了，我就先……"

但话未说完，他们的身后便传来一个惊喜的声音——

"这不是萌萌吗？"

在叶萌萌愣神的瞬间，张大妈已经提着大袋小袋走到他们的面前。

她笑眯眯地跟两人打招呼："哎呀，小单，你也回来了呀。你总算回来了呀，你不知道，萌萌和我可是挂念你挂念得很。"

"张大妈，不是。"叶萌萌赶紧解释，"您误会了，这位不是……"

张大妈说："上回我还跟萌萌说，等你回来了，我就给你们包饺子吃。我刚好买了面粉和饺子馅，一起到我家，我给你们下饺子啊。"

她说着，还向叶恒使了个眼色。

“叶总，这个……”叶萌萌赶紧朝叶恒扔了一个眼神，暗示他拒绝。

“既然是张大妈诚心邀请，我们就去吧，反正我这一天都没什么事情。”叶恒仿佛看不见叶萌萌的眼神一样，面不改色地说道。

张大妈喜滋滋地说：“小单说得对，萌萌你也很久没来大妈家吃饭了，就一起过来嘛。”

盛情难却，平时张大妈对自己照顾有加，叶萌萌也不好再拒绝，只好答应下来。

到了张大妈的家，张大妈将买的菜放好后，把叶萌萌拉到一边，劝说道：“小萌，你和小单这个样子，是吵架了吧？我那时候说他是小单，你还不承认。”

叶萌萌着急地说：“张大妈，他真不是……”

张大妈打断道：“好了，你不用骗我了，我认识小单这么久，怎么会认不出他呢？他那些小动作和小单一模一样，这世上怎么可能会有一模一样的人？小情侣之间打打闹闹是正常的，小单是个好孩子，读书的时候为了给你庆祝生日，还主动捡废品去卖。你们都在一起这么久了，有什么槛儿过不去的，你说是吧？你就给他一次机会，大妈也给你创造机会了，一会儿他要是跟你道歉了，你就原谅他吧。”

叶萌萌沉默了。

她也不好反驳张大妈，只好不说话。

张大妈误以为她答应了，十分高兴地把叶恒也招呼过来：“来来来，小单你也来，来帮大妈一起包饺子。”

叶萌萌觉得，像叶恒这么高冷的人必定会拒绝张大妈的要求，没想到他居然答应了。

他走了过来，好奇地问：“这个怎么包？”

“来来，我来教你。”张大妈十分热心地说。

她在客厅摆了一张折叠桌，将包饺子的工具和材料都放到上面。她将面粉和成一团，然后给叶萌萌和叶恒各分了一团。

叶恒第一次和面，动作很是生疏。但在张大妈的教导下，他和面和得也算是有模有样。

张大妈教了一会儿，便让叶恒自己尝试。趁着两人没有注意，她悄悄地退出了客厅，将空间留给了他们。

“张大妈，我的好……”

叶萌萌包了几只饺子，一抬头，却发现张大妈不见了踪影。

“张大妈呢？”她奇怪地问了一句。

一转头，却看见变成了花脸猫的叶恒。

“你……”叶萌萌愣了一下，下一秒忍不住“扑哧”笑出了声。

叶恒抬起头，有些困惑：“你笑什么？”

叶萌萌强忍着笑：“叶总，你现在这个模样，真像是……”

叶恒疑惑地问：“像什么？”

“像一只花脸猫，哈哈哈……”叶萌萌终于忍不住大笑起来。

“是吗？”叶恒一点也不生气，趁着叶萌萌不注意，不动声色地靠近她，将手上沾着的面粉涂到她的脸上。

“啊！”叶萌萌惊呼出声。

他一本正经地宣告道：“现在，你也是花脸猫了。”

叶萌萌呆了一下，才反应过来，不甘示弱地沾了面粉涂抹到叶恒脸上。

“哼！让你涂我，我也要涂回来！”

“啊！你还敢躲！不许躲！不许躲！”

“哈哈哈，扳回一局！”

两人就嘻嘻哈哈地在客厅里打闹起来。

·

直到叶萌萌不小心碰到桌子，发出了“砰”的一声响，才让她如梦初醒。

叶萌萌愣住了，刚刚她做了什么？

她看着跟她一样，成了大花脸的叶恒，赶紧道歉：“对不起，叶总，刚刚我、我不是故意的。”

“没关系。”叶恒露出一丝难得的笑意，“这样就很好。”

不，这不好。

她不能，总是潜意识地将叶恒当成魔王……

叶萌萌心中油然生出一阵恐惧感，她也不知道这种感觉从何而来。她吸了一口气，说道：“叶总，如果以前我的举动让你误会了，很抱歉。”她停顿了下，“以后，我们私底下还是不要接触太多。”

叶恒脸上的笑容消失了，他不解地问：“为什么？”

“我的心里，只有一个人，那就是我的男朋友。”叶萌萌说，“尽管，他是一个笨蛋。”

是啊，魔王真是一个大笨蛋。

“你的男朋友，就是张阿姨说的‘小单’吗？他就是在那场爆炸事故中去世的？”叶恒突然问。

叶萌萌愣了一下，垂下眼睑：“是的……”

叶恒皱眉：“可是，他已经不在了。叶萌萌，你就不能往前看吗？

因为沉浸在悲伤的过去，便把自己交朋友的机会都抹去了吗？”

叶萌萌僵了僵：“不，不是的，我相信他还在，他一直都在我的心里。”

“叶萌萌，你清醒一点！你不要一直——”

“够了。”叶萌萌打断道，“抱歉，叶总，我不想继续这个话题了。”

她端起桌上已经包好的饺子，垂下眼睑：“像我刚才说的，今天之后，我们私底下还是不要见面了。毕竟你的长相，总让我想起那些不愉快的过去。”

叶萌萌转身走入了厨房。

叶恒想追上去，却不知道以什么立场，只能停在原地，看着她的背影。他想不明白，事情为什么会变成这个样子。

“叶萌萌……”

叶萌萌觉得没有办法再在这里待下去，对着那张和魔王一模一样的脸，她总是会不由自主地想起那些伤心的过往。

翌日，恒天集团。

“什么，你要辞职？”听到叶萌萌的请求，李士杰从座位上一跃而起，吃惊地说。

叶萌萌深吸一口气，说：“李总监，您误会了，我并不是要辞职，我只是想调离总部，到C城的分部去。”

“为什么？”李士杰不解地问，似是想到什么，“是不是因为叶总？”

“不，不是的。”叶萌萌说，“这是我自己的原因，我没有办法……李总监，您知道的，我想转换一下心情，等到能够平复下来的时候，我再回来。”

李士杰久久不语，过了半晌，他说：“我明白了。”

得到李士杰的批准，叶萌萌将调职的申请报告上交了。

这份报告层层上递，最后落到了叶恒的手中。

“叶萌萌为什么要申请调职？”当看到这份报告的时候，叶恒下意识地攥紧了纸张的一角。

叶萌萌调职的申请理由只写着，想到别的地方多增长自己的见闻，但叶恒却潜意识地察觉到，这不是真的。

宋特助说：“这我不太清楚，这份调职报告是技术部那边交上来的。”

“这么说，是李士杰批准的？谁准他这么做的？”叶恒语气凌厉。但说完这话，他才意识到自己有些失态。

他轻咳了一声，欲盖弥彰地道：“叶萌萌这么优秀的员工，应该留在本部为本部做贡献才对，怎么能调到C城这种小地方？这只会埋没她的才华！”

宋特助忍不住在心里说：叶总，您以前可不是这样说的呀！

叶恒又吩咐道：“宋特助，你把叶萌萌叫过来，我要亲自跟她谈一下。”

“好的。”

宋特助赶紧退了出去，将叶萌萌叫到了总裁办公室。

“叶总，你找我？”十分钟后，叶萌萌来到总裁办公室。

在宋特助找到她的时候，她便已猜测到，叶恒要见她，是和她申请调职的事情有关。

叶恒看到她，直接开门见山地说：“你为什么要申请调离总部，给我一个理由？”

叶萌萌微微一愣，而后心平气和地说：“叶总，我们只是普通的上下级的关系，还没有熟悉到这个程度吧？”

叶恒嘴唇嚅动，半晌挤出一句：“不要离开，好不好？”

叶萌萌怔了怔，问：“为什么？为什么让我不要离开？”

他沉默了下，说：“我觉得你很熟悉。”

这个理由，让叶萌萌陷入了沉思。

“你……”

“算了。”

叶恒还想说什么的时候，忽然被一个声音打断了。

李士杰满头大汗地冲进了办公室，对着叶萌萌喊道：“叶萌萌，不好了，大事不好了。”

叶萌萌诧异地回过头。叶恒站了起来，微微皱眉：“李总监，发生了什么事？”

李士杰这才反应过来，这里是总裁办公室。刚刚他听见宋特助说叶萌萌在总裁办公室，他就匆忙赶来了，没注意到叶恒也在。

他连忙道：“没、没什么，就是《王者天下》的服务器出了点小问题，其他技术人员都解决不了，所以我想找叶萌萌过去看看。”

“什么问题？严重吗？我也过去看看。”叶恒追问。

“不严重，不严重，叶萌萌肯定可以解决，叶总你日理万机，就不用麻烦你了。”

李士杰连连摆手，生怕叶恒跟着过来一样，赶紧将叶萌萌拉走了。

叶萌萌奇怪：“哎，李总监，到底是什么事？”

李士杰刻意压低了声音："我们边走边说。"

被留下的叶恒陷入了沉思中，正思考要不要跟上去，忽然，他兜里的手机响了起来。

叶恒拿出手机，按下接听键："是，我是。"

不知道对方说了什么话，叶恒表情一凝。

"检测报告出来了？"

他的神色变得凝重，声音放低："你说什么？那台设备被人做了手脚？"

"好，我现在就过来。"

挂了电话，他立刻叫来宋特助。

"叶总？"

叶恒吩咐："宋特助，立刻准备车，去 S 市技术研究所。"

"好。"

虽然宋特助不太清楚发生了什么事，但还是立刻去准备车。

第 10 章 失踪的魔王

叶萌萌和李士杰快步走在走道上。

叶萌萌疑惑地问："李总监，发生了什么事？"

李士杰心急如焚地说："《王者天下》的服务器被病毒入侵了，导致游戏的部分数据丢失。"

"什么？这是什么时候的事情？"叶萌萌吃惊，似是想到什么，"秦学长呢？技术部那边，不是有他盯着？"

李士杰说："今天秦屿外出参加技术交流会议了，没想到就这样被人钻了空子。"

叶萌萌问："那个病毒，是怎样被发现的？"

李士杰边走边从口袋里掏出手机，点开了《王者天下》官方论坛的页面，进入其中一个帖子，然后将手机递给叶萌萌。

"你看看。"

叶萌萌接过手机。

李士杰边走边说："早上客服在处理官方论坛的投诉时，发现有玩家投诉说魔王副本里的BOSS消失了，于是紧急将这个投诉转到技术部。"

"什么？魔王从副本里消失了？"叶萌萌大吃一惊，飞快地浏览起讨论区里的帖子：

《魔王殿的魔王怎么不见了？》

《惊！魔王殿里的魔王再次失踪，到底是策划刻意安排，还是游戏bug？》

《魔王离家出走，抗议恒天集团压榨NPC》

《魔王副本没有了魔王，就像方便面里没有面一样》

……

魔王的第一次失踪，是因为游戏的bug，而被叶萌萌收为了宠物。

那时候魔王的失踪在玩家当中引起了不小的轰动。

而这一次造成的轰动，程度并不比上一次低。

官方论坛的讨论区里，全是关于魔王殿里的魔王失踪的议论。

尤其正在打副本的玩家，打到最后发现副本里的BOSS失踪了，发的投诉帖都要将投诉区挤爆了。

叶萌萌浏览了几个帖子，又将李士杰刚才的话结合起来，很快猜出了事情的经过："魔王消失，是病毒造成的？"

李士杰说："没错，我们开始以为魔王消失是游戏的bug，尝试用恢复的手段找回魔王的数据，却失败了，于是对游戏的数据库进行检查，才发现有好几个不起眼的数据被人为篡改了。"

"怎么可能呢？我们设置的安全机制没有生效吗？"叶萌萌皱了皱

眉。

来到数据中心，叶萌萌对数据库进行了一次彻底的检查，的确如李士杰说的一样，游戏数据库的好几个地方都被人篡改了。都是不起眼的地方，平时难以发现。

正常的代码混入了病毒的代码，因为那几组病毒的代码就像是游戏本身的数据一样，一直没有被检测系统发现。

叶萌萌对病毒进行了追踪，发现病毒最初出现的地方是监控部门。

叶萌萌表情凝重地说："监控部门，肯定是上次唐安宁利用技术授权销毁监控的时候，种进去的病毒，这可真是……战线长远啊。"

她想到了在监控视频上看到，唐安宁将一个疑似 U 盘的东西插进监控室的 USB 接口里的一幕。

"可是，她手里为什么会有这么厉害的病毒？"李士杰提出了疑问，"是什么人提供给她的？"

"唐安宁已经离职了，也问不到原因。"叶萌萌继续检查着被破坏的数据，表情变得越来越沉重，"而且，对方很狡猾，不是直接在数据库里做手脚，而是在游戏里。"

李士杰吃惊道："游戏里？可是，最近游戏里没出什么毛病啊……"

"上次也没查出什么毛病，可整个游戏突然就……"叶萌萌一脸凝重，话锋一转，"我担心，那个叫乌拉诺斯的病毒……会死灰复燃。"

李士杰吓了一跳："不会吧，那个神王乌拉诺斯不是消失了吗？"

他可是亲眼看着魔王将他打败的！

叶萌萌解释："这些病毒代码和那个叫乌拉诺斯的病毒是同源的，里面的字符组合和乌拉诺斯的代码也很相似，几乎可以算作病毒乌拉诺斯的其中一部分。我怀疑，乌拉诺斯这个病毒的产生，不是偶然的，而是人为制造的！”

李士杰瞪大了眼睛：“叶萌萌，你是说……”

“有可能，公司里还有一个内鬼！”叶萌萌笃定地说，“安全机制有可能已经触发了，却被瞒了下来。”

她刚刚浏览了一下近来维护的记录，发现了好几条记录被销毁的痕迹。

“内鬼使用了暴力的手段，对安全机制进行了破坏。”

“什么？那我得赶紧汇报给公司！”李士杰果断地说。

“等等，李总监，先不要冲动。”叶萌萌赶紧阻止，“我们不宜打草惊蛇。”

李士杰愣了愣：“可是……”

叶萌萌提醒：“乌拉诺斯的事情不能对外界公开。”

“对对对，差点忘了这个。”李士杰一拍脑门，“那我们先建立一道紧急防火墙，把这病毒包围起来。”

叶萌萌点头：“还要将游戏里有问题的区域先关掉，我要进入游戏看一眼。”

“好，我明白了。”李士杰想了想，又问道，“叶萌萌，你觉得，那个内鬼会是谁？”

叶萌萌的心头浮上了一丝浓重的疑惑。

“一般的人，是没有权限接触到这么深层次的东西，能有这个水平和权限的，全公司里就只有……”

叶萌萌不由自主地想到一个人，顿时被自己的想法吓了一跳。

她立刻驱除脑中那个可怕的想法。

不对，不可能，这件事情……怎么可能会是他干的呢？

运营部对《王者天下》部分出现了问题的地图进行了紧急关闭维护，其中就包括魔王殿和魔王副本。

叶萌萌以游戏管理员的身份登录了游戏。

副本“深渊之狱”已经被关闭维护了，此时的副本内外不见任何一个玩家。

叶萌萌走进魔王殿，轻车熟路地检查着魔王殿的每一个角落，不放过任何一个有问题的地方。

突然，前方的角落里，一道黑影匆匆闪过。

副本都已经关闭了，为什么还有人？

叶萌萌喝道：“什么人？”

那人浑身被黑袍裹得严密，听到叶萌萌的厉喝声，身影不由得一僵。他似乎没料到突然有人进来，顿时加快脚步，往殿外逃去。

叶萌萌赶紧追上前去，同时使用技能往对方身上砸，试图拦截他的去路：“冰凌之柱！”

无数道冰凌腾空出现，向着黑袍人疯狂砸了下去，锐利的冰凌在对方的黑袍划开了无数道口子。

黑袍人的速度似乎慢了下来。

叶萌萌加快了脚步，却在碰到他那件黑袍的瞬间——

黑袍人的面前突然出现了一个巨大的黑洞。他一个闪身，整个人没入了黑洞中，瞬间消失了。

叶萌萌只来得及扯下了他身上破烂的黑袍。

“空间移动？”

看着手中渐渐化作虚无的黑袍，叶萌萌深皱起眉。

利用数据的方式，突破游戏里的空间，可以随心所欲地前往想去的地方——

游戏里的传送阵就是利用了这种原理。

不过魔王殿里可没有传送阵！

这种打开空间传送的方式，叶萌萌记得自己也使用过，那是在她和魔王被光明神殿的士兵追杀的时候，冒险使用的方法。

可是这个人，竟然能在游戏里随心所欲地突破空间？

而且，她怎么觉得那个人的侧影，有些眼熟？

虽然只是匆忙的一眼，但是……

叶萌萌陷入了沉思。

回过神来后，她又仔细地将魔王殿检查了一遍，确认魔王的确不在殿中。

叶萌萌站在魔王的寝殿内想了一会儿，最终还是决定先下线跟李士杰商量这件事情。

返回到现实里，李士杰已经按照叶萌萌的提议，将全部游戏数据排查了一遍。

看到她从游戏里出来，他立刻问道：“萌萌，有什么发现？”

叶萌萌立刻将在游戏里遇到的事情告诉了他。

李士杰再次受到不小的惊吓：“什么？竟然有除了我们公司之外的

人能在关闭了的游戏区域活动？”

叶萌萌不解地说：“想必，那个人就是造成目前这种情况的幕后黑手了，只是，他在打什么主意？”

叶萌萌又问：“李总监，其他的区域，也没有发现魔王的数据吗？”

“没有，这到底是怎么回事？”李士杰感到十分困惑，同时也非常泄气。

每个 NPC 都有特定的数据，可以很快地追踪到，但离奇的是，魔王就像是从数据库里人间蒸发了一样，不见踪影。

叶萌萌想了想，说：“李总监，你立刻联系秦学长，我有些问题想问他。”

李士杰虽然不知道她的用意，但还是依然给秦屿打了一通电话。

只是，手机传来的忙碌的提示音，却让他皱起了眉。

他又重复打了几次，但秦屿的手机一直是忙碌的状态。

“怎么不接电话？”李士杰自言自语。

叶萌萌刚修正完一处被篡改的数据，发现李士杰握着手机，一脸凝重地站在原地不知想什么，不由得疑惑地问：“李总监，还没有联系上学长吗？”

李士杰摇头：“没有，电话里一直提示忙音的状态。可是会议中午就结束了，秦屿下午该回公司了，他怎么还不回来？”

叶萌萌的内心怦怦直跳，那种不好的预感越来越剧烈。

“不会吧，不可能的……学长没理由这么做……”

李士杰似是察觉到什么：“叶萌萌，你是不是想到了什么？”

叶萌萌正要答话，却被一阵急促的机器鸣声打断。

“呜呜呜呜呜……”

服务器的监控系统突然发出了警报的声音。

李士杰一惊，快步走到监控系统前，脸色陡然大变：“糟了！游戏数据正在一点点消失。”

“什么？”

叶萌萌也大吃一惊，赶紧回到电脑前，试图阻止数据消失。

但无论她怎么努力，游戏数据依然不受控制地一点点地消失了，只是速度暂时慢了下来。

叶萌萌额上的汗水越来越多。

李士杰也心急如焚：“我这就叫人去找秦屿回来！”

他转身便要出门。

“不，李总监！找到学长可能来不及了。”叶萌萌赶紧叫住了他。

她一咬牙，做了一个十分艰难的决定：“我再进一次游戏。”

李士杰听明白了她这话的意思，顿时吓了一大跳，急忙阻止：“不行，这太危险了！有可能你进去了，就出不来了！”

“没事的，上次我能出来，这一次一定也能！”叶萌萌摇了摇头，用肯定的语气说。

“李总监，您不用再劝我，我已经下定决心了，是不会改变的。《王者天下》这个游戏包含着项目组所有人的心血，我进去的话，还有可能拯救这个游戏；但是我不进去，不但我们的心血白白蒸发，恒天集团也可能遭到灭顶之灾。”

叶萌萌说出了事情的严重性：“而且现在游戏还没彻底停服，如果数据大面积消失，玩家们面临的会是什么？很有可能像上次一样，被永久关在游戏里！”

李士杰被她说服了，但还是有些担心：“好吧，那你一定要小心，一有什么不对劲，就立刻下线。”

“我知道了，放心吧，李总监。我一定会平安回来的！”

叶萌萌向他保证。

“趁我进入游戏的这段时间，你赶紧去通知其他人，对游戏进行停服维护。”

“好！”

为了保证叶萌萌在游戏里的安全，李士杰临时给她搭建了一条进出游戏的特殊通道。

这条通道拥有最高权限，可以随时进出。

叶萌萌再次进入游戏，所有玩家已经被强制下线了。

没有任何玩家的主城镇仿佛又真实了几分。

叶萌萌没有多想，直朝目的地而去——

对方的目的，是通过在游戏各个重要地点植入病毒，彻底使游戏崩溃。

这是叶萌萌通过分析病毒代码分析得出来的结论。

而且，那几组病毒代码，很像乌拉诺斯的病毒代码的组成。她怀疑，对方的目的，是要使病毒“乌拉诺斯”彻底复活！

叶萌萌飞快地回忆着对方已经种下病毒的地方，猜测着下一个很有可能被植入病毒的地方。

既然要使乌拉诺斯彻底复活，那幕后黑手最后要到的地方必然是——

她以最快的速度来到了光明神殿。

果不其然，在光明神殿的虚空之上，出现了一个巨大的缺口，宛若黑洞，一串串诡异的代码从黑洞飞出，直落在光明神殿。

有一道人影站在光明神殿的屋顶上，他的面前有一道虚拟光幕，从他脚下开始，光明神殿开始一点点崩坏。

叶萌萌被眼前所看见的景象惊了一瞬。

果然在这里！

“湮灭！”

她几乎不假思索，就朝光明神殿上的黑洞和人放出了技能。

一个小型的黑洞在大黑洞和那人之间展开，然后剧烈地爆炸开了。

这是叶萌萌的暗系技能。

砰！

那人正专注于将病毒植入光明神殿，没有想到叶萌萌会突然偷袭，虽然反应过来的那一刻便往旁边跳开，还是被爆炸殃及了。

没有了人为的操控，光幕消失。

那人从屋顶上掉了下来，重重地摔落在地上。

他掉落到叶萌萌的不远处。

按理说，在游戏里摔下，是不会产生什么伤害，但此时对方却像是受了很重的伤一样。他艰难地从地上爬了起来，捂着被黑洞炸伤的手臂，缓缓抬起了头。

他的身上没有了遮掩的黑袍，那一瞬间，叶萌萌也看清了对方的模样。

她瞪大了眼睛，不由自主地后退了一步。

“你……是你……”

那个人，竟然是——

“你已经退出了游戏，为什么还要进来？”那人平静地问。

“学长，为什么会是……”她说不出话来。

叶萌萌的大脑有一瞬间的空白。

这个人，就是秦屿！

所有的猜测都得到了证实。

秦屿微微一笑，笑容中却不带一丝温度：“我之前就说过，有时候，不要太天真。”

叶萌萌心情乱成了一团麻，混乱之中，她仿佛捕捉到什么关键的线索，难以置信地说出了自己的猜测：“乌拉诺斯……那个病毒，是你弄出来的？”

“你猜到了？”秦屿低低地笑了起来，“真不愧是萌萌，就连王老师和李总监也对你赞不绝口，看来这次我真是棋逢对手了。”

他停顿了下，又缓缓地说道：“虽然上次不知道你们是怎样把我安装在神王身上的病毒消灭的，但这一次……”

叶萌萌打断他道：“不！不对！你为什么要这样做？”

“再见了，萌萌。”秦屿只朝她微笑，“这是我最后一次这么叫你。”

“回答我的问题！”叶萌萌朝他吼出声。

“唐安宁盗窃公司机密，把公司监控关闭的手段，也是你帮她的？”她紧紧盯着秦屿，不放过他脸上任何一个表情，“唐安宁用来关闭监控的病毒和植入在游戏数据库的病毒，都是你制作的？”

“真是聪明的女孩。”与叶萌萌激动的反应相比，秦屿的态度显得毫不在意。

叶萌萌道："难怪我问你是否研究出唐安宁删除监控的方法时，你会突然跟我表白，原来你是为了转移话题？"

秦屿脸上有惊讶的神色一闪而逝，他轻笑了几声，说："真没想到，这都被你发现了。如果不是你突然提起唐安宁的事情，我也不会昧着良心说出这样的话。"

"你太过分了！"叶萌萌生气地朝他吼，"可你为什么要这样做？为什么要泄露公司的机密和破坏游戏？这个游戏，不是也有你的心血吗？"

秦屿脸上的笑容消失了，他冷冷地说："因为，这是恒天集团欠我的。"

叶萌萌愣住："什么？"

没等叶萌萌想明白，秦屿突然后退了一步，眼底流露出别样的光芒："既然我的秘密被你撞破了，对不起，我只能将计划提前了。"他的嘴角微微上扬，带起了诡异的弧度，"你会永远活在我的心里的，再见。"

咻！

秦屿化作一道白光，消失了。

"喂！"叶萌萌朝他消失的方向飞奔过去，但只抓到了一把空气。

她环顾四周，朝空气大声地叫喊："秦屿，你回来！你这话是什么意思？！"

吼完这一句，叶萌萌觉得自己脸上有些湿意，她下意识摸向自己的脸，却摸到了一把眼泪。

眼泪？

叶萌萌愣了愣。

难道游戏又开始真实化了？

难怪，刚刚秦屿被她的技能打中，就好像真的受伤了一样！

想到这个可怕的事实，叶萌萌的内心涌起一股难以言喻的恐慌。

不行，这个时候不能慌。冷静！叶萌萌，冷静！现在不是慌张的时候。

她努力压下慌乱的情绪。

想起正事，叶萌萌决定先下线，告诉李士杰幕后黑手就是秦屿这件事。

但没想到，下一刻，她发现，进入游戏的通道，竟然打不开了！

大事不妙！

李士杰为了让她进入游戏，特意开启的特殊出入口，被秦屿关闭了！

因为她发现了他的秘密，所以他是想彻底把她关在游戏里？

秦屿在 A 大的时候，就被称为计算机系的天才，叶萌萌的导师王象晋甚至夸赞他，十年之内也难以出现超越他的人。她精心设计的防御系统，他竟然能直接暴力拆解而不触发警报。

这个对手，比上次的病毒乌拉诺斯更难缠！

不过，秦屿的目的，不是复活病毒“乌拉诺斯”吗？

为什么游戏会崩坏？

莫非她最新设计的安全保护程序，还是生了效，才导致两厢碰撞之下，游戏开始自动毁灭？

不对，现在不是想这个的时候。目前最重要的事情，是想办法脱困，将消息传递给李士杰才对……

叶萌萌在原地来回踱步，烦躁地踢着地上的小石子，思绪乱成一团。

可现在能怎么办？

她正心烦意乱的时候，忽然听见身后有人喊她的名字。

“叶萌萌！”

“叶总？”叶萌萌回过头，看到腾空出现的叶恒，惊讶极了，“你……怎么出现在这里？”

叶恒使用的应该是权限极高的账号，是一个满级的大魔导师的角色。

面前这个身穿大魔导师长袍、戴着兜帽的叶恒，莫名地与游戏里的魔王的身影重合了起来。

叶萌萌的大脑在这瞬间恍惚了一下。

像，实在太像了。

叶恒朝她走了过来：“刚刚李士杰给我打电话汇报了服务器被病毒入侵的事情，我才知道你冒险进入了游戏。”他说着，不自觉带上了教训的语气，“你怎么这么鲁莽，万一遇到了什么意外该怎么办？”

叶恒的声音，拉回了叶萌萌飞远的思绪。

她赶紧解释说：“我不是鲁莽，这件事情，只有我能解决。”他和魔王尽管相似，果然还是不同的。

“你……”叶恒叹了一口气，“算了。”

他神色一凛，语气突然变得十分严肃：“叶萌萌，你和李士杰瞒着我的事情到底是什么？秦屿刚刚说什么乌拉诺斯的病毒，是怎么回事？这些是不是和上次科研部爆炸的事情有关？”

声声质问，让叶萌萌的心跳加剧。

“你……都听到了？”她垂了垂眼，试图忽悠过去，“这些事情，我等会儿再跟你仔细解释，现在有更重要的事情。”

不等叶恒说话，叶萌萌已经抢先问道：“进出游戏的通道都被关闭了，你是怎么进来的？”

“我自然有我的方法。”叶恒说道，他看向前方光明神殿上那个巨大的黑洞，皱了一下眉，“我们先下线。”

“下不了线了，没有办法的，通道已经被秦屿关闭了。”叶萌萌有些泄气地说，一屁股坐到地上。

“这下好了，本来就我一个人困在游戏，现在连你也进来了，没有人能阻止秦屿了。”

叶恒走上前，握过她的手：“相信我，像你平时登录退出游戏一样就可以了。”

叶萌萌浑身一僵，被他触碰的地方，有触电般的感觉。她想把手抽出，但他握得很紧。

叶萌萌脸上发热，但情况紧急，她决定暂时不跟叶恒计较。

叶恒再次催促：“试试，跟我一起下线。”

叶萌萌不抱希望，尝试着下线。

本以为这样的做法徒劳无功，谁知道眼前一黑，等视线再恢复清明后，她才发现，眼前的景象已经变换了。

居然顺利下线了？

叶萌萌赶紧打开游戏养生舱，从舱里爬了出来。

只是，外面的情景有些古怪。

监控游戏的电子屏幕已经关闭了，所有设备都是停止运行的状态，唯有游戏养生舱上运行的指示灯一闪一闪。

守在游戏养生舱的李士杰也不见了踪影。

奇怪，李总监到哪里去了？

叶萌萌在机房里等了好一阵子，始终不见李士杰回来。

她想了想，输入密码走出了机房。

这时应该是上班的时间，但奇怪的是，公司里却空无一人。

叶萌萌一路走过去，无论是走道还是附近的办公室，都不见一个人影。

“奇怪，人呢？都去开会了吗？”她喃喃自语。

她以最快的速度跑到技术部的办公室，又从技术部跑到会议室，但始终找不到一个人。

心中不安的感觉越发强烈。

叶萌萌从第一层一直找到第三十三层，都找不到任何的人，就连叶恒也不在。她又从三十三层找到第一层，总算在一层大厅看到一个熟悉的身影。

“叶恒！”

叶萌萌喜出望外，赶紧朝他跑了过去。

叶恒从游戏里出来，第一时间便是以最快的速度驾车回到公司。

两人顺利会合。

叶恒看到叶萌萌满脸急色，不由得加快了脚步：“发生了什么事？”

叶萌萌说：“我刚刚出来的时候，公司里竟然没有一个人，就连李总监也不见了，你把其他人都派去什么地方了？”

叶恒诧异地道：“什么？不可能。

“电话能联系上李士杰吗？”

“对哦，差点忘了。”叶萌萌赶紧掏出手机，但当手机屏幕亮起后，她却愣住了。

“没有信号？”

手机竟然没有一格的信号。

她尝试拨号，果然打不出去。

叶萌萌抬头看向叶恒：“你用你的手机打打看？”

叶恒也拿出自己的手机，同样没有信号。

叶萌萌赶紧跑到前台，借用前台的电脑，尝试登录通信软件。

但让她失望的是，就连网络也断掉了——所有的通信软件都失去了信号。

叶萌萌问：“你回来的时候，有没有遇到什么奇怪的事情？”

“没有。”叶恒想了想，“不过从研究所开车回来，一路上交通异常顺畅，就好像……”

他突然意识到不对劲的地方，立刻看向叶萌萌。

“走，我们到外面看看。”

叶萌萌带着疑惑，跟叶恒一起走出了集团的大楼。

集团大楼外的大马路，此时不见一个人甚至任何生物的影子，公共自行车整齐有序地停靠在路边，小汽车规规矩矩地停泊在路边的车位上，整条马路空荡荡的，连交通信号灯也停止了运作。

恒天集团大厦前用来播放游戏宣传片的大银屏漆黑一片。

街道安静得吓人，就像来到了一座荒无人烟的孤岛，有风吹过，树叶发出沙沙的声音，使气氛更加静谧可怕。

他们终于发现了——

这个世界里的所有人，都消失了。

没有信号。

没有网络。

也没有其他的生物……

全世界就只剩下她和叶恒两个人。

叶恒神色凝重："这是怎么回事？为什么所有人都消失了？"

叶萌萌飞快地想着对策："既然这一切都是游戏引起的……我们要不试试，看还能不能进入游戏。"

叶恒想了想，同意了："走。"

二人回到了机房，叶萌萌和叶恒重新登入游戏，又从游戏里出来，但很快失望地发现，现实世界里的情况跟刚才一模一样，完全没有任何的改变。

叶恒问："你最初进入游戏的时候，有没有发现异常的地方？"

叶萌萌边回忆之前的细节，边说道："我进入游戏之前，发现游戏数据库被病毒入侵了，我尝试删除病毒，结果却激活了病毒，游戏数据开始消失。于是我便进入了游戏，结果发现制造出病毒的人就是秦屿。但我和秦屿交谈过之后，发现他的目的只是复活之前那个叫乌拉诺斯的病毒，不是删除游戏数据。所以我猜测，是不是因为激活了最新的游戏保护机制，才……"

她脑中突然灵光一闪，想到了一个可能性。

"等等！会不会是因为激活了最新的游戏机制的原因，导致我们被困在这里。"她环顾着安静的街道，"新版本是现实世界和游戏世界互相结合，因为病毒导致了数据混乱，而生出了这么个地方。所以，这个地方，其实并不是真正的现实世界！"

这么一想，一切都能解释得通了。

叶萌萌看向叶恒：“这里很可能还是虚拟世界，我们并没有出去。”

叶恒皱眉：“那现在该怎么办？”

一句话把叶萌萌问住了。

对啊，即使知道了原因，还是没有解决的方法。

“我们要找到通往现实世界真正的‘出口’，只是，所有通道都被秦屿关闭了……”叶萌萌不确认地道，“难道要彻底消灭秦屿植入在游戏里的病毒才行？”

该如何离开这个诡异的空间，叶萌萌对此一时毫无头绪。

夕阳西下，天色渐渐暗了下来。

在这段时间，叶萌萌跟叶恒交换了两人目前所知道的信息。

但是两人绞尽脑汁，也想不出好的办法来。

叶恒提议说：“天已经很晚了，在这里不是很安全，我们要不先各自回家，等明天天亮之后再说。”

平时到了日落时刻，街上的照明灯就会自动打开，但直到这个时间点，却是一片黑，城市的光亮正在一点点消失。

“好。”叶萌萌也觉得靠近这座“恒天集团大楼”时，心中总有种很不安的感觉，便同意了叶恒的建议。

叶恒的车还能开，叶萌萌乘搭了他的顺风车，回到居住的小区。

不过，等叶恒跟着自己进入屋子，叶萌萌才察觉到不对劲。

她关门的手停在门把上，猛地转过身，睁大眼睛看向叶恒：“等等，你不是有自己的房子吗？你为什么跑到我的家里了？”

“这个地方很诡异，随时可能会遇到危险，而且就只有我们两个人，还是两个人住在一起比较安全，也方便照应。”叶恒理直气壮地说。

叶萌萌：“这……”

他说得好像有一定的道理。

但没等叶萌萌答应下来，叶恒已经走进了她家客厅，环顾了一圈：“不过，叶萌萌你这屋子也太乱了吧？你一个女孩子，怎么这么不爱整洁？”

叶萌萌呆了一下，顿时来气：“有给你住的地方就不错了，还挑毛病！爱住不住！”

话音刚落，她又猛地反应过来：“不对，我什么时候答应让你住在我家了！”

叶恒似是听不到她的抗议，转头走入了叶萌萌的房间：“你这个房间不错，今晚我就住这里了。”

“不行！这是我的房间！不要自说自话，也不要自作主张，啊啊啊！”叶萌萌抓狂。

就这样，叶萌萌被迫与叶恒过上了“同居”的日子。

“住在一起没问题，但是我有三点要求。”在抗议无效之后，叶萌萌决定跟叶恒约法三章。

叶恒挑眉：“什么要求？”

“第一，没有我的允许，不准随便进我的房间。”

“可以。”

“第二，没有我的允许，不准乱动我的东西。”

“好。”

“第三，这里是我家，不是你的公司，不准对我呼来喝去，有什么事自己动手，丰衣足食。”

叶恒想了想，也同意了。

叶萌萌恍然觉得，她好像回到了魔王当初刚来到这里的时候。

“我也有点小要求。”叶恒说。

叶萌萌一愣：“什么小要求？”

叶恒说：“我希望你能保持室内的清洁和整洁，毕竟干净会让人身心愉快。还有，如果晚餐吃牛扒的话，请做成七成熟……”

叶萌萌听得目瞪口呆。

简直把这点小要求提成了“养宠物攻略”，他是一只猫，而把她当成了铲屎官？

再看看叶恒，似乎尾巴都要翘起来了。

她想象着将跳起的青筋一根根地压了回去的情景，啪地拍了一下桌子：“叶总，你这是把我当成你的铲屎官了吗？”

“铲屎官是什么？”叶恒皱了一下眉，似是对这个很困惑。

叶萌萌愣住。

“什么叫熊孩子？”眼前叶恒的脸又似乎和魔王的模样重合了起来。

叶萌萌用力摇头，驱除这个念头。

“没什么，我今天晚上只想吃泡面，爱吃不吃！”

语气生硬地扔下这么一句，叶萌萌转身走入厨房。

叶恒微微皱眉。

“你真的和魔王没有关系吗？”在叶恒听不见的地方，叶萌萌小声地喃喃自语。

叶萌萌草率地决定了晚餐。

事实上，她这段时间都忙着新版本上线的事情，已经很久没去超市，冰箱里已经没有存货了。

叶萌萌做了两碗泡面，叶恒出乎意料地没有任何的抗议，只安静地吃着。

吃到一半，叶恒突然问："叶萌萌，你还没告诉我，病毒乌拉诺斯到底是怎么一回事，还有几个月前，科研部大楼的爆炸事件……"

"这个，等事情结束之后，再说吧。"叶萌萌含糊地说，将碗底的面汤一饮而尽，然后站了起来，"我吃饱了，你请随便。"

叶恒跟着站了起来，看着她的背影："事到如今了，你为什么还不肯告诉我真相？"

叶萌萌没有停下脚步，将碗筷扔进洗碗机后，便回到自己的房间。

为什么不想告诉他？

因为那是她不想回忆的过去啊。

叶萌萌关上门，靠在门上，闭上眼睛，自欺欺人地想。

一夜无梦。

第二天，叶恒并没有继续提起昨天那个敏感的话题。

叶萌萌也假装什么也没发生，继续跟他商量对策。

"注意和神王乌拉诺斯有关的东西，他很可能是病毒的源头。一看见他的实体出现，立刻用技能攻击他就对了。"叶萌萌这样告诉叶恒。

出乎意料地，叶恒再也没有追问科研部大楼爆炸的事情。

两人回到恒天集团的大楼，再次进入了"游戏"。

游戏世界崩坏程度十分严重，他们上线之后，才发现游戏的技能已经使用不了了，就连绑定的装备也无法使用。

更让他们失望的是，这一天他们在游戏里什么也没发现。

快到傍晚的时候，他们离开了游戏，等明天天亮之后再继续进游戏调查。毕竟天黑后，游戏世界里并不安全。

接连几天，叶萌萌都有进游戏调查，但是都一无所获。

她开始猜测，病毒是不是藏在“现实世界”里。和叶恒商量后，他们决定分头行事。

接下来的一天，叶恒留在现实世界里调查，而叶萌萌则到游戏世界继续寻找线索。

日落时分，当叶萌萌疲倦地离开游戏，回到家中时，却发现客厅和房间的地上全都是海报的碎片，还躺着电视机和笔记本的残骸！

看着如临大敌地观察着那些碎片的叶恒，叶萌萌目瞪口呆：“叶恒！你在做什么？”

“你不是说要注意和神王乌拉诺斯相关的事情？”叶恒看到是叶萌萌回来了，脸上的表情终于放松下来，“这些海报，是我从你的信箱里找到的。”

叶萌萌极力忍耐着：“海报就算了，那电视和笔记本电脑呢？”

叶恒理直气壮地说：“电视和笔记本电脑，我一打开就看到乌拉诺斯的脸。为了保险起见，还是把它们砸了为好。”

叶萌萌：“……”

这个叶恒，破坏力怎么堪比以前的魔王！

她突然觉得，从某些方面看来，这两人其实还是挺像的。

不过，幸好这个现实世界并不是真实的世界，破坏的也不是她真正家里的东西。

叶萌萌拼命在心里默念：没生气，没生气，没生气……

又到了新的一天，叶萌萌实在不敢再把叶恒一个人留在现实世界了，于是带着他一同进入游戏。

上次离开的地点，是佧汶大陆的光明神殿。光明神殿顶上的黑洞并没有消散，似乎比昨天看到的还要大。

叶恒问："那个黑洞，是病毒的源头吗？"

叶萌萌摇了摇头："那不是病毒，而是游戏世界被病毒侵蚀而造成缺口。"她可是亲眼看见秦屿使用病毒将天空打开了一个大的缺口。

叶萌萌想了想，提示道："我们进神殿看看，说不定能找到什么线索。"

"好。"

叶萌萌和叶恒一同进入神殿。游戏世界已经崩坏得不成样子，已经维持不了 NPC 的正常运行，因此他们并没有在里面遇到任何的 NPC 或是小怪。

两人一路搜索，进入到神殿的内廷。

但这时候，不知道踩到了什么，叶萌萌脚下的地板突然凹陷下去！

"啊——"

叶萌萌一脚踩空，整个人掉了下去

"叶萌萌！"头顶响起叶恒惊慌的叫声。

叶萌萌下意识地闭上眼，却没有着地的疼痛。

黑暗中，似乎有人将她接住了。她睁开眼，看向抱着她的人。

只是一眼，她就愣住了。

巨大的黑色翅膀遮蔽了叶萌萌眼前的天空，那人抱着她，重新回到地面，朝她露出了温柔的笑容。

只听他说：“小萌，我回来了。”

叶萌萌拼命克制着自己，但下一刻，还是泪流满脸。

她颤抖着伸出手触向他的脸：“真的是你吗？你真的回来了吗？我是不是在做梦？”

救了她的人是魔王！

魔王真的回来了吗？

魔王笑着说：“这不是做梦，的确是我，我回来了，小萌。”

“叶萌萌，你没事吧？他是——”

叶恒看到叶萌萌平安回到地面上，还没来得及松一口气，便看到这个突然出现的人，心中顿时升起不祥的预感。

他赶紧走上前去，当看到这个和他长得极为相似的人时，危机感汹涌而来。

他警戒地盯着魔王：“你是什么人？叶萌萌，你快过来，不要离他太近！”

此时的叶萌萌满心都是魔王，对叶恒的话置若罔闻。

“走，我们别理他。”叶萌萌喜极而泣，直接忽略了叶恒，拉着魔王离开了光明神殿。

叶恒赶紧追了上去：“喂，叶萌萌，你等等！”

他刚迈出脚步，便看见魔王趁着叶萌萌没有注意的时候，回头朝他轻蔑一笑。

这不屑的神情点燃了他心中的怒火，一种情绪迅速将他整个人占据。

这种情绪，名为——

嫉妒。

没错，他在嫉妒。

他终于知道，一直以来反复折磨他的对叶萌萌产生的那种情绪是什么了。

原来，他喜欢叶萌萌。

因为魔王突然出现，原本的二人行便变成了诡异的三人行，原本诡异的二人“同居”，也变成了诡异的三人“同居”。

叶萌萌猜测，既然这里是虚拟世界，那么魔王也可以跟着他们一起前往那个虚拟的现实世界。

就这样，魔王也跟着他们来到了这个没有人的现实世界。

拉着魔王进入家门，叶萌萌看着他，眉眼带笑地问：“你想吃什么？泡面好不好？”

魔王温柔地回答：“吃泡面不健康，还是做点有营养的食物吧。”

叶萌萌愣了一下，然后笑道：“好。”

叶萌萌将他安置在客厅，便走入了厨房。

叶恒竭力压制着心中的怒火，跟着她走进去。

他在叶萌萌身后质问道：“他就是你一直不肯告诉我，科研部大楼爆炸的原因吗？”

叶萌萌动作僵了一下，却没有回头：“这跟你没有关系。”说完，便从冰箱里拿出食材开始处理。

“你！”

叶恒固执地站在叶萌萌身后许久，但她始终没有透露出半句话。

他从叶萌萌口中得不到任何的信息，只能回到客厅，逼问那个不速之客：“你老实说，接近我和叶萌萌到底有什么目的？”

魔王转头看向他，挑眉：“我听不懂你说的话，我是为了小萌才来到这里的。”

“少装了，别以为我不知道——”

那一边，叶萌萌已经将煮好的饭菜端到了餐桌上。

她出声打断了他们：“好了，你们两个都别吵了，快来吃饭！”

魔王勾了勾唇，站了起来，朝叶萌萌走去。

叶恒眸色微沉，还是起身跟了上去。

一顿饭吃得格外剑拔弩张。

吃完饭，魔王主动提出：“小萌，我来帮你洗碗吧。”

叶恒重重将筷子放下：“来者是客，怎么能让客人洗碗，我来洗就可以了。”

叶萌萌惊讶地看向两人。

但没等他们说话，叶恒便已将桌上的碗筷收拾到一起，默不作声地将它们端进厨房。

没想到，魔王也跟着他走了进来。

“你在嫉妒吗？”

听到忽然传入耳中的声音，叶恒猛地回头，目光凌厉地看向魔王：“你说什么？”

“嫉妒我和小萌之间的关系。”魔王轻笑了一声，言语间充满了对叶恒的不屑，“你觉得，她会相信我，还是相信你？”

“什么意——”

叶恒心里涌起一股不好的预感，他下意识地后退了一步，却在下一刻，他突然发现自己的身体动弹不得了。

他做了什么？

叶恒心中震惊，却只能眼睁睁地看着一只被他放进洗碗机的饭碗飘浮起来，然后狠狠地摔落到魔王面前。

啪！

清脆的响声，饭碗碎成几片，而魔王的手被划出了一道伤口，血沁了出来。

碗摔在地上的声音也引来了叶萌萌。

她冲进厨房，眼前的一幕让她睁大了眼睛：“你怎么受伤了？”

“我没事。”魔王用意味不明的目光看了叶恒一眼，赶紧说，“不要怪他，是我想帮忙……他不是故意把碗摔在我面前的。”

“都流血了，还说没事！”叶萌萌跑过来握住了他的手，心疼地说。

似是想到什么，她又转头不耐烦地对叶恒说：“你怎么笨手笨脚的，连洗碗机都不会用？还是把碗放下吧，一会儿我再来处理！”

斥责完叶恒，她拉着魔王走出厨房。

魔王离开的时候，回头朝叶恒扔去了一个挑衅的眼神。

叶恒看着叶萌萌拉着魔王离开的背影，只觉得一颗心沉入到谷底。

他心里有一个声音告诉他：不，不应该是这样的。

可是他却不知道应该以什么立场去阻止。

客厅里，叶萌萌给魔王处理手上的伤口。

魔王开口："我刚刚听那个男人说，你们在找乌拉诺斯？"

叶萌萌怔了一下："怎么了？"

魔王微笑："或许，我可以帮上忙。"

"那实在太好了。"叶萌萌高兴地说。

就这样，翌日进入游戏调查的，变成了三个人。

不过，他们并没有在光明神殿发现任何病毒的踪迹，便离开了这个地方，朝下一个地点进发。

一路上，都是叶萌萌拉着魔王在说话，而叶恒默不作声地跟在他们身后，不时用警戒的眼神打量魔王。

不过，魔王并没有任何异常的举动。

游戏世界里依然存在日夜更替。

夜渐渐深了，叶恒提出要下线，但叶萌萌却拒绝了。

叶恒气结："叶萌萌，你——"

叶萌萌说："怎么了？现在游戏世界和现实世界都是虚拟的，在哪里过夜不是一样吗？今晚就在游戏世界里过夜吧。"

魔王笑了笑，对叶萌萌说："你也饿了吧，我去给你找些吃的。"

叶萌萌高兴地点了点头："好呀，麻烦你了。"

魔王起身走开了。

叶萌萌才将注意力放到叶恒的身上："叶恒，你这是怎么了，从刚才开始，你就变得很奇怪。"

“奇怪的人是你吧！”叶恒反驳道，“从那个来路不明的家伙出现开始，你就变得非常奇怪。”

叶萌萌有些不舒服地说：“魔王才不是来路不明的家伙，他是——”

“叶萌萌，你听我说一句。”叶恒压低了声音，“我觉得，那个魔王不是什么好人。”

“不会的，他是绝对不会伤害我的。”叶萌萌用非常肯定的语气说。

“你——”

叶恒坚持：“那只是你的错觉，我觉得他接近我们，是不怀好意……”

叶萌萌打断道：“叶恒，那是你多心了。”

“叶萌萌！”

叶萌萌没有再理会他，直接转身离开。

说不通叶萌萌，叶恒既无奈又生气，他只能寸步不离地跟着叶萌萌，并紧盯着魔王的一举一动。

三人在附近找了一个山洞，生起篝火，在这里临时安置下来。

叶萌萌吃了魔王找回来的食物后便睡下了，而叶恒拒绝接受这个可疑的家伙的食物，板着脸走出了山洞。

夜色浓重，叶恒对着黑夜吐出了一口郁气。

那个来路不明的家伙，竟敢……

可是，叶萌萌为什么要对他另眼相看，不过是一堆数据。

叶恒不想看见叶萌萌和魔王亲密时候的样子，原本想就这样下线，但他心里始终有一种不安的情绪在作乱。

犹豫了片刻，他还是转身回到山洞。

但谁知，他刚走入山洞，就看到了这样的一幕——

魔王手中握着一根由黑光幻变而成的尖刺，他正用锐利的那一端，朝背对着他熟睡的叶萌萌刺去。

叶恒立刻变了脸色：“住手！”他快步冲上前，“你想干什么？”

叶萌萌被吵醒过来，她翻转身，揉着眼睛坐了起来：“发生了什么事？”

魔王一惊，迅速合拢手心，黑刺瞬间从他手中消失。

叶恒着急地说：“他刚刚想——”

魔王打断了他：“没事，我怕你着凉，所以想给你盖一件衣服。”

叶萌萌微微红了脸：“原来是这样，你真好。”

魔王道：“已经很晚了，快睡吧。”

叶萌萌点点头，重新睡下。

“叶萌萌！”叶恒这下真是恨铁不成钢，他刚想冲上前将叶萌萌摇醒，却被魔王拦了下来。

叶恒警惕地说：“你要做什么？”

魔王说：“我有话要跟你说。”

叶恒带着戒备，跟着魔王走出了山洞，看着魔王的背影，他心中的不安越发强烈：“你要说什么，我是不会让你伤害叶萌萌的。”

“是吗？”魔王看着他在悬崖边上停了下来，似笑非笑地说，“你发现了我的秘密，你说我想做什么？”

“你——”

叶恒察觉到危险，他下意识后退了一步，但还是迟了。

砰！

一声剧烈的爆炸声后，叶恒脚下的土地突然剧烈地四分五裂，他伴随着巨石一同坠下深渊。

“再见。”魔王朝落入深渊的叶恒露出一个恶劣的笑容，转身扬长而去。

叶恒急速坠下深渊。

风如利刃一样刮在叶恒身上，那股爆炸，让叶恒受了很重的伤。

叶恒只觉得五脏六腑都在疼痛，碎石不时砸到他身上，在他身上刮出了血口子。

他大意了！

这下大事不妙，他中了魔王的算计，叶萌萌落了单，恐怕是凶多吉少。

他已经自身难保，可是他还是不想看见叶萌萌受伤。

如果……如果能有力量……

绝境之中，叶恒的身上突然爆发出一股强大的力量。

他浑身被黑色的光芒包裹起来，落在他四周的碎石瞬间化为齑粉，一双巨大的黑色翅膀在他身后展开，使下坠停止了下来。

那些黑色光芒，像是治疗法术一样，让他身上的伤口迅速愈合。

明明在好转，他的脑袋却像爆炸一样，剧烈地疼痛起来。随着疼痛的开始，无数的记忆蜂拥而来。

在无数记忆的画面中，他找到了一些，他一直想要的信息。

记忆融合，停在半空中的叶恒猛然睁开眼睛，那双眼里，有着深邃得令人难以读懂的神色。

他想起来了，他全都想起来了！

“原来是这样……”

叶萌萌再次被巨大的爆炸声惊醒，她原本想询问发生了什么事，一回头，却发现魔王和叶恒都不见了踪影。

她疑惑地道：“奇怪，人呢？”

“小萌！”

魔王捂着手臂，带着一脸痛色回到山洞，似乎是手受了伤。

“你这是怎么了？”叶萌萌大吃一惊。

魔王忍着痛楚说：“小萌，我们快离开这里。那个叶恒是假的！他并不是真正的人类，他是由病毒伪装而成的模拟人。”

叶萌萌瞪圆了眼：“你说什么？”

魔王说：“我发现了他的秘密，跟他发生了剧烈的打斗，好不容易才将他困住，快跟我走。我们都不是他的对手。”

叶萌萌叫住了他：“等等，你有没有可以防御的武器，我现在无法使用我的装备，那万一又遇到了他，我也可以保护你。”

魔王犹豫了一下，腾空变出了一把剑，对叶萌萌说：“这把剑给你，遇到危险的时候，你保护好自己就够了，不用管我。”

“谢谢你。”叶萌萌脸微微红了。

“我们走吧。”魔王说着，便拉着叶萌萌离开了山洞。

飞奔在离开光明神殿范围的路上，叶萌萌疑惑地问：“我们现在要去哪里？”

魔王说：“你不是在找游戏里的病毒吗？我发现有一些病毒在作汶大陆的新手村的村支书家，我带你去。”

“好。”

叶萌萌对他的话深信不疑，跟着魔王一同前往新手村。

让魔王意外的是，叶恒很快追了上来。

“叶萌萌！”

听到叶恒的声音，魔王脸色一沉。

他迅速反应过来，上前一步将叶萌萌护在身后，转眼间换上着急的神色：“小萌，你快跑，我的伤还没好，只能拖他一阵子。”

叶萌萌却摇头：“说什么傻话，我怎么能丢下你一个人离开！而且你还受了伤，我会保护你的！”

她说着，举起了魔王给她的剑。

魔王收回目光，嘴角在她看不见的地方露出了诡异的弧度：“好，我们一起对付……”

下一刻，魔王猛地瞪大眼睛。

“你……为什么？”他回过头，看向已经把自己身体穿透的剑，满脸的难以置信，“这剑……”

叶萌萌松开了手，踉跄地后退了几步。她冷笑出声：“没想到吧？我早发现你的不对劲了，因为，他从来都不会叫我小萌，他是游戏里的角色，更不可能知道‘新手村’！”

叶萌萌继续冷静地说：“你就是病毒，你给我的剑，也是病毒，我趁着你不注意的时候，分析了那把剑的代码，发现和乌拉诺斯的病毒代码相差无几。于是我将计就计，把病毒的代码修改成反病毒的代码。被自己的分身消灭的滋味如何？”

“魔王”张了张嘴，似乎想说什么，但时间并不允许。转眼间，他已经化作了一堆数据，向四周飞散，最终化作了虚无。

原本满脸着急的叶恒也停下了脚步，惊诧地看着叶萌萌的举动。

叶萌萌手中的剑也随着“魔王”的消失而消失了，她无力地跌坐在地上，泪水流了下来。难过的情绪排山倒海汹涌而来，她终于压抑不住自己的情绪，放声大哭。

“即使知道你是假的，我还是忍不住靠近你，想和你多待一会儿，跟你多说些话。可能，这就是奢望吧。”

叶恒的心也跟随着她揪痛起来，他快步走上前，蹲下身，将她拥抱入怀。

“别哭了，你哭起来的模样果然还是一如既往的蠢。”他贴近她的耳边，压低声音道，“蠢女人，我回来了。”

叶萌萌浑身一僵。

这个熟悉的称呼，只有她和魔王知道的称呼……

她震惊地看向他：“你说什么？”

叶恒说：“我想起来了，我们那些过往，还有我消失的原因。”他深深地吸了一口气，“我就是恒。”

叶萌萌依然没能从震惊中回过神来：“不，这怎么可能，你怎么可能会是——”

叶恒打断她说：“你听我解释，在我恢复记忆的那一刻，我突然明白了，你为什么一直不肯告诉之前的我，科研部大楼的事情。是因为，神王和魔王来到了现实对吗？”

说出这句话时，叶萌萌便已经知道，他说的一切，都是真的。

“你真的是——”叶萌萌的眼泪又不受控制地落了下来。

“别哭了，你又不是不知道，你哭起来的样子真的很蠢。”融合了魔王的记忆，叶恒总忍不住毒舌。

叶萌萌脸色一僵：“你在说什么！”

她有些生气地轻捶了他一下，却又忍不住，下一刻抱住了他。

“你不会再离开了吧？”她小声地道。

“嗯，不会再离开了。”叶恒轻声回应，“所以别哭了，小傻瓜。”

“那你为什么会失忆？你怎么会是恒，不对——”

叶萌萌擦了擦眼泪，有些语无伦次。

叶恒缓缓说出了真相：“你还记得，在进入游戏之前，李士杰打电话给我，告诉我，你进入了游戏吗？”

叶萌萌点了点头。

叶恒继续说：“当时我正在S市技术研究所。在半年前，我在试用游戏设备的时候，遭到暗算，陷入了昏迷。经过检查，技术研究所的研究人员告诉我，当初我使用的设备，被人做了手脚。”

“什么？”叶萌萌吃惊。

“那个人在游戏设备里安装了一个软件，那个软件可以控制人的意识。他们试图利用技术控制我的意识，但是技术并不成熟，导致我陷入了昏迷。经过一段时间的治疗，我始终没有醒过来。为了唤醒我，我的家人决定采用还在试验阶段的一种新型的治疗方式。”

叶萌萌问：“什么方式？”虽然这么问，但她已经猜到了一些事实。

“就是使用类似全息游戏养生舱的治疗终端，刺激我的脑电波，通过这个方法刺激我苏醒。这个治疗终端，是由恒天集团科研部研发的，与恒天集团主脑相连，没想到就这样，我的意识也进入了游戏，导致我附在了魔王的身上。附身魔王的时候，我完全没有记忆，以为自己是一个游戏人物，那时候，我遇到了你。”他停顿了下，又接着说道，“魔王消失之后，我终于醒来了，却把魔王的记忆忘光了……”

叶萌萌从震惊中渐渐回过神：“原来是这样……”

叶恒说到这里，不由自主地握紧了拳头：“我很后悔，一直也没有想起你来。如果我早一点恢复记忆，就不会让你这么难过了。”

叶萌萌摇摇头：“不，你能恢复记忆，我就已经很高兴了。”

因为，恒终于回来了啊。

叶恒突然伸手捧起她的脸，认真地一字一顿地说：“所以，叶萌萌，你愿意跟我在一起，直到天荒地老，直到宇宙毁灭吗？”

叶萌萌愣住了，仿佛有一朵烟火在脑海里炸开，红晕迅速从泛红的耳根子爬到了脸颊：“等等！你、你怎么突然跟我说这样的话！就算是恒，我也……”

就在这时，地面剧烈地摇动起来。

“啊！”

二人齐齐摔倒在地上。

叶萌萌惊恐出声：“不好了！这个虚拟世界开始崩坏了。都怪你这张乌鸦嘴！”

这个由病毒撑起的虚拟世界，因为失去了支撑，正在一点点崩坏。

“现在该怎么办？”

叶萌萌急得像热锅上的蚂蚁，过了好一会儿，她才想起，李士杰给她开启的特殊通道。

“对了！进出游戏的通道……”

她喃喃念着，在叶恒不解的目光下，迅速调出了游戏通道的数据，果然惊喜地发现，被秦屿关闭的通道已经打开了。

“太好了，游戏的出入通道已经打开了！”

但还没高兴太久，她心中的喜悦便被着急的心情覆盖了。打开游戏通道需要时间，虚拟世界已经崩坏得不成样子，谁也不知道等虚拟世界消失后会发生什么。

说不定，他们也会随着虚拟世界消失。

不，她不想再失去恒了！

叶恒仿佛看出了她的着急，赶紧安慰道：“不要着急，我们都会没事的。萌萌，排除一切杂念，不要想其他。”

叶萌萌朝他点了点头，将全部的心思集中在开启通道上。

但是虚拟世界崩溃的速度非常快，转眼间，黑洞蔓延到他们的脚边。

“怎么办，这个通道只来得及一个人出去！”叶萌萌急得满头大汗。

她只来得及打开让一个人进出的通道！

“恒，你先出去！我留在这里再想办法——”

话未说完，叶萌萌只觉得背后有人推了她一把，她整个人跌入了离开游戏的通道里。

“再见了，萌萌！”耳边传来叶恒的声音。慌乱间，她回过头，看见离她越来越远的叶恒正朝她微笑，一如以前与乌拉诺斯同归于尽的魔王。

四周的景象都已经被黑色的漩涡吞噬，包括叶恒。

“不！”

叶萌萌惊醒过来，喘着粗气。

思绪回笼，她才发现，入目的是游戏养生舱的内部。

“叶萌萌，太好了！游戏的数据恢复正常了。”

李士杰惊喜的声音从游戏养生舱外传来。

这个声音，也让她迅速判断出此时身处的状态。

她回来了！

叶萌萌又想起叶恒，赶紧打开游戏养生舱，头也不回地冲出了机房。

李士杰被她的举动吓着了，在身后叫喊：“哎，叶萌萌，你去哪里？”

叶萌萌心急如焚，她一口气跑出了恒天集团的大楼，可这时人行道的绿灯已经转成了红灯。

她只得停了下来，气喘吁吁地等待下一个绿灯。

一抬头，她看见在马路的对面，同样有一个人朝着她这边奔跑而来。

叶萌萌怔然。

他也在马路边上停了下来。

幸好，他没事。她制定的游戏保护策略生效了，游戏崩溃后，虚拟世界消失了，他自动出来了！

隔着马路，两人相视而笑。

这一眼，便是永恒。

尾声

内鬼植入在数据库的病毒被消灭了，《王者天下》游戏崩坏事件终于完美解决。

回到现实世界，叶恒第一时间以恒天集团的名义报了警。

秦屿被找到的时候，是处于昏迷不醒的状态。

叶萌萌猜测，这大概是他在游戏世界里被她袭击了的缘故，导致他的大脑受损，陷入了昏迷。

秦屿醒来之后，叶恒和叶萌萌终于从他口中得知，背叛恒天集团的真相。

原来恒天集团大厦还未建成的时候，秦屿的父亲曾经是修建恒天集团大厦的包工头，却因为得罪了恒天集团的领导，被开除了。秦屿的父亲在讨要公道的时候，遭遇车祸去世了。

秦屿的妈妈因此郁郁寡欢，没多久，也跟着去世了。

后来，东方集团的负责人找到了他，告诉了他真相，并一直资助他上学。

秦屿因此对恒天集团充满了仇恨，他表面上是恒天集团的员工，实际上却是东方集团的卧底。

半年前，叶恒遭遇的那场意外，就是他在游戏设备里做了手脚。他还制造出乌拉诺斯这个病毒，目的是为了帮助东方集团摧毁《王者天下》这个游戏。

可是叶恒调查出来的真相，却是另一个版本。

秦屿的父亲，根本不是因为得罪领导而被开除的。而是他收了东方集团的好处，在恒天集团大厦的建筑骨架上做手脚，却没想到被发现，因此才被开除的。

真相便是，东方集团利用了秦屿。

听叶恒说出了真相，秦屿沉默了。

当天下午，他便向警方自首，完完整整地交代了所有的事实。

这个结局，令人唏嘘。

“学长这么做，真的值得吗？”在离开医院的路上，叶萌萌忍不住感叹，“他明明有着大好的前途，为什么要这样做呢？”

叶恒说：“不必为他感到不值得，每个人都有自己的选择，我相信，他也已经醒悟过来了。”

“说得也是，不过我希望学长以后不要再做出错误的选择了。”叶萌萌叹气。

“那你的选择呢，萌萌？”叶恒突然问。

叶萌萌有些疑惑地回过头：“啊？”

叶恒将握成拳的手抵到嘴边，轻咳了一声："就是……我之前在游戏里说的事情，你考虑得怎样？"

叶萌萌愣了一下，很快明白过来，他说的是什么。

"这个嘛……这就要看你的表现了！"

她狡黠一笑。信号灯已经变成绿灯，她加快了脚步，朝着马路对面走去，嘴角却忍不住上翘。

"等等我！"

她前方的路，已不再艰难。

只因阳光正好，而你走在我身旁。

番外

滑雪场度假记事

商业间谍的事情总算告一段落，难得有一周的年假，叶萌萌便接受了孙梦楠提出的邀约，前往邻近 B 市的北湖滑雪场度假。

北湖滑雪场离 S 市不算远，坐落在一处雪山上，是非常有名的一处度假胜地。叶萌萌却是第一次来。

她的母亲在她很小的时候便去世了，而小时候父亲一直忙于工作，她很少有机会出来玩。

即使和朋友一起出去度假，也大多会选择异地自助游，或者去游乐场等活动，说起来，滑雪也算她期盼已久的梦想吧。

定好了酒店和门票后，叶萌萌将相关的信息发给了孙梦楠。

“丁零零……”

闹钟响个不停，一只手从被窝里伸了出来，粗暴地将闹钟按掉。

过了一会儿，突然有门铃声响起。

她翻了个身，用被子蒙住头，接着睡了过去。

可是门铃声依然响个不停，甚至连房间里的智能小管家也吵嚷起来："主人，快起床！主人，快起床！"

"什么呀？到底是哪个浑蛋……"

叶萌萌怀着一身的起床气艰难地从床上爬了起来，在听到第二道门铃声之际，叶萌萌忽然意识到，堂姐叶泠泠早就搬出去了，而老爸一直在出差，家里只有她一个人。

于是，她也只能揉揉眼睛，妥协地挣扎着出了温暖的被窝，一步一步拖着沉重的身体去开了门。

打开门，只见门口孙梦楠穿着一件白色绒毛外套，戴着白色的耳罩，包裹得像个雪人似的，正微笑着看着叶萌萌。

"梦楠，唔……这么早？"叶萌萌一脸迷茫，显然脑子还处于不清楚的状况之中，在看清孙梦楠身上的穿着时，不由得吓了一跳，"梦楠，你怎么把自己包成雪人似的？"

"今天……不是要去滑雪场吗？不是今天吗？难道我记错了？"看到叶萌萌一脸疑惑，孙梦楠也蒙住了。

她瞪大了眼睛看着叶萌萌，手里还拎着大包小包的东西，生怕自己太激动记错了时间。

沉默地看了孙梦楠许久，叶萌萌的脑子才渐渐清醒了过来。

糟了！她差点忘记了，今天还约了梦楠一起去滑雪场！

怎么就这样睡过去……

叶萌萌赧然回想起来，昨天她刚上线，就遇到了叶恒。自从叶恒知道，魔王曾经是他的意识载体后，竟然滥用职权，直接将魔王当成是自己的游戏角色。

叶萌萌还是在刷副本的时候，才发现这件事情的。她气得和叶恒 PK 了一整夜，等到下线的时候，已经过了深夜十二点了。

昨天睡得晚，所以今天醒得才这么晚……

叶萌萌佯作糊涂：“啊，好像是的哦，不过你也太早了吧……”

“会太早吗？我们早一点过去，不是可以玩得更久一点。”孙梦楠有些兴奋地说。

“你说得有道理，你进来坐坐，茶几上有零食，我先去洗漱。”叶萌萌点了点头，让孙梦楠进了屋。

叶萌萌飞快地换好衣服，洗漱完毕。幸好她昨天有先见之明，将行李都打包好了。

整理完毕后，她招呼孙梦楠出门。

两个小时后，她们从旅游大巴上下来了。

两人到达滑雪场的酒店时，已经中午了。刚下车，却见酒店门口站着一个穿着一身黑色休闲装的人——叶恒。

他长相出众，光是站在那里，便吸引了一大堆人的注意力。

叶萌萌一见到叶恒，不由得愣住了，满脸的笑意也瞬间僵住了。

“你……怎么也来了？”她连忙跑了过去，小声地问。

她有些尴尬。

自从商业间谍的事情了结后，尽管她和叶恒都处于心意相通的地步，但是，他们一直没有挑破最后的那一层薄纸。

这是因为，叶恒过去的表现实在太糟糕了，每当想起他那张像是欠了他八百万的脸，她就忍不住来气。所以，她实在不想这么快答应他。

但叶恒穷追不舍，从公司到公寓，从公寓到游戏，再从游戏到这里……

叶萌萌在心里叹了一口气。

叶恒微微勾唇，理所当然地说："听说你要来滑雪，我就过来了。"

"哈？什么……你怎么知道我要来滑雪的？"叶萌萌猛地反应过来，惊呼出声。

似是想到了什么，她蓦地转头看向孙梦楠。

"啊……哈哈……其实嘛……这……"孙梦楠冷汗直冒，"我、我不是故意告诉叶总的，就是……就是我昨天太兴奋了，在茶水间里跟老妈打电话的时候，提到今天要和你去滑雪，没、没想到就被叶总……"她小心翼翼地看了叶恒一眼，声音渐渐弱了下去。

叶萌萌沉默了。

她千叮万嘱孙梦楠要保密，结果还是被叶恒知道了。

这真是……

"萌萌，你看见我很不高兴吗？"叶恒走近她，执起她的手，低声问。

"谁、谁不高兴了！"叶萌萌甩开他的手，红着脸将头扭向另一边，"我只是在想，一会儿滑雪的事情。"

"好啦，萌萌，不要想那么多，既然来这里就应该好好玩，不要为其他的事情伤脑筋。"叶恒勾了勾唇，将手放在了叶萌萌头上，边笑边说着。

"不要摸我的头！"叶萌萌口是心非地避开了他的手。叶恒只笑而不语，跟着叶萌萌和孙梦楠一起进入了酒店。

一行人来到了电梯前。

叶萌萌正窘迫的时候，电梯已经到了楼层。叶萌萌看着叶恒率先走了出去，望着他的背影，她抬起手摸了摸自己的头发。刚才的感觉，很奇特，好像心稍微跳得快了一些似的，和堂姐以及爸爸的手，都不太一样啊……

到了酒店，叶萌萌和孙梦楠都很累了，两人商量了下，决定先吃了午饭，休息一下再去滑雪。

于是二人加上死皮赖脸跟着她们的叶恒在酒店的餐厅随意地吃了午饭。

吃完饭后，叶萌萌便急匆匆地回到房间换了滑雪服，和孙梦楠一起，你看看我，我看看你，互相大笑起来。

穿上滑雪服以后，两人像一只圆滚滚的大粽子似的，尤其是怕冷的孙梦楠，穿得比叶萌萌更多一些。

准备妥当后，叶萌萌三人在智能 AR 的引领下，来到了酒店后山的滑雪场。

走进北湖滑雪场，一片茫茫的白色呈现在眼前。今天天气晴朗，太阳斜照在雪场上，白色的积雪上泛着淡金色的光芒。这里没有高楼，没有城市里的繁忙和压力，只有美丽的雪景。

“啊！美丽的大雪山，我来了——”叶萌萌朝着空旷的雪地喊了一句。S 市靠近南方，冬天也很少下雪。叶萌萌像是第一次见到下雪的小孩子一般，活泼地高呼着，兴奋得又蹦又跳。

“萌萌，你很喜欢雪吗？”叶恒看着叶萌萌的样子，不由得也笑了起来。

一旁的孙梦楠说道：“萌萌一直都很想学滑雪，不过一直没有空去学。正好去年，这里新建了一个滑雪场。”

“对啊，要不是梦楠跟我提起，我也不知道这里新开了一个滑雪场！”叶萌萌兴奋地说。

叶萌萌拖着雪橇走向了雪地。

落在后面的孙梦楠鬼鬼祟祟地朝叶萌萌的方向看了一眼，才小心翼翼地对叶恒说：“叶总，我尽力了，我只能帮到您这里了，剩下的，您要自己把握了。”停顿了一下，她赶紧补充，“不要扣我工资！”

叶恒看她一眼，淡淡道：“做得不错，回去给你加工资。”

孙梦楠怔了一下，顿时喜出望外：“谢谢叶总！”

叶萌萌走出一段距离，见身后的人没有反应，不由得回过头朝他们招呼道：“喂！你们还愣着做什么，还不快过来？”

“马上来。”叶恒应了一声，走上前去。

孙梦楠也赶紧跟了上前。

叶萌萌像只小兔子一般，欢乐地蹦蹦跳跳的，非常开心的样子，全然不在乎手中拖着的雪橇如此沉重。

走到场地的边缘，叶萌萌在孙梦楠的帮助下穿上雪橇。她踩着雪橇笨重地在雪地上行走着，看着众人轻快的样子，不禁眼中满是羡慕。一直以来，她都以自己天赋异禀般的运动神经而自豪，但没想到滑雪看起来容易，真正玩起来却如此困难。

叶恒看到叶萌萌羡慕的眼神，于是掉转方向向她滑来。

“不如，让我教你，就当是将功补过，怎么样？”他优雅地滑到了叶萌萌身边，满脸笑意。

叶萌萌本想拒绝，但转念一想，又答应下来："好吧，让你有个机会将功补过！"她扬起了笑脸，叶恒恍然有些失神，叶萌萌的笑容，灿烂如太阳。

"来，我教你。首先呢，你要检查好装备是不是已经上好安全扣。我简单给你说一遍滑雪的窍门……"

教学的时候，叶恒的眉眼柔和了下来，语气温和，仿若三月春风，温柔得连冰雪都能消融。

"哎，等等！如果你要跟我说滑雪的理论知识，那就不用了，昨天晚上我花了一整晚的时间，搜了许多的资料，已经把那些要点背下来了，现在都能倒背如流。"

叶萌萌打断了他。

叶恒挑眉："这样啊，那叶萌萌同学，不如让我先检查一下你对滑雪的了解，怎么样？"

叶萌萌满脸自信地应道："当然没问题！不过理论知识那么多，要从哪里开始？"

叶恒想了一下："唔，那就先说说滑雪时站立的注意事项吧。"

叶萌萌说："好，滑雪站立的时候，一定要记得不要为了舒服而让脚在靴子里晃悠，那样可能会扭伤脚。穿雪靴在雪地行走时步子适中，脚后跟先着地。在穿滑雪板之前，先把两块雪板放在平地……"

听她噼里啪啦地背了许久，叶恒终于开口制止了她："好了好了，这样就可以了。我们还是赶紧到下一个步骤吧，不然等你背完呢，都要天黑了。"

“好。”

叶恒握着叶萌萌的手，耐心地教导她一步一步地开始，不断纠正她错误的姿势。叶萌萌倒也聪明，而且她的运动神经的确好。

很快，她便能顺畅地在雪地上滑动，并且做一些简单的滑雪动作了。

“哇哦，原来滑雪的感觉这么爽！”叶萌萌欣喜地呼喊出声。

“对啊对啊，滑雪真是很好玩！”

孙梦楠忽地滑到了叶萌萌旁边，兴奋地对她说：“萌萌，我们一起去那边吧。”

“好！”叶萌萌转动雪橇的棍子，转了个方向。

孙梦楠一直跟在叶萌萌的身侧。

叶萌萌去左边，她就跟去左边；叶萌萌往右边，她也跟去右边。

叶恒感觉自己被打扰了，不由得皱了皱眉。过了许久，他终于忍不住，回过头指了指山顶的位置问道：“孙梦楠，我看你滑得挺不错的，你就不想去上面的雪道玩玩？”

孙梦楠却像是听不懂叶恒说的话一样：“当然很不错，滑雪是我唯一擅长的运动了，我在学校还得过全国大学生滑雪比赛二等奖呢！”

“那你一个高手，怎么不去挑战有难度的事情？”叶恒有些不满。

孙梦楠抬头看了眼山顶，心不在焉地说：“我就不去啦，在这里滑着也不错，这里比较空旷。”

叶恒趁着叶萌萌看向别处的时候，轻咳了一声：“我看，加工资那事情……”

孙梦楠动作一僵。

“等等！”她醒悟过来，赶紧说，“我懂了！我突然想上去滑雪了，我这就去！”

孙梦楠戴上了眼镜，突然迅速从叶恒身边滑走了。

看着孙梦楠突然离去，叶萌萌有些奇怪地问：“哎，梦楠，你要去哪里？”

“我要上去滑雪，你和叶总一起玩吧！等会儿见！”孙梦楠说，微微弯下腰，一个冲刺，往前滑去。

“好吧……”

叶萌萌还来不及把话说完，孙梦楠已经飞奔而去。

看着孙梦楠像优雅的天鹅一般在雪地上飞驰而去的身影，叶萌萌羡慕地叹息着：“我也好想像梦楠滑得这么好。”

“以你学习的速度，很快就行了。不过，还是要先在这里来回地练，暂时不准上斜坡。”叶恒不动声色地说。

重要的是，不要再被孙梦楠打扰。

“是吗？”叶萌萌看向叶恒，突然说道，“我怎么记得，以前有人说过，我做事情是投机取巧的呀？”

这是翻旧账了。

叶恒尴尬地咳了一声：“以前的黑历史，就不要再提了。”说着，他垂下眼帘，“而且，我现在不是在将功补过吗？”

叶萌萌忍着笑：“哼哼，看你的表现吧。”

叶恒说：“好，我继续陪你练习好吗？今天和明天的时间全给你了，等你熟练了一点后，我就和你去那边的斜波上试滑。”

“行吧。”叶萌萌没有注意到叶恒话中的陷阱，两人笑说着。

叶萌萌来回滑动，没有注意到自己雪靴鞋带松了。

“萌萌，你等等！”叶恒叫住了她。

叶萌萌停了下来，叶恒滑到她的身边说：“你的鞋带松了。”

“啊！”叶萌萌低头一看，才发现自己的鞋带松开了。

她正要弯腰系好，却听叶恒说：“我来帮你吧。”

叶恒自然地弯下了腰，帮她把鞋带系好了。

叶萌萌微微感到惊诧，她没想到叶恒竟会如此细心，心中只觉得暖暖的。

“在想什么？这么出神？”叶恒系好鞋带，抬头看到叶萌萌发怔的模样，不由得好笑。

叶萌萌这才回过神来，红着脸别过了头：“没什么啊！我就是想，我现在应该算滑得不错了，我想去斜坡那边滑。”

“好，我带你过去。”叶恒点了点头。

叶萌萌跟在叶恒身后，小心翼翼地滑向斜坡，脑海里不停地回忆着之前背下的各种滑雪的窍门。

但是实际操作比起理论来说，始终是有一些差距的，虽然叶萌萌一直小心翼翼地控制着方向，但始终还是偏离了轨道，歪歪扭扭地朝着滑雪道的方向去了。

“萌萌！快停下来！这样会撞到人！”叶恒着急地喊出了声。

“啊——这我也知道啊！但是、但是……停不下来啊——”叶萌萌依然保持着原来那个姿势，大声地回应道。

她的声音里微微有些慌乱，却又似乎是在努力控制着。

“萌萌，小心！”

眼看她就要撞上面前一棵树的树干，叶恒把手里的滑雪棍一丢，飞扑了上去，抱住了叶萌萌。

叶萌萌只觉得一阵天旋地转。

两个人抱在一起，滚成一团，不断地往下翻滚。

但这个过程中，叶恒始终紧紧地把叶萌萌护在怀里，将她护得严严密密，不让她受到丝毫的伤害。

忽然之间，叶恒只觉背上一阵剧痛，他意识到自己撞到了树干上。不过庆幸的是，他们终于停了下来。

树上的雪顿时簌簌地落了下来，把两人埋在了雪里。

“嘶——好冷！”叶萌萌打了一个冷战。

叶恒从雪堆里爬出，想起叶萌萌还在雪里，赶紧回身将雪扒开，把她从雪里拉出来。

此时他们的头上和眉毛上都沾上了雪，头发和眉毛看起来白花花的，就像是两个老人家。

叶恒和叶萌萌四目相对，都不由得笑了起来。

“噗哈哈！叶恒你现在这个模样，真像老公公！白胡子和白头发……”

叶恒也忍俊不禁：“那你岂不是老婆婆吗？”

他说着，伸手为叶萌萌拨去头顶的雪花。

“嘿，说不定等我们以后老了，还来这里，那时候才真的是老人家呢！”叶萌萌打趣道。

叶恒挑眉："好，说好了，那时候一起再来。不过到了那时候，我们还能滑动吗？"

叶萌萌撇了撇嘴："来雪场又不仅限于玩滑雪，还可以坐缆车上山欣赏雪景嘛！"

叶恒看着她满脸笑意的模样，忍不住在心里道：答应了我的事情，可再也不能反悔了。

正当叶恒享受这难得的二人时光时，他口袋里的手机突然不合时宜地响起来。

手机的铃声像是聒噪的蜜蜂，打断了这温馨的时刻。

叶恒微微蹙眉，取出手机，按下接听键："宋特助，如果不是很重要的事情，你等会儿再打过来。"

但不知道对方说了什么。

叶恒沉默了一下，说道："好的，我知道了。"

他挂上电话，转身歉然地对叶萌萌说："抱歉，我有些很重要的工作要处理，我先去打个电话。"

叶萌萌十分善解人意地说："没关系，你去吧，工作比较重要。我自己在这里练习就行了。"

叶恒朝她点了点头，解开滑雪工具的安全锁离开了。

叶恒离开后，叶萌萌下意识摸了摸自己的头顶。这么亲昵的动作，平时她是非常抵触的，但是不知道为什么，似乎和叶恒在一起，就会觉得很自然，心里没有任何抵触的感觉。

她微微红了红脸。

不对，叶萌萌，又在胡思乱想什么呢？继续滑雪！

挥去脑海里那些乱七八糟的念头，叶萌萌哼着歌自己开始练习起来。虽然几次跃跃欲试想要上滑雪道，但是心里也始终有些顾忌，要是撞到人可怎么办？

叶萌正自顾自地继续练习着，转身的时候，却看见一个身穿黑色紧身滑雪服的长发女人面对面朝着自己快速地滑了过来。她一阵惊慌，两人即将撞上之际，长发女人微微一转身，擦着她滑了过去，倒是她一个重心不稳，重重地跌在了雪地上。

“痛死了！”叶萌萌吃痛地叫唤了一声，摘下了滑雪镜，揉着自己摔得结实的屁股。

她正要抬头看清那个把自己撞倒的罪魁祸首，哪知道对方竟然恶人先告状：“你会不会滑雪啊？没长眼睛吗？没看到我滑过来啊？干吗不闪开？”

叶萌萌一听，也来气了：“你说什么？我一直就在这里滑，明明是你从背后撞过来的。”

女人摘掉了滑雪镜，一脸不屑地说：“自己滑雪技术烂就不要怪别人，躲不开自己摔在地上怪谁？”她像女王一样俯视着叶萌萌，眼里满是鄙夷。

“你——”叶萌萌压抑着心中的怒火，“你不道歉就算了，干吗无理取闹？”

“呵呵，你想让我道歉？好啊，有本事我们就去山顶比赛滑一次，要是你赢了，我立刻跪下给你道歉。”女人一脸傲慢地说。

“要是你输了，就给我跪下道歉！”

叶萌萌被愤怒冲昏了头脑，想也没想就答应了：“我不会输的！”

“少大放厥词……”

“好了，不是要比赛吗？还不走？”

叶萌萌打断了女人的话，兀自转身朝着山顶的缆车方向走去。

滑雪场的休息室里，叶恒接完电话，把公司的事情都交代完毕之后，刚想回去找叶萌萌，就看到了滑雪场大屏幕上的温馨提示。

很快，滑雪场的广播也开始播报起来。原来是天气有变，一会儿可能会有暴风雪出现，滑雪场立刻通知还在雪场的游客立刻回到室内安全的地方。

叶恒走出休息室，风呼啸着而过，吹得雪像鹅毛般纷飞。

风已经有些大了，叶恒看了看天，确实有要变天的征兆。

叶恒急忙回到了雪场，却四处都没有看到叶萌萌。众人都已经纷纷坐缆车从山顶下来了，他正着急的时候，突然听到有人议论：“刚才那两个女孩子胆子也太大了吧，竟然迎着风雪跑上山顶比赛滑雪。”

“风雪都快来了，还在那儿吵……”

“就是啊，现在的年轻人真是……”

叶恒心中突然涌起一股不祥的预感。他连忙跑了过去，打断了正在讨论的几个人，问道：“你们好，请问你们刚才说的是什么人？都长什么样子？”

“就是两个年轻女孩子啦，一个穿着黑色的滑雪服，头发长长的；另一个穿着灰色的滑雪服……”

叶恒心中一紧。

不等那人说完，他已经冲了出去，往开往山顶的缆车的地方走去。

因为暴风雪的通知已经发布，前往山顶的缆车已经停开了，风雪也变得越来越大。

“咦？叶总？你怎么在这里？没听到风雪警报吗？啊……对了，萌萌呢？”孙梦楠听到滑雪场的警报，收拾好装备正准备回到室内，却突然看见叶恒脚步匆忙地往缆车的方向走去，不由得疑惑。

“萌萌可能在山顶！”叶恒满脸担忧。

“萌萌怎么会在山顶啊，她不是还没有学会滑雪。而且，萌萌向来稳重，不会那么没有分寸的，可能是已经回酒店去了呢？”孙梦楠疑惑地说着。在她的印象中，叶萌萌是一个很有分寸的人，不至于会全然不顾及自己的安全。

叶恒摇头：“不，我要去山顶看看！”

孙梦楠劝说道：“叶总，您这样太冲动了，万一萌萌不在山顶呢？不如我们先回酒店看看，要是她不在，立刻通知搜救队好吗？”

叶恒皱眉沉思片刻，才答应先回到酒店。然而，在酒店里四处寻找了许久，也通过广播播报了许多遍，却都没有叶萌萌的身影。

孙梦楠这才急了起来，连忙跟叶恒一起联系上搜救队。

叶恒也通知了宋特助，让他立刻带人赶过来。

“搜救队呢？”

“已经准备就绪了，立刻出发。”

叶恒说：“我也去，马上出发。”

孙梦楠一脸担忧：“叶总，您……”

“废话少说，立刻走。孙梦楠，你留在这里等宋特助。”

叶恒简单地说完，准备好一切之后，准备随搜救队一同出发。

“但是——”

“好了，总之要说什么，就等萌萌回来再说。立刻出发！”下了指令，叶恒连同搜救队一块驾着雪橇车走向了大风雪中。

萌萌，你千万，千万不能有事。

黑夜中，叶恒心中涌起千头万绪，那个女孩，那个不知不觉已经住进了他心中的女孩，一定，一定不能失去……

“萌萌——萌萌——”

叫喊声回荡在山谷之间，眼看天就要黑了，却依然一无所获。

“我们分头找。”

叶恒果断地做出决定。他带领着一队人冒着风雪，一直朝着山顶而去，突然间，远远地似乎看到有一个人影。

“萌萌！”叶恒叫着，忙跳下了雪橇车，朝着人影奔了过去。

“你们是来救我的吗？”那人影看到一队人马，立刻见到了救星一般，就扑了过来。

叶恒这才看清出现的人只是一个陌生的女子，不由得皱起了眉。这女子穿着黑色紧身滑雪衣，想来就是跟叶萌萌一起上了山顶的人。

他着急地问：“萌萌呢？跟你一起上山的那个女孩呢？！”

女人吓了一跳，不由得愣住了。

“我问你那个女孩呢？”叶恒几乎是吼出声的。

女人才结结巴巴地说：“她……我不知道……我不是故意的，我不知道她只是个新手，她控制不住雪橇，就……就这样一直往下面去……”

女人已经冻得话都有些说不清楚了，手指颤颤地指向了山下的一个方向。

“什么？你到底跟萌萌说了什么！你知不知道她连怎么停下来都还没学会！”叶恒疯了一般吼着，一把推开了女子。

女人也很害怕，颤抖着说着：“我怎么知道……是她自己……我也很怕……我……”

搜救队的人急忙迎了过来，扶住了女人。

“山下。”叶恒指了指刚才女人指向的地方。

“这里坡道太大，现在暴风雪越来越大了，现在下去，很危险的……”

“你们先把这人带回去，帮我通知律师过来。”叶恒果断地说。

他说完，就从雪橇车上整理了一个背包，背在了身上，戴上了滑雪镜，不等众人反应过来，已经朝着山下径自滑下去了。

“叶总！”

声音回荡在山谷间。

而暴风雪中，叶恒只有一个信念：找到叶萌萌。

雪越来越大，天也越来越黑，视线已经有些模糊了。叶恒慌乱地大声喊着叶萌萌的名字，风雪却让他难以辨认方向，他不知道难以控制方向的叶萌萌会被带到什么地方。

眼前是一片黑暗，茫茫的黑暗之中，辨不清具体方向，叶恒越来越慌乱，甚至都没有注意到自己已经渐渐进入了滑雪道之后的颠簸不平的地方。突然脚下被一个雪球绊倒，叶恒一个踉跄，像滚雪球一般不受控制，直直地滚了出去。由于坡道太陡，叶恒完全无法控制自己的方向，只能努力抱着头，保护着自己。

不知道滚了多久，一阵天旋地转的撞击之后，叶恒终于停了下来。他不由得在心中感叹，没死真好啊。视线渐渐清晰，在叶恒眼中的，是漫天的大雪，在夜色之中弥漫，美丽得恍如身处仙境之中。

一股寒意袭来，叶恒想要起身，却是浑身酸痛，他索性不动了，躺在雪地里，试图一点点地活动自己的身体。

“叶恒？”熟悉的声音突然在耳旁响起。

叶恒一愣，难道是幻听，突然，眼前出现了一张熟悉的面庞，冻得通红通红的小脸以及黑亮的眼睛。

“萌萌？”叶恒使劲闭了闭眼睛，确实没错，出现在自己眼前的人是叶萌萌。

叶萌萌连忙把叶恒扶了起来。

叶恒这才发现，原来自己竟滚落下来，撞到了一座山中的度假屋上，怪不得撞得那么痛。

“叶恒，你怎么会在这里？”对于叶恒的出现，叶萌萌十分意外，想不到还有别的人会步自己的后尘，一路滚落到这里来。

“萌萌，你没事吧！有受伤吗？你感觉怎么样？”叶恒一把抓住叶萌萌的肩膀，像在检查身体一般看着，确定叶萌萌完完整整后，情不自禁地将叶萌萌紧紧地抱在了怀里。

这一刻，他几乎热泪盈眶，原来失去珍贵东西的心情是如此痛苦，如此难以忍受。他感觉自己整颗心都仿佛被挖空了一般，整个灵魂都仿佛被抽离了一般。

“叶恒……快……快被你勒死了……我没事啦，我现在很安全。风雪越来越大了，我们先进屋子吧，等风雪过去再说。”叶萌萌赶紧劝说，但是叶恒抱着自己的力道却丝毫没有减弱，她只得顺从地任由他抱着。

原来，在黑衣女人和叶萌萌宣战后，两人到山顶时，风雪已经来袭了。两人滑出了一段路，黑衣女人突然决定要返回，但叶萌萌因为第一次上如此陡峭的滑雪道，根本无法停下来，于是只得硬着头皮，无法控制地一路狂奔而去，湮没在了风雪之中……

最后，情况和叶恒出奇的相似，完全无法控制方向的叶萌萌进入了非滑雪道的部分，最后滚成了一个大雪球，飞速奔向了这座度假屋，撞得满头星星，几乎昏厥过去，还好，及时醒了过来……

滑雪场所在的山上隔一段距离会有一座度假屋，让前来山上玩的人可以有个暂时落脚的地方，或者像遇到这样突发的暴风雪的时候，也能暂时躲避一时。度假屋里一般都会准备一些食物和毛毯，以供游客使用。

叶萌萌扶着叶恒进了度假屋，屋子里，她已经生了火，也算是暖洋洋的了。地上散落着一条毯子、几包压缩饼干，看来叶萌萌是正吃了一半，听到了外头的动静才突然出去的。

“叶恒，你坐下。”叶萌萌把地上的毯子盖在了叶恒身上，“感觉怎么样？暖和些了吗？”

“想不到，我本来是来救你的，现在反而我才像个落难的，我真是……失败啊。”终于暖和了一些，叶恒笑道。

“说什么傻话，希望暴风雪快点停下来吧。”叶萌萌叹了一口气，忽然想到什么，“对了，梦楠呢？她在哪里？她没事吧？她知道我上山顶了吗？”

叶恒点点头：“上来的时候，我让她联系宋特助，并在酒店里等候了，她应该有分寸的。”

叶萌萌稍微放下心来。

火苗一闪一闪地跳动着，叶萌萌和叶恒坐在一起，啃着压缩饼干。度假屋的窗户已经有些残破了，虽然关着窗户，风还是从缝隙里吹了进来，叶萌萌不由得缩了缩，抱紧了身子，气管因为受到了刺激，不由得咳嗽了几声。叶恒见状，忙站起身，把盖在自己身上的毯子盖到了叶萌萌身上。

“盖上，不要着凉了，我不冷。”叶恒边说着，边拿起旁边的枯枝，拨了拨火堆，让火燃烧得更旺一些。

坐了一阵，叶萌萌看到叶恒一副明明冷得有些发抖，却又强装镇定的样子，不禁有些好笑，便主动凑了过去，掀开了毯子，挨着叶恒坐下，把毯子盖了一半在叶恒身上。

“看来我们今晚要在这里熬一夜了，就……一起，嗯，比较……暖和……”叶萌萌红着脸，含糊地说着，声音越来越小。

“好啊，一起的话，会很暖和的。”叶恒低低地笑着，看着他怀里的小老虎。如果能一直这样下去，多好，这场暴风雪即使一直下，一直下，他也甘愿抱着叶萌萌，一直在这里，温暖，幸福。

不知不觉，叶萌萌只觉得很疲惫，脑子渐渐地不清楚了，只感觉身边有一个暖暖的东西，便不断地靠近，把自己整个窝进了暖暖的“窝”里。可虽然是尽量地靠近了这个热源，叶萌萌还是觉得有些凉意袭上心头。

“冷，咳咳……”叶萌萌迷迷糊糊地摸索着，因为受到了冷空气的刺激，不由得咳了起来。

突然，后背上有一只软软的、暖暖的手，轻轻地拍着她的后背，就好像是在妈妈的怀抱里一样，让人安心的感觉。在有节奏而温柔的轻拍下，咳嗽也渐渐地弱了。

“妈妈，我好想你……你为什么要扔下我不管……”叶萌萌呢喃着，眼角有一滴泪慢慢滑落，睡梦中的她如同一个脆弱的孩子，收起了平时所有的坚强。

“萌萌……”看着怀里的叶萌萌，叶恒顿时有些心疼。

他伸手摸了摸叶萌萌的额头，竟烫得吓人。

“唔，好热啊……冷……不要……不要太阳，好热，拿走！拿走！也不要冰块！那也不行……”叶萌萌不知做了什么梦，像是忽冷忽热。她一会儿凑近叶恒，一会儿又推开了他。

“萌萌，萌萌。”叶恒轻轻地拍着叶萌萌的脸，眼中满是心疼。

叶恒又拨了拨火，把叶萌萌用毯子裹好，放到了火堆旁，又把自己身上的厚棉衣脱下盖在了叶萌萌身上，随即寻了一个空瓶子，冒着严寒走到了门外，把地上的雪装到了瓶子里，然后带着瓶子走了进来，动作小心地回到叶萌萌身旁，将瓶子放到了她的额头上。

“萌萌，还有哪里不舒服？”

叶恒摸着叶萌萌滚烫的脸颊，关切地问着。

梦里的叶萌萌哼唧了一声，自觉地把头挪到了叶恒腿上，找了个舒服的姿势，窝了起来。

叶恒的心却越发担忧起来。

但愿搜救队赶紧到来……

暴风雪总算是过去了，第二天上午九点，搜救队才在小木屋里发现了叶恒和叶萌萌。

叶萌萌醒来的时候，发现自己居然是躺在酒店的医务室里。

昨晚，她依稀记得有人温柔地轻拍自己的后背，依稀记得自己一直靠近那团暖暖的、软软的东西，还依稀记得……

叶萌萌轻轻摸了摸自己的嘴唇，脸蛋红得更厉害了，头低低地垂了下去，心跳骤然加快。昨夜，自己的心似乎乱得十分厉害。

那一天，在搜救队忙忙乱乱的行动之中，叶萌萌和叶恒终于被“救”回了酒店，刚一到酒店门口，竟见到了孙梦楠，满脸鼻涕眼泪的。

孙梦楠一见到叶萌萌，像离弦的箭一般就冲了过来，一把抱住了叶萌萌，“呼天抢地”地喊着：“萌萌！你担心死我了——萌萌！对不起，都是我不好，我不应该把你一个人扔在那里！呜呜，我还以为再也见不到你了！”

“你冷静一点……”比起孙梦楠的激动，叶萌萌倒是淡定得很，“我没事，我先去看看叶恒。”

她安抚了孙梦楠，急急地跟着被搜救队抬着的叶恒一起进了酒店。

“萌萌……”孙梦楠看着叶萌萌离开的背影，站在酒店门口呆呆地看着。

“放心吧，叶小姐看来没事了，只是BOSS……”叶萌萌和叶恒平安回来，随后赶到的宋特助也松了口气，轻轻地拍了拍孙梦楠的肩膀。

“嗯，没事就好……”孙梦楠应着声，眼睛却依然一直盯着酒店大门。

好在酒店里配备齐全，为了防止意外，也配备了专业的医生和足够的药品。叶恒全身都很烫，已经有些神志不清，搜救队直接叫了医生，把叶恒送进了专门进行治疗的房间。

叶萌萌看到躺在担架上的叶恒，忍不住眼眶发热。

叶恒都是为了救她，才受的伤。

“你们先留在这里，医生要先帮伤者看看，要帮他退烧，你们人太多，会吵到医生。”护理人员把叶萌萌和宋特助等人都拦在了门外。

叶萌萌在外面着急地等候着，半小时后，医生从医务室里走了出来。

“好了，伤者情况比较稳定，伤口已经处理好了，等烧退了，自然会好起来。”

“谢谢医生！”

叶萌萌感激地说，不等对方接话，便风一样冲了进去。

叶恒缓缓睁开眼睛，却不是小木屋，也不是漫天的雪，而是装饰着华丽花纹的天花板，还有雪白的床单、雪白的窗帘。

“萌萌？”叶恒想要撑起自己的身子，却只觉得浑身无力，手脚瘫软。

头还有些痛，他努力抬起手，突然发现，床边趴着一个人。

趴着的人仿佛听到动静，不由得动了动，随即抬起了睡意蒙眬的双眼。

叶萌萌清醒过来，一愣，随即满脸喜色。她激动地握着叶恒的手：“叶恒你终于醒了！”

“嗯，我醒了，抱歉，让你担心了。”叶恒眉眼柔和。

叶萌萌紧紧握着他的手，忍着泪水，问道：“为什么在山上，你要不顾一切救我？”

叶恒轻声道：“这是因为，游戏里的魔王可以为你做到不顾一切，现实里的我也可以。”

“真是傻瓜。”叶萌萌有些好笑。

“为了你，就算傻一辈子，我也甘之如饴。”

“叶恒，你——”

叶恒打断她：“萌萌，我有些话，一直想对你说。”

叶萌萌疑惑：“什么话？”

“萌萌，从前我不知道对你那种特殊的感觉是喜欢，所以一直都用那么恶劣的态度对待你。”叶恒看着她的眼睛，认真地道，“现在明白了，我希望用我余生的时间来守护你，和你一起，看遍这世间的风景。”

“萌萌，你愿意吗？”他问道。

叶萌萌怔住，眼泪竟不由自主地掉落了下来。

时间的齿轮像是停止了转动一般。

过了一会儿，她回答说：“我愿意。”

我也愿意用一生的时间，与你一同看遍这世间的风景。

- 全文完 -